KB025151

어제의 오렌지

KINO NO ORANGE by Yoko Fujioka

Copyright © 2020 Yoko Fujioka
All rights reserved.
First published in Japan in 2020 by SHUEISHA Inc., Tokyo.

Korean edition published by arrangement with
Shueisha Inc., Tokyo in care of UNI Agency Inc., Tokyo
through BC Agency.

이 책의 한국어판 저작권은 BC에이전시를 통해
저작권자와 독점계약을 맺은 마인드빌딩에 있습니다.
저작권법에 의해 한국 내에서 보호를 받는 저작물이므로 무단전재와 복제를 금합니다.

어제의 오렌지

후지오카 요코 장편소설

박우주 옮김

일러두기

1. 본문의 각주는 모두 옮긴이의 것이다.
2. 원서에서 저자는 일본 오카야마의 사투리를 섞어 썼다. 이 책에서는 우리나라의 특정 지역 사투리로 번역하는 대신 표준어로 옮겼다.

차례

1
장

진료실 앞에 늘어선 대기석에서는 바깥 풍경을 바라볼 수 있었다. 장의자가 놓인 복도 끝이 창으로 되어 있어 큼직한 수목의 가지가 내다보였다. 메마른 가지엔 이파리 한 닢 남아 있지 않았으나 저 나무는 벚나무가 분명했다. 가지 끝에 매달린, 눈물방울을 닮은 겨울눈이 초겨울의 찬바람을 맞으며 흔들리고 있었다.

"어…… 혹시 사사모토 군? 사사모토 료가 군 아니에요?"

멍하니 창 쪽을 보고 있는데 난데없이 자신의 이름이 불렸다. 얼굴을 드니 백의 차림에 마스크를 쓴, 간호사로 보이는 여자가 료가를 내려다보고 있었다. 갑작스러운 상황에 료가가 넋을 놓고 있자 여자는 마스크를 내려 얼굴을 드러내 보이곤,

"나 기억 안 나?"

하고 물었다. 말끝에 고향 오카야마의 사투리가 묻어 있었다.

"뭐야, 설마 잊어버렸어? 나 야다야. 고등학교 때 같은 반이었던 야다 이즈미."

솔직히 말해 얼굴은 까맣게 잊고 있었지만 '야다 이즈미'라는 이름은 기억에 남아 있었다. 분명 1학년 때부터 3학년 때까지 같은 반이었고, 동아리는 아마…….

"아아, 미술부였던 야다구나."

"그래그래, 미술부에서 그림 잘 못 그리던 야다 이즈미. 동아리까지 기억해줘서 고마워."

눈을 가늘게 뜨고 웃는 그 얼굴을 보니 고등학생 무렵의 야다 이즈미가 선명히 떠올랐다. 딱히 친한 사이는 아니었지만 참으로 즐거워 보이는 이 미소는 기억하고 있었다.

"그건 그렇고, 료가 군은 뭐 하고 있는 거야? 뭐, 당연히 진료받으러 온 거겠지. 병원에 놀러 왔을 리 없을 테고."

"오늘 소화기외과 외래 예약이 있어서."

료가는 '12월 10일 오전 10시 20분'이라고 찍힌 예약 전표를 야다에게 보여주었다. 예약 시간보다 이미 한 시간도 넘게 지나 있었다. 일터에는 점심 피크 타임 전까진 돌아올 것이라 말하고 나왔는데 지금 상태로는 적잖이 늦을 듯했다.

"열 시 20분?"

야다는 예약전표를 확인하더니 "엄청 기다리고 있네" 하며 얼굴을 찡그렸다.

바지로 된 백의를 몸에 걸친 야다는 학생 때의 인상과는 딴판으로 늘씬한 미인이 되어 있었다. 생각해보면 고등학교를 졸업한 지 15년 가까이 지났으니 딴사람처럼 보여도 이상할 게 없었다.

"야다는 여기서 일해? 아, 지금도 야다라고…… 불러도 되나."

"응, 간호사로 일해. 성도 변함없이 야다 그대로야. 나도 싫지만, 아직 야다*지. 방금 한 말장난, 이해했어?"

당시에도 이런 캐릭터였나 고교 시절의 기억을 더듬어보고 있는데, "료가 군, 도쿄로 나왔구나. 그럼 교헤이 군도 여기 있는 거야?" 하고 물어 왔다.

"교헤이는 고향에서 고등학교 체육 선생님을 하고 있어. 지금은 오봉**이나 정월 때 만나는 정도라."

"오오, 그렇구나. 쌍둥이는 언제 어디서든 함께한다는

---

* '싫다'를 일본어로 '이야다'라고 한다. 발음의 유사성을 이용한 언어유희.

** 양력 8월 15일에 지내는 일본의 명절.

이미지인데."

"그건 어릴 때뿐이지. 서른세 살씩이나 먹고 둘이 붙어 다니는 건 이상하잖아."

사실대로 말하면 교헤이와 료가는 같은 학년이었지만 쌍둥이는 아니다. 둘의 생년월일을 비교하면 금방 알 수 있는 사실이지만, 누구도 그러지 않았던 덕에 동창들 사이에서는 이란성 쌍둥이로 통하고 있다.

"교헤이 군, 체육 선생님이 됐구나. 야구는? 이제 안 하는 거야?"

"은퇴한 지 오래야. 대학에서 오른쪽 팔꿈치를 다쳤거든. 그래도 지금은 야구부 감독을 맡고 있어."

"감독을 맡았구나. 멋지다."

교헤이 이야기가 나오면 여자애들은 늘 이런 얼굴을 했다. 단것을 먹었을 때와 같은 행복해 보이는 미소. 그런 먼 기억까지 꼬리에 꼬리를 물고 되살아남과 동시에 마이크 너머의 목소리가 료가의 이름을 알렸다.

"아, 미안. 부른다."

의자에 놓여 있던 배낭을 들어 올리자 야다가 "담당의, 마쓰바라 선생님이네" 하고 중얼거리곤 아주 잠깐 복잡한 표정을 지어 보였다. 그 말투가 신경 쓰였지만 서서 이야기하고 있을 여유는 없어 "그럼 또 봐" 하고 손을 든 다음 진료실로 향했다. 야다가 아까와 같은 미소로 "몸조리 잘해" 하며 손을 흔들어주었다.

"사사모토 씨, 오래 기다리셨죠. 이쪽으로 앉으세요."

진료실로 들어가자 컴퓨터 화면을 보고 있던 마쓰바라가 얼굴을 들었다. 그 표정을 살피며 둥근 의자에 앉았다. 긴장한 탓인지 진료실 분위기가 딱딱하게 느껴졌다.

"이 부분, 보이시나요?"

마쓰바라가 손에 쥔 마우스를 움직여 컴퓨터의 사진을 확대했다.

"지난번 위내시경 때는 이 부근의 점막 조직을 채취해 검사를 진행했습니다. 그래서, 조직검사 결과 말입니다만……."

마쓰바라의 입가에 한순간 망설임이 감돌았다.

"악성이었어요. 악성 종양입니다."

도수가 맞지 않는 안경을 썼을 때처럼 마쓰바라의 얼굴이 흐릿하게 보였고, 불과 몇 초 전까지만 해도 또렷이 들려오던 목소리도 불분명하게 들렸다. 악성 종양……. 암이라는 뜻인가. 머릿속 가득, 귀에 익지 않은 악성 종양이라는 단어가 번져갔다.

"사사모토 씨, 괜찮으세요?"

"아…… 네."

지금 당장 다운재킷 주머니에 든 휴대전화를 꺼내어 그것이 정말로 암이 맞는지 검색해보고 싶었다.

"정밀 검사를 받으셔야 해서, 가능하면 내일이라도 입원을——."

한 마디, 두 마디, 마쓰바라가 묻는 대로 대꾸하다 보니 어느새 진료가 끝나 있었다. 이만한 충격을 받았음에도 의자에서 일어서서 머리를 숙이고, "감사합니다"라는 말을 내뱉고 있었다.

진료실을 나오자 극심한 현기증이 일었다. 팽이의 축이라도 된 양 격렬한 어지러움에, 가까이 있던 의자 등받이에 손을 짚고 그대로 쓰러지다시피 주저앉았다. 귓속에서 심장 고동 소리가 크게 울렸다. 몹시도 목이 말랐다.

어느 정도 휘청임이 잦아들어 료가는 다운재킷 주머니에 넣어둔 휴대전화를 빼 들었다. 전화를 걸고 싶었다. 그러나 전화 걸 상대가 떠오르지 않았다. 떨리는 손가락 끝을 유리 필름 위에 둔 채로 굳어 있는데, "죄송하지만, 여기는 휴대전화 사용이 금지돼 있어요" 하고 누군가 어깨를 가볍게 두드렸다. 얼굴을 들자 엄마와 동년배로 보이는 여성이 난처한 얼굴로 료가를 쳐다보고 있었다. 유니폼을 입은 것으로 보아 직원일 것이다.

"휴대전화는 병원 밖에서 사용하게끔 돼 있거든요. 미안합니다."

미안쩍은 듯 그렇게 말하기에,

"죄송합니다."

하고 황급히 전원을 껐다.

무슨 말을 덧붙이려는 여성에게 살짝 고개를 숙인 다음 접수 카운터 쪽으로 걸어갔다. 마쓰바라가 오늘 중으로 입원 예약을 마치라고 했지만, 일을 생각하면 당장의 입원은 꿈도 꿀 수 없으므로 수납만 하고 병원 밖으로 나왔다.

"타실 겁니까?"

병원 현관 앞에 서 있던 택시 운전사가 창문을 반만 내린 채 말을 걸어왔다. 거의 무의식적으로 걷던 사이 택시 승강장에 와 있었던 모양이다.

"……탈게요."

완만한 동작으로 시트에 미끄러져 앉자 새 차 특유의 냄새에 속이 메스꺼워졌다.

"손님, 목적지는요?"

"고탄다에 있는 '트라몬토'라는 가게 아세요?"

미나토 구區에 있는 대학병원에서 가게까지는 평소라면 돈이 아까워 택시 따위 타지 않는 거리였다. 하지만 오늘은 도저히 혼잡한 지하철을 견딜 수 없을 것 같았다.

"고탄다? 도라노몬? 어디요?"

"아, 아닙니다. JR 고탄다 역 쪽으로 가주세요."

전통 있는 요릿집도, 미쉐린 가이드에 실릴 법한 고급 음식점도 아닌 레스토랑을 택시 운전사가 알 턱이 없었다. 세련된 이름이지만 료가가 일하는 가게는 캐주얼한 이탈리안 레스토랑이다. 저렴한 가격과 다양한 메뉴가 강점인, 학생과 가족 단위를 타깃으로 한 체인점이다.

택시가 출발하자 료가는 창밖 풍경으로 눈을 돌렸다. 시간은 때마침 정오를 지날 무렵으로, 남녀 회사원들이 한 손에 지갑을 들고 점심 먹을 곳을 찾아 활보하고 있었다. 바람이 센 모양이다. 여성들의 긴 머리카락이 바람에 나부끼고 있었다. 흔해 빠진, 별것 아닌 풍경을 바라보고 있으니 위장 속에서 쓰고 신 무언가가 솟아오르려 했다.

위의 상태가 좋지 않음을 처음 감지한 건 어느덧 반년 전쯤의 일이다. 그러나 좋지 않다고 해도 이따금 통증이 있는 정도로, 시판 위장약을 먹으면 가라앉는 수준의 통증이었다.

그랬던 것이 최근 한 달 전쯤부터는 약을 먹어도 통증이 가시지 않게 되었다. 자다가도 제 신음 소리에 잠을 깨었고, 정신을 차리고 보면 두 손으로 명치를 감싸 쥔 채 이불 속에서 작게 웅크리고 있는 일이 연일 이어졌다. 위장을 송곳으로 찌르는 듯한, 이제껏 경험한 적 없는 강렬한 통증을 느끼게 되자 아무래도 이건 문제가 있구나 싶어 가까운 내과에서 진료를 받았다.

병원에서는 아마도 스트레스 때문일 것이라며 진통제를 처방해주었다. 하지만 혹시 모르니 위내시경 검사를 받아보라고 권하기에 소견서를 들고 대학병원을 찾은 것이 일주일 전이었다. 진료를 받은 다음 날 검사를 받았고, 오늘은 그때 채취한 조직의 검사 결과를 들으러 온 것이었는데…….

차가 빨간불에 멈춰 섰다. 눈앞 횡단보도를 건너는 수많은 사람들을 보고 있는데 마쓰바라의 말이 아득히 되살아났다.

악성이었어요. 악성 종양입니다. 정밀 검사를 받으셔야 해서, 가능하면 내일이라도 입원을――.

대학병원에 의사로 있다 보면 암 환자쯤이야 놀랍지도 않을 것이다. 그건 잘 알고 있다. 하지만 그토록 느닷없는 선고는 너무 비정하지 않은가. 어떻게 선고받는다 한들 악성은 악성일 테지만, 그래도 조금은 다르게 고하는 방법도 있지 않았을까. 더욱이 내일 당장 입원하라는 것도 얼토당토않은 소리다. 이쪽은 정년퇴직하고 한가롭게 지내는 몸이 아니란 말이다. 업무 인수인계도 하지 않고 입원이라니, 있을 수 없는 일이다.

달리 분노를 터뜨릴 상대가 없어 한바탕 마쓰바라를 원망하고는, 그건 아니지, 하며 스스로를 타일렀다. 암을 선고하기 직전에 지어 보였던 마쓰바라의 표정. 그 의사 역시 나쁜 결과를 전하고 싶지는 않았을 터다. 그 사람은 아무런 잘못도 없다. 자신이 병에 걸린 건 그 누구의 탓도 아니다.

"손님, 이제 곧 고탄다 역입니다만……. 여기서부터 길을 알려주시겠어요?"

어느덧 시트에 기대어 눈을 감은 채 입을 다물고 있었다. 그런 료가를 배려해서인지 운전사는 역에 도착할 때까지 한마디 말도 붙이지 않았다. 얼굴을 들어 창밖을 보니 익숙한 풍경이 눈에 들어왔다.

"아, 여기서 세워주시면 됩니다. 내릴게요."

다운재킷 소매를 양쪽 눈에 힘 있게 가져다 대어 눈꺼풀의 열을 식혔다. 내내 울음을 참고 있던 탓인지 볼이 화끈거렸고, 눈 안쪽이 뜨거웠다.

료가가 지갑에서 5천 엔짜리 지폐를 꺼내어 운전사에게 건네자,

"기운 내요."

잔돈을 내밀며 운전사가 작은 목소리로 말했다. 흠칫하여, 차에 올라타 처음으로 운전사와 눈을 맞추었다.

"병원에서 손님 기다리고 있으면요, 댁 같은 손님을 간혹 태우거든요."

운전사의 유분도 수분도 없는 거슬거슬한 손끝이 료가의 손바닥을 스쳤다.

"사정은 잘 몰라도, 기운 내요. 이용해주셔서 감사합니다. 조심해서 가요."

고작 그 정도의 말이었지만, 말 이상의 감정을 전해 받은 기분에 움츠러들었던 등을 펼 수 있을 만큼의 힘은 되찾았다.

료가가 이탈리안 레스토랑 '트라몬토'에서 일한 지는 올해로 13년째다.

원래는 고향 오카야마에서 취직할 생각으로, 고등학교 졸업 후 2년간 관광 관련 전문대를 다녔다. 그러나 기업과 공사公社를 목표로 한 취업 준비는 뜻대로 되지 않았고, 결국 고향에도 공장이 있는 식품 제조업체에서 일하기로 정했다. 스스로 선택했다기보다 합격 통지를 받은 곳이 그 회사뿐이었기에 그건 그것대로 운명이라고 받아들인 것이었다.

그런데 그 식품 제조업체에 취직하자마자 도쿄에서 근무하라는 내시內示를 받았다. 되도록 고향에 남고 싶었던 료가로선 충격이었지만, 그것 또한 운명이리라, 어쩌면 도시에 새로운 일들이 기다리고 있을지 모른다며 스스로를 납득시켰다.

회사는 피자, 파스타 따위의 냉동식품을 제조하고 판매하는 기업이었다. 입사하기 전 숙독한 회사 안내 팸플릿에는 마케팅부나 이탈리아에 식료품을 매입하러 가는 수입부 등의 내용도 적혀 있었으므로, 도쿄에서 일하는 것이라면 그런 부서에서 활약해보고 싶다는 생각도 하고 있었다. 그 바람이 이루어졌을 때를 대비해 이탈리아어를 공부한 적도 있었다. 하지만 배치를 받은 건 회사 상품을 쓰는 직영 레스토랑. 레스토랑은 도내에 네 점포가 있는데, 지금까지 신주쿠 점, 이케부쿠로 점을 거쳐 이번 고탄다 점은 세 번째 점포다. 가게의 콘셉트와 메뉴 구성에 다소 차이는 있으나 업무 내용은 어느 가게든 똑같다. 점장 료가의 주요 업무는 매달 회사가 제시하는 매출 목표 숫자에 1엔이라도 가까이 다가가는 것, 아르바이트생을 효율적으로 돌려 인건비를 줄이는 것, 이 두 가지다.

입사 5년 차 때까지는, 이게 정말 내가 원하는 일이 맞는지 방황하기도 했다. 하지만 서른을 넘길 무렵부터는 이왕 가게를 책임지게 되었으니 트라몬토를 고향의 바다처럼, 빛이 가득하고 온화한 공간으로 만들겠다는 각오를 다지게 되었다. 그렇게 각오를 다졌는데…….

"아, 죄송합니다."

땅바닥만 보며 걷고 있던 탓에 회사원으로 보이는 남성과 부딪칠 뻔했다. 정장에 코트를 덧입은 남성은 "죄송해요"라며 잰걸음으로 지나쳐 갔다. 그 망설임 없는 발걸음에 선망을 넘어 위축을 느꼈다. 나는 앞으로 어떻게 되는 걸까. 입원하고 퇴원하기까지 일은 얼마나 쉬면 되는 걸까. 직장에 곧바로 복귀할 수는 있는 걸까. 애당초 회사는 날 쉬게 해줄까. 해고 소리를 듣지는 않을까.

남은 유급휴가 일수를 손꼽아 헤아리고 있는데, 상가빌딩 1층에 들어선 점포가 보이기 시작했다. 하얀 간판에 파란 알파벳으로 'tramonto'라고 쓰여 있다. 트라몬토는 '저녁놀'이라는 뜻으로, 이탈리아어를 배울 때 처음 사전에서 찾아본 단어였다.

가게 앞에 도착해 직원용 출입구가 있는 상가빌딩 뒤편으로 돌아갔다. 겉으로 보면 새하얀 외벽도 뒤에서 보면 상당히 누렇다. 뒷문도 녹슬었고, 흔들거리는 문손잡이는 떨어져 나갈 것만 같다. 맞다, 이 문손잡이, 빌딩 관리인한테 얘기해서 수리해야겠군……. 해야 할 잡일들을 하나하나 떠올리며 문을 열었다. 그러자 료가가 출근하기만을 기다리고 있었는지, 아르바이트생 다카나 유야가 해쓱한 얼굴을 하고 달려왔다.

"점장님."

어지간히도 정신이 없는지 쟁반과 행주를 손에 쥔 채였다.

"미안, 늦었지."

"점장님, 오시자마자 죄송한데 홀에 좀 바로 나가주실 수 있나요? 새로 온 여자 알바생이 무단결근을 해서요."

"뭐? 도가와 씨 말이야?"

도가와 사와코는 보름 전쯤 채용한 아르바이트생이다. 면접 때도 확실히 변덕스러워 보인다는 인상을 받긴 했다. 하지만 음식점은 어디든 일손 부족에 허덕이고 있다. 트라몬토도 예외는 아닌지라 모처럼 지원해준 아르바이트생을 첫인상만 가지고 떨어뜨릴 수는 없었다. 더군다나 그녀는 야간 전문대를 다니고 있어서 일손이 부족한 런치 타임에 일을 맡길 수 있었다. 언뜻 보기에 얼굴이 험악한 다카나 또한 자신이 감당하기는 어려울 것 같다며 미심쩍은 마음으로 채용했는데, 좋은 의미에서 첫인상을 저버렸다. 그래서 도가와 역시 어떻게든 되겠거니 하고 믿어버리고 말았다.

"지금 바로 옷 갈아입고 올게"라고 다카나에게 전한 뒤 남자 탈의실로 뛰어 들어갔다. 탈의실이라고 해봐야 어른 한 명이 겨우 들어갈 만한 공간에 로커들이 늘어선 어두컴컴한 방이다. 그 방에서 흰 와이셔츠에 통이 좁은 검은색 바지와 검정 조끼를 입고, 연지색 나비넥타이를 맸다. 웨이터 유니폼은 도내 유명 가게의 것을 참고했다고 한다.

홀로 달음질해 나와보니 런치 타임도 끝나가는데 가게 안은 손님들로 넘쳐나고 있었다. 대기 중인 손님도 아직 다섯 팀 정도 있고, 군데군데 식기를 치우지 않은 빈자리가 테이블 회전을 막고 있었다.

"다카나, 나는 일단 테이블을 치울 테니까 주문받는 것만 신경 써줘."

차례를 기다리는 손님은 그렇다 쳐도 이미 자리에 앉아 있는 손님을 기다리게 할 수는 없다. '이 가게는 손님 응대가 엉망이다', '손님을 방치한다'는 등의 글이 SNS에 올라올 우려가 있다.

홀 담당은 료가를 포함해 세 사람이었다. 원래는 도가와까지 넷이서 대응할 일을 둘이 하고 있었으니 이런 상황이 벌어진 것도 당연했다. 자리는 카운터를 포함해 다해서 120석으로, 트라몬토의 네 점포 중에서는 두 번째로 넓다.

이쪽저쪽 테이블에서 주문벨이 울렸다. '빨리 주문받아라', '새 앞접시 달라', '물을 엎질렀다', '어린이용 스푼과 포크를 가져다 달라'. 손님들 요구에 일일이 웃는 얼굴로 대응하며 완성된 요리를 테이블로 날랐다. 전부 단순한 업무이긴 하지만 어느 하나라도 놓치면 가게의 평판은 단숨에 하락한다.

손님 응대를 나머지 두 사람에게 맡기고, 료가는 손님들이 먹고 난 접시를 닥치는 대로 정리하며 돌아다녔다. 서빙 카트를 끌고 홀을 돌며 더러워진 접시를 거두어들였다. 행주로 테이블을 닦고 새 포크와 나이프가 든 바구니를 테이블 위에 놓으면 세팅 완료. 주방 인원수는 충분하므로, 손님을 자리로 안내하고 주문을 받기만 하면 요리를 기다리게 할 일은 없었다.

점심 피크 타임이 여느 때보다 길어져, 손님들의 발길이 겨우 잦아들었을 때는 이미 오후 세 시를 넘어서고 있었다.

"다카나, 고맙다. 오늘은 덕분에 한시름 놨어. 너 없었으면 큰일 났을 거야."

두 시 퇴근인 다카나에게 그제야 말을 붙일 수 있었

다. 다카나는 도내의 야간 고등학교를 다니므로 원래는 근무 시간대로 퇴근을 시켰어야 하는데 염치없이 굴고 말았다.

“아뇨, 괜찮아요. 수업은 다섯 시부터라 여유 있게 갈 수 있어요.”

세 시에 출근한 두 아르바이트생에게 홀을 맡기고 료가는 뒷공간에 있는 사무실로, 다카나는 탈의실로 향했다. 사무실이라고 해봐야 탈의실과 연결된 공간을 커튼으로 구분해놓았을 뿐이다. 사무실에는 노트북을 올려두기 위한 책상과 의자, 철제 책장이 설치되어 있고, 침대 대신으로도 쓰이는 2인용 소파가 놓여 있다.

책장에서 근무관리대장을 꺼내어 야근 시간대의 근무표를 확인하고 있는데,

“사사모토 점장님.”

커튼 너머로 다카나의 목소리가 들려왔다. 가만 보니 원래는 하얬던 커튼도 제법 누레져 있었다. 가게 내부 청소나 외관에는 세세하게 참견하는 고위층도 휴식 공간의 조잡함은 신경도 쓰지 않는다.

“응? 왜?”

오늘 오후 열 시까지는 료가를 포함해 7인 근무 체제였다. 주방과 설거지칸이 세 명이고, 홀이 네 명. 열 시

이후의 심야 시간대는 아르바이트생 세 명에게 맡기고. 좋아, 밤에는 문제없겠군. 멤버를 보니 모두 베테랑이었다. 무단결근이나 지각을 할 걱정도 없었다.

"점장님, 병원 다녀오신 거죠?"

근무관리대장을 내려다보던 얼굴을 들어 커튼 너머의 그림자로 눈길을 주었다.

"아아…… 병원 말이지."

"위내시경 결과 들으러 간다고 하셨잖아요. 어떠셨어요?"

실은 사소한 우연이 겹쳐 다카나에겐 몸이 좋지 않다는 사실을 들키게 되었다. 간단히 말하면, 심야 근무 때 종업원용 화장실에서 토하고 있는 모습을 들킨 것이다. 그것도 한두 번이 아니고 네 번씩이나. 세 번째 때까지는 "어제 과음을 해서"라거나 "유통 기한 지난 냉장고 재고를 몽땅 먹어치웠거든"이라며 둘러댈 수 있었다. 그런데 네 번째 때는 순간적으로 변명이 떠오르지 않아 "입덧이 심해서 그래"라며 웃어넘기려는 찰나, 다카나가 "점장님, 병원에 가보시는 게 좋겠어요" 하고 정색한 얼굴로 되받아쳤다.

"저희 아버지, 암으로 돌아가셨거든요. 제가 중1일 때니까 벌써 10년도 더 된 얘기지만요."

그때 처음으로 다카나의 가족 이야기를 들었다. 어머

니와 여동생하고 셋이 산다는 건 알았지만 아버지 이야기는 금시초문이었다. 자신의 아버지도 늘 화장실에서 구토를 하곤 했다. 어머니가 병원에 가라고 수차례 말해도 "일을 쉴 수는 없어"라는 말로 일관했다. 영업처에서 피를 토하다 구급차에 실려 갔을 때는 이미 수술조차 불가능할 정도의 상태였다고, 그날 밤 다카나는 이제껏 보인 적 없는 진지한 표정으로 이야기해주었다.

다카나가 등 떠밀지 않았더라면 자신도 그의 아버지와 마찬가지로 병원에 가지 않았을지 모른다. 약국에서 살 수 있는 위장약과 진통제를 먹어가며 쓰러질 때까지 참았을 것이다. 이제까지 병원은 자신과 인연이 먼 곳이었고, 대학병원은 원칙적으로 소견서가 없으면 예약이 안 된다는 사실조차 몰랐을 정도이니 말이다.

"점장님?"

방을 구분 짓고 있던 커튼이 걷히며 사복으로 갈아입은 다카나의 모습이 나타났다.

"아…… 어어. 뭐라더라, 위에 악성인지 뭔지가 생겼다더라고."

구태여 암이라는 말은 입 밖에 내지 않았다.

"악성이라면…… 암을 말하는 거죠?"

"응, 놀랍지? 이제부터 자세하게 검사할 거라는 둥 하면서 내일 당장 입원하라지 뭐야. 말도 안 되는 소리라 예약은 나중으로 미루고 돌아왔지만."

할 말을 잃은 다카나를 보고 "그런 표정 짓지 마" 하며 웃어 보였다. 이렇게까지 걱정을 해주면 되레 이쪽이 마음이 쓰인다.

"입원 검사, 받으시는 게 좋아요. 하루라도 빨리요, 그건……."

"그래. 조만간 본사랑 상의해볼게. 점장 대타 정해지고 인수인계 끝나면 입원하려고. 너희 아르바이트생들한테도 민폐네."

"그런 게 뭐가 중요해요."

"어?"

"민폐라느니, 그런 게 무슨 상관이에요. 첫째는 자기 목숨이잖아요."

"목숨은 무슨…… 오버하기는."

"아뇨, 오버하는 거 아니에요. 저, 점장님이 병으로 죽는 거 보고 싶지 않거든요."

생각에 잠긴 다카나의 표정에 료가는 머금고 있던 미소를 지웠다.

"점장님, 저요."

지금이니까 하는 이야기지만, 열여덟 살에 이 가게에

채용되기 전까지 아르바이트 면접에서 내리 떨어졌었다며 다카나가 입가를 일그러뜨렸다. 이유는 아마도 고등학교를 중퇴했기 때문인 것 같다. 그것 말고도 외모나 태도, 혹은 어떤 다른 이유가 또 있었을지 모르지만 정확히는 알 수 없다. 불합격 사유를 가르쳐주는 면접관은 한 사람도 없었으니까.

"점장님뿐이었어요. 고등학교를 중퇴한 이유라든지, 지금까지 뭘 했었는지 하는 걸 물어봐 준 건요."

듣고 보니 다카나의 면접을 봤을 때 그런 이야기를 했었다. 오른쪽 팔꿈치에 남아 있는 수술 자국이 눈에 띄어 "혹시 너, 야구 했었어?"라고 물었던 게 시작이었다. 교헤이에게도 똑같은 흉터가 있는 데다, 이력서에 적힌 고등학교가 고시엔*에 단골로 출전하는 학교였으므로 무심코 입 밖에 낸 말이었다.

팔꿈치 인대가 끊어져 투수 생활을 이어갈 수 없게 된 것이 다카나가 고등학교를 그만둔 이유였다. 체육 특기생으로 들어간 학교이다 보니 몸 둘 곳이 사라진 이상 학교를 계속 다니기가 껄끄러워졌다. 일정한 직장을 얻지 않고 육체노동을 해온 이유는 중졸로는 정규직 사원이 될 수 없었기 때문이라고, 다카나는 띄엄띄엄 털어놓았다.

---

* 일본 전국 고등학교 야구 선수권 대회.

"그날, 면접 본 당일에 채용이 돼서…… 저, 점장님한테는 진심으로 감사해하고 있어요. 그러니까 점장님이 쉬시는 동안엔 제가 그 빈자리를 메꿀게요. 아무튼, 빨리 병을 고치셨으면 좋겠어요."

가족도 아닌데 죄송해요. 다카나는 그렇게 짧은 한마디를 내뱉더니 가볍게 고개를 숙이곤 탈의실을 나갔다.

이 애라면 걱정 없겠지 하고 믿고 있던 아르바이트생이 어느 날 갑자기 나오지 않는 경우가 있다. 반대로 손님 응대를 제대로 할 수 있을지 반신반의하며 채용한 다카나 같은 애가, 지각도 결근도 없이 몇 년이 지나도록 가게를 떠받쳐주는 경우도 있다. 사람을 채용하는 입장이 되어보고 알게 된 것은, 이력서에 쓰인 학력이나 자격증은 믿을 게 못 된다는 사실이다.

근무관리대장을 철제 책장에 도로 꽂아놓고 그 대신 본사 쪽 연락처가 적힌 책자를 빼냈다. 다카나의 말대로, 입원은 당연히 하루라도 빠른 편이 좋을 것이다.

오후 열 시를 지날 무렵, 집 근처 역에 도착했다. 조금 더 일찍 귀가할 예정이었는데 결혼식 뒤풀이를 마친 단체 손님이 밀려들거나, 아르바이트생 도가와 사와코에게 연락을 해보거나 하는 사이 시간이 흘러버렸다. 도가와는 오늘부로 아르바이트를 그만두겠다고 말했고, 료가 역시 붙잡지 않았다. 가게로 한번 오라는 말은 전했으나 올지 어떨지는 알 수 없었다.

오늘은 유독 긴 하루였군……. 료가는 깊은 한숨을 내쉬며 역 앞 마트로 들어갔다. 이런 시간에도 마트에는 드문드문 사람이 있었고, 퇴근길에 들른 것인지 정장을 입은 남자들이 반찬과 도시락을 물색하고 있었다. 넥타이를 맨 쉰 안팎의 남자 옆에서 료가도 반찬을 집어 들었다. 우엉조림, 무 샐러드, 단호박찜. 평소에는 직접 요리해 먹을 때도 있지만, 아닌 게 아니라 오늘 밤은 그럴 만한 기력이 남아 있지 않았다. 노란색의 할인 스티커가 붙은, 몸에 좋아 보이는 것들을 바구니에 담아나갔다.

닭간찜을 손에 들자 불현듯 마쓰바라가 보여준 위내시경 사진이 머리에 떠올랐다. 위에는 입구에 해당하는 분문부와 출구에 해당하는 유문부가 있는데, 료가의 경우 분문부 부근에 종양이 생겼다고 한다. 아무래도 이 간찜은 좀……. 자신의 장기를 방불케 하는 이런 유의 음식은 지금으로선 입에 대고 싶지 않았다.

계산대에서 한 장에 3엔을 내고 산 반투명 비닐봉지에 이틀분의 반찬을 담아 집으로 향했다. 역 앞 마트에서 료가가 사는 맨션까지는 도보 15분. 맨션이 고지대에 있는 까닭에 대부분이 오르막길로 되어 있다. 엷은 구름이 걸린 얼음사탕 같은 겨울 달을 바라보며 비탈길을 올랐다. 찬 공기에 습기를 머금은 흙냄새가 뒤섞여 당장에라도 비가 내릴 듯했다.

배 속이 텅 빈 탓인지 서서히 명치 부근이 아파 왔다. 요즘은 공복이 되면 위에 둔통이 온다. 통증 때문인지 공복 때문인지, 양손이 떨리기 시작했다.

심각한데……. 그렇게 생각하며 다운재킷 주머니에서 휴대전화를 꺼냈다. 하지만 역시나 전화할 상대가 떠오르지 않았고, 화면의 하얀 불빛을 몇 초간 응시하다 교헤이의 번호로 전화를 걸었다.

"어어, 료가, 무슨 일이야?"

긴 연결음 끝에 고막이 터질 정도로 큰 목소리가 귀를 찔렀다. 폐활량이 좋은 것인지 예전부터 교헤이는 목소리가 컸다.

"아아, 교헤이…… 미안, 이런 시간에."

"아냐, 지금 씻고 나와서 쉬고 있었어. 그나저나 웬일이냐, 네가 전화를 다 하고. 아, 아, 아, 그거구나, 드디어 올 것이 왔군."

북채로 얻어맞은 양 고막이 아팠다.

"그거라니, 무슨 소리야?"

"당연히 결혼이지, 결혼. 료가도 슬슬 해야 할 텐데, 하고 어제도 엄마랑 한탄하고 있었다고."

여느 때보다 더 쾌활한 목소리에 료가는 피식 웃고 말았다. 오늘 처음으로 웃음이 났다.

"아쉽게도 그 얘기는 아니야."

"그럼 뭐야, 그냥 내 목소리가 듣고 싶었던 거야?"

교헤이가 아직 독신이던 5년 전까지는 오카야마에서 심야 버스를 타고 도쿄로 놀러 오는 경우도 왕왕 있었다. 도쿄 돔*에서 요미우리 자이언츠의 경기를 보거나 종합격투기 경기를 관전하는 등 나름대로 형제끼리의 교류를 가져왔는데, 교헤이가 결혼하고 아이가 생기고부터는 완전히 소원해졌다. 교헤이는 가족들을 데리고 도쿄 디즈니랜드에 가기는 하는 모양인데, 그 역시 엄마인 도코에게서 들은 이야기로 교헤이가 먼저 연락해 오는 일은 좀처럼 없다.

"저기, 교헤이. 야다라고 기억나? 고등학교 동창."

"야다?"

"이름이…… 이즈미였나. 그래, 이즈미. 야다 이즈미라 그랬다."

* 1988년에 건설된 일본 최초의 돔 구장으로, 일본 프로 야구단 '요미우리 자이언츠'의 홈구장이기도 하다.

"아아, 그 야다? 같은 반인 적은 없는데 어느 정돈 기억나. 그림 무진장 잘 그리고, 얼굴 둥글둥글한."

"지금은 홀쭉해졌더라고. 미인이 됐어."

"야다가 어쨌는데? 어, 설마 둘이 사귀는 거냐?"

"아니야, 아니야. 오늘 오전에 우연히 만났거든. 그래서 잠깐 근황을 주고받았는데…… 너도 아나 하고."

"그래서 전화했어?"

"……응, 옛날 생각나고 해서."

휴대전화를 귀에 붙인 채 료가는 비탈길을 올랐다. 도중에 비가 내리기 시작했지만, 교헤이와 이야기하는 사이 통증이 잊혀 이럭저럭 비탈을 마저 오를 수 있었다.

*

선잠이 든 탓인지 꿈을 꾸었다. 그럽고, 무서운 꿈이었다. 꿈속의 료가는 열다섯 살이고, 아빠가 사준 오렌지색 등산화로 얼어붙은 눈을 힘껏 밟고 있었다. 옆에는 자신과 똑같은, 열다섯 살의 교헤이가 있었다.

"교헤이, 잠깐 쉴까?"

얼굴을 찡그린 채 왼발을 질질 끌며 걷는 교헤이에게, 료가는 가능한 한 평소와 다름없는 어조로 말을 건넸다.

심각한 목소리를 내면 시야를 온통 뒤덮은 눈보라에 마음마저 삼켜져 버릴 듯싶었다.

"괜찮아, 더 갈 수 있어. 그보다 지금 몇 시야?"

"세 시 좀 넘었어. 일몰까지 아직 세 시간 가까이 남았어."

"아직 세 시간이라고? 지금 상황에선, 이제 세 시간밖에 안 남았다고 해야 맞지. 넌 진짜 국어에 약하다. 책 좀 읽어, 책."

교헤이도 료가에 질세라 밝은 목소리를 냈다. 나약한 마음을 필사적으로 떨쳐내려 하고 있다는 걸 료가는 알고 있었다.

그날 료가와 아빠, 교헤이 세 사람은 겨울 산에 와 있었다. 중학교 졸업식을 일주일 앞두고, 아빠가 졸업 기념으로 '셋이서 나기 산을 등반하자'는 말을 꺼낸 것이다. 등산을 좋아하는 아빠의 영향으로 형제는 초등학교에 가기 전부터 수없이 많은 산을 등반해왔다. 1000미터 이하의 낮은 산을 비롯해 초등학교 저학년 무렵에는 1925미터의 기리가미네 고원, 고학년이 되어서는 겨울의 다이센 산이나 2000미터가 넘는 야쓰가타케 산 등반에 도전한 적도 있었다. 그런데 중학교에 올라가 야구부에 들어가면서부터는 바빠진 까닭에 셋이서 하는 등산은 무척 오랜만이었다. 등산 전날, 집에서 짐을 꾸리고 있을 때 료가는 아빠의 모습이 어쩐지 평상시와 다르다는 사실을 눈치채고 있었다. 형제에게 등산을 가자고 권유한 아빠에게서 각오가 엿보인 듯했기 때문이다.

아빠는 분명, 산을 오르는 중 우리 형제에게 진실을 말하려는 거겠지——.

료가는 왜인지 그렇게 확신하고 있었다.

그런 탓에 전날 밤 이불 속으로 들어간 뒤에도 좀처럼 잠을 이루지 못했던 기억이 있다. 만약 아빠가 진실을 털어놓는다면 나는 어떤 얼굴을 해야 할까. 처음 안 체하며 놀라야 할까. 아니면 이미 알고 있었다고 솔직하게 말해야 할까. 2층 침대 위에서 자고 있는 교헤이의 숨소리를 들으며, 그 생각만을 하고 있었다.

돗토리 현縣 야즈 군郡과 오카야마 현 가쓰타 군의 경계에 위치한 나기 산은 해발 1255미터의 낮은 산으로, 경로 자체는 난이도가 높지 않다. 여름의 나기 산은 이제껏 수 차례 등반했고, 더 높은 겨울 산에 오른 경험도 있었다. 그래서 방심했는지도 모른다. 등산 도중 교헤이와 둘이서 소변을 보러 갔을 때, 부주의하게도 설비雪庇*를 밟았다가 추락해버리고 만 것이다.

---

* 산 능선에 처마 모양으로 쌓인 눈.

낙하하는 교헤이의 팔을 료가가 순간적으로 붙잡았고, 그렇게 둘은 뒤엉키다시피 눈 쌓인 경사면을 미끄러져 떨어졌다. 떨어지던 시간은 고작 십몇 초였을 것이다. 그런데도 설벽雪壁에 몸을 부딪고 멈춰 선 곳에서 위를 올려다보니 등산로는 전혀 보이지 않았다. 유일한 위안은 형제가 흩어지지 않고 거의 같은 장소에서 멈추었다는 사실이었다.

"교헤이, 괜찮아? 다리 부러진 거 아니야?"

등산로로 되돌아가기 위해 눈 쌓인 경사면을 오르던 중, 교헤이가 고통스러운 듯 얼굴을 찡그렸다. "괜찮아, 괜찮아" 하면서도 몇 번이나 멈춰 서기에, 료가 역시 그 때마다 걸음을 멈추었다.

"무리하지 마. 아프면 말해."

정작 자신 또한 숨을 깊이 들이쉴 때마다 폐가 바늘에 찔리는 듯한 날카로운 통증을 느꼈다. 갈비뼈가 부러졌는지도 몰랐다. 눈보라가 이보다 더 사나울 수 없다. 무작정 헤매기보다는 지금 이 자리에 머무르며 구조를 기다리는 편이 낫다. 료가는 그렇게 판단했다. 아빠는 우리가 활락滑落* 한 사실을 알아차렸을 터다. 지금쯤이면 분명 우리를 구조하러 오고 있을 것이다.

---

* 등반 도중 바위나 설사면에서 발이 미끄러져 떨어지는 상태.

"교헤이, 네 배낭에 텐트 들어 있었지? 아빠가 넣었을 거야."

료가는 교헤이의 등 뒤로 다가가 메고 있는 배낭의 지퍼를 열었다. 배낭 안을 뒤적이자 예상대로 텐트가 들어 있었다. 당일에 돌아올 계획이었지만 아빠가 만일의 상황을 대비해 챙겨둔 것이었다. 적설기積雪期용 텐트는 아닐지라도 없는 것보다야 나았다.

"좋아, 이제 무리해서 걷지 말고 어디 안전한 곳에 텐트를 치자. 바람 없고 평탄한, 가능하면 나무가 우거진 곳을 찾는 거야. 여기는 경사가 져서 눈사태가 날 수 있으니까."

지금껏 몇 번인가 설산에서 텐트를 친 경험이 있었다. 그때 아빠가 자신들에게 일러주었던 것을 료가는 안간힘을 다해 떠올리려 했다. 설령 바람이 없고 평탄한 곳일지라도 수목이 없는 곳은 눈이 쌓이므로 텐트가 파묻히고 만다.

"나, 텐트 설치는 자신 없어. 형이 해줄래?"

중요한 부탁을 할 때에만 교헤이는 료가를 '형'이라고 불렀다.

"아빠랑 여러 번 해봤잖아. 아, 운이 좋네. 방설용 플라이*도 들어 있어. 역시 아빠는 뭘 좀 안다니까."

* 텐트 지붕을 덮는 천.

"운이 좋긴. 활락한 시점에서 이미 운이 나쁜 건데."

경사면을 천천히 가로질러 가 수목이 있는 평탄한 곳에 텐트를 쳤다. 과거, 아이젠*을 장착한 채로 설치하던 텐트를 밟아 망가뜨렸던 쓰라린 경험이 있기에 이번에는 실수 없이 빼두었다. 위급 상황에서는 과거의 실패가 보탬이 된다. 그런 생각을 하면서 료가는 밧줄을 묶은 펙**을 눈 속에 박아넣었다.

"료가, 아직이야? 나 추운데."

"거의 다 됐어. 너 먼저 들어가 있어."

텐트 설치를 끝내고, 1미터 정도 떨어진 곳에 눈으로 벽을 쌓아 올렸다. 벽이 바람을 막아주어 밤중의 찬기로부터 몸을 지켜준다고 아빠가 말한 적이 있었다. 물을 만들기 위한 눈도 비닐봉지에 모아 텐트 바로 앞에 놓아두었다.

"교헤이, 완성했어."

피켈***과 아이젠을 한데 모아 쌓인 눈 표면에 꽂고, 화장실을 파는 등의 준비를 마친 뒤 료가는 출입구로 얼굴을 들이밀었다. 텐트 안에서는 교헤이가 무릎을 껴안은

---

* 등산화 밑창에 부착해 미끄러짐을 방지하는 금속제 장비.

** 텐트를 고정하기 위해 땅에 박는 말뚝.

*** 머리 부분에 도끼 모양의 쇠붙이가 붙은 등산용 지팡이.

채 이를 딱딱거리고 있었다.

"왜 그래, 아직 추워?"

"등이 젖어 있었어. 방금 갈아입긴 했지만."

"그래? 뭐 따뜻한 거라도 좀 먹자."

료가의 배낭 안에는 오트밀 통조림과 초콜릿 따위의 비상식량도 들어 있고, 세 명분의 인스턴트 라멘도 있었다. 산 정상에서 라멘을 만들어 먹기 위해 냄비와 가스버너도 챙겨 왔으므로 료가는 곧바로 조리를 시작했다.

"야, 료가. 조난된 게 우리라서 다행이야."

데운 오트밀을 먹고 있는데 교헤이가 그런 말을 꺼냈다.

"무슨 말이야?"

"아빠 혼자서 조난당했으면 큰일이잖아. 우린 둘이니까."

교헤이가 흡족한 듯 고개를 끄덕이고 있었다.

"조난당하지 않는 게 제일 좋긴 하지만."

그렇게 말하면서 료가도 같은 생각을 하고 있었다. 교헤이와 함께여서 다행이라고.

그런데 날이 저물자 깊은 어둠에 압도된 것인지 두 사람의 마음은 순식간에 나약해졌다. 해가 지고 기온이 뚝 떨어졌지만 성인용 침낭은 하나밖에 없었으므로 몸을 밀착시켜 간신히 파고들었다.

"료가, 우리 죽는 걸까?"

"안 죽어."

"아침이 되면 죽어 있을지도 몰라."

"지금 살아 있으니 됐잖아. 그보다 교헤이 너, 죽느니 어쩌니 하는 소리 좀 그만해라."

"엄마 보고 싶다……."

서로의 등과 등을 꼭 맞댄 상태로 교헤이가 중얼거리기에 그 마음의 떨림이 고스란히 전해져 왔다. 실은 교헤이와 비슷한 정도로, 아니 그보다 훨씬 더 많이 료가 역시 엄마 얼굴이 보고 싶었다. 그럼에도 암묵적인 규칙과도 같이, 두 사람 모두 아무리 나약한 소릴 할지언정 울음을 터뜨리지는 않았다. 공포에 넋을 잃는 순간 죽음이 촉수를 뻗쳐 와 자신들을 거두어 갈 것만 같았기 때문이다.

"생각해보니까, 전에 할머니가 나랑 료가는 오래 살 거라고 했었어."

"진짜?"

"용하다는 점쟁이가 나랑 널 보고 그랬대. 장수할 상이 보인다면서."

교헤이가 침낭 안에서 몸을 빙그르 뒤집었고, 그 기척에 돌아다본 료가의 얼굴을 정면으로 바라보았다.

"뭐야?"

"뭐가."

"얼굴 그렇게 가까이 들이대지 마."

"거울 본다고 생각해."

교헤이가 뿜어내는 열로 료가의 전신도 따뜻해져 갔다. 누구의 심장 소리인지 분간할 수 없을 정도로 몸을 단단히 밀착시키고 있었다. 텐트 밖에서 으르렁대는 바람 소리를 들으며, "만약 우리가 진짜 쌍둥이였으면, 엄마 배 속에 있을 때 이런 느낌 아니었을까?" 하고 교헤이가 웃었다. 자신들은 생김새가 무척 닮아서 둘을 쌍둥이로 착각하는 사람이 많았다. 료가도 교헤이도 부정하지 않았으므로, 주위 사람들에게는 사사모토 트윈스라 불리곤 했다. 료가는 그렇게 불릴 때마다 내심 안도하고 있었다. 이대로 쭉, 될 수 있으면 인생의 마지막 날까지, 교헤이는 아무것도 알지 못하게 한 채 형제로 있고 싶었으니까——.

눈을 뜨자 하얀 형광등 불빛이 눈 안쪽을 파고들었다.

"꿈인가……."

그러고 보니 집으로 돌아와 사 온 반찬도 먹지 않고 침대에 누웠던 것이다. 옷은 비에 젖은 채였고, 양말도 그대로 신고 있었다. 위가 아팠다. 불에 그을린 듯한 열이 느껴졌다. 그래서 그런 옛날 꿈을 꾼 것인지도 몰랐다.

꿈속에서는 참을 수 있었던 눈물이 어느샌가 료가의

볼을 타고 흘러내리고 있었다. 병원에서도, 일터에서도 억누르고 있던 흐느낌이 돌연 목 안쪽에서부터 넘쳐흐르기 시작했다. 자신의 울음소리를 듣고 싶지 않아 료가는 베개에 얼굴을 파묻었다. 그런데도 어린애 같은 울음소리가 방 안에 새어 나왔다.

암이구나……. 내가 암에 걸렸구나. 아직 서른셋인데…….

슬픔보다도, 어째서 나인가 하는 분한 마음에 온몸이 차갑게 굳어졌다. 건강에 유의하지 않은 것도 아니고, 남들 하는 만큼 성실하게 살아왔을 터인데.

올해 여름은 도통 식욕이 없었다. 봄에 간 꽃놀이에서도 평소와 똑같은 주량으로 오바이트를 했으므로, 그 무렵에는 이미 상태가 나빴던 건지도 모르겠다. 하지만 위의 불쾌감쯤이야 서른 넘은 남성이라면 누구나 느끼고 있지 않겠느냐며 가볍게 생각했다.

트라몬토는 365일 24시간 쉬지 않고 영업한다. 물론 료가에게도 휴일은 있으나, 일손이 부족할 때는 휴일 출근이나 수당도 없는 잔업을 당연한 듯 소화해왔다. 하지만 그건 어느 가게의 점장이든 마찬가지라서, 한 달에 한 번 열리는 점장 회의에서는 모두들 눈 주위에 거무칙칙한 다크서클을 단 채로 어떻게 하면 매상을 늘릴 수 있는지 의견을 주고받는다. 살아가기 위해서는 일을 해야만

한다. 일할 수 있는 장소를 유지하기 위해서는 약간의 무리를 해야만 한다. 자신은 아무것도 잘못한 게 없다. 그런데 자신만 이런 병에 걸리고 말았다.

오진일지도 모른다.

문득 그런 생각이 머리를 스쳤고, 그제야 베개에 파묻고 있던 얼굴을 들 수 있었다. 그렇다, 의사의 오진일지도 모른다. 이제껏 몇 번인가 들어본, 드물지 않은 이야기다.

료가의 아빠는 3년 전에 세상을 떠났는데, 급성 신우신염에 의한 패혈증이 원인이었다. 엄마 아빠 모두 암에 걸린 적은 없다. 나가노 현에 사는 할머니 할아버지는 여전히 건강하고, 외할머니 역시 오래 살아 정든 집에서 혼자 생활하고 있다. 우리 집안은 암 가족력이 없다. 그래, 다른 의사를 찾아가 보자. 다른 병원에서 진료를 받으면 다른 진단이 내려질 수 있다. 한 의사의 진단을 곧이곧대로 받아들여서는 안 된다.

한 줄기의 빛이 보이는 듯해 침대에서 벌떡 일어나 곧장 부엌으로 향했다. 수도꼭지를 비틀어 싱크대에 놓여 있던 컵에 물을 받은 다음, 단숨에 목 안으로 흘려보냈다. 그러는 순간 알 수 없는 무언가가 울컥 치밀어 올라 그대로 입 밖에 토해냈다. 가게에서 마신 진녹색 야채주스가 물때로 미끈거리는 싱크대에 게워졌다.

"아…… 윽."

구역감과 동시에 명치에 극심한 통증이 느껴져 그 자리에 쭈그리고 앉았다. 위의 입구와 출구를 손으로 움켜잡고 홱 비트는 듯한 통증에, 감정과는 무관한 눈물이 괴었다.

위 안에 종양이 생긴 것이다. 종양의 조직을 채취해 검사를 진행했고, 그 결과가 악성이라고 진단받았다. 그런 지극히 간단한 검사를 오진할 리가 있을까. 아니, 없다. 오진 따위가 아니다. 그렇다는 건 사실 잘 알고 있었다.

불과 몇 초 전까지만 해도 다른 병원에 가볼 생각이었는데, 지금은 오진 따위일 리가 없다고 확신하고 있었다. 떠올랐다 가라앉았다 하는 감정에 휘둘리는 것이 골치 아파, 침대 머리맡에 놓아둔 휴대전화를 손에 들었다. 음악이라도 좀 들어야겠다. 기분이 갤 만한 밝은 곡을. 휴대전화에 떠 있는 시각은 오전 열두 시 2분. 제법 오래 잤다고 생각했는데 기껏해야 한 시간 정도 누워 있었을 뿐이다.

평소라면 가게에서 분주히 일하고 있을 시간대였다. 트라몬토는 와인이나 맥주, 위스키에 하이볼* 같은 술도 제공하므로 오전 열두 시를 지날 즈음부터는 술을 찾는

---

* 위스키에 소다수를 탄 칵테일.

손님들이 들어온다. 오후 열 시 이후에는 메뉴도 간단한 식사 위주로 바뀌며, 조명도 다소 어둡게 하고 음악도 분위기 있는 곡으로 바꾼다. 술값도 다른 가게에 비해 저렴한 편이라서, 2차, 3차 후 흘러들어 오는 학생 손님도 많아 그런대로 늘 북적거린다.

지금 유행하는 밝은 곡을 듣던 중 약을 먹어야겠다는 생각이 들었다. 위산 분비를 억제하는 약과 위통을 완화하는 약 두 종류. 가까운 내과에서 처방받은 것인데, 이 약의 효과는 과연 얼마나 있었던 것일까.

약을 먹고 나자 할 일이 없어졌다.

엄마 보고 싶다——.

꿈속에서 교헤이가 중얼거리던 말이 귓가에 생생히 남아 있어, 문득 엄마에게 전화를 걸고 싶은 충동에 사로잡혔다. 엄마의 목소리를 마지막으로 들은 건 올해 여름으로, "오봉엔 집에 오니?" 하고 전화가 걸려왔었다. 그때는 아마 "음식점은 남들 쉴 때가 제일 바쁘잖아"라고 대답했던 것 같다.

엄마에게 전화하려고 휴대전화 화면을 바라보다 생각을 고쳐먹었다. 쓸데없는 걱정을 끼쳐봐야 아무 소용 없다. 엄마는 교복 만드는 공장에서 일하며 혼자 사는 외할머니를 돌보고 있다. 분명 피곤에 찌들어 잠들어 있을 터였다.

또다시 침대에 누워 천장을 바라보고 있자니 이번에는 헤어진 여자친구의 얼굴이 떠올랐다. 벌써 2년 가까이 지난 일이다. 차인 사실은 기억나지만 원인이 무엇이었는지는 아직까지도 잘 모르겠다. "료가 군은 지금 이대로도 괜찮아?" 하고 묻기에 "뭐, 괜찮은 것 같은데"라고 대답한 직후 헤어지자는 말을 들었다. 갑작스러운 나머지 아무런 대꾸도 못 한 채, '이대로'가 어떤 상태를 말하는 것인지조차 짐작하지 못한 채 "네 생각이 그렇다면야" 하고 수긍해버렸다. 내용도 읽지 않고 페이스북에 '좋아요'를 누르듯.

천장을 바라보며 과거의 이런저런 실패를 생각하고 있는데 손안에 쥔 휴대전화가 울렸다. 가게에 무슨 문제라도 생겼나 싶어 허겁지겁 확인하니 낯익은 이름이 화면에 떠 있었다.

"여보세요."

"어, 료가. 밤늦게 미안. 자고 있었어?"

"아니, 일어나 있었어. 교헤이 너야말로 이 시간에 웬 일이야, 내일 일찍 출근하잖아."

교헤이는 예전부터 아침잠이 많았다. 그것은 사회인이 되어서도, 결혼해 가정을 이루고서도 바뀌지 않는 모양이었다.

"아니, 그게 말야."

어찌 된 영문인지 머뭇거리는 교헤이에게 "뭔데 그래" 하고 그다음 말을 재촉했다.

"야다 이즈미 말인데."

"야다? 아아, 아까 전화로 얘기한."

반가운 마음에 그만 SNS에 검색해보았다고 교헤이는 말했다. 단순한 호기심이었고, 별다른 의도는 없었다는데…….

"내가 미인 됐대서 그런 거지? 쓸데없는 짓 하다 마사미 씨한테 이상한 오해 사도 난 모른다."

마사미는 교헤이의 아내로, 중학교에서 과학을 가르치고 있다. 교헤이보다 한 살 연상에, 무척이나 똑 부러지는 사람이다.

"너는 무슨 생각하는지 얼굴에 고대로 드러나서 금방 들킬걸?"

"그러니까, 그게 아니고."

여전히 모호한 태도를 보이는 교헤이를 의아하게 생각하고 있는데,

"료가 너…… 어디 아프냐?"

불쑥 그 말을 꺼냈다.

"뭐야, 갑자기."

"야다 이즈미, 지금 간호사로 일하지? 직장이 도쿄에 있는 대학병원으로 돼 있더라고."

료가가 고등학교 동창, 그것도 여자와 우연히 마주쳐 근황을 주고받았다는 점이 마음에 걸렸다고 교헤이는 말했다. 동창과 우연히 재회하는 일은 있어도 거의 15년 만에 본 여자를 료가가 기억하고 있을 것 같지는 않다. 하물며 료가가 먼저 말을 붙인다는 건 생각할 수조차 없는 일이다. 그렇다면 야다 쪽에서 료가에게 말을 걸었음이 틀림없다. 평일 오전, 사회인인 두 사람이 우연히 만날 만한 장소라 하면 둘 중 한 사람의 직장밖에 더 있겠는가.

"선생님이 그렇게 한가한가? 그런 거 추리할 시간도 있고."

"웬일로 네가 전활 다 했길래 뭔가 이상하다 싶었어. 어째 목소리도 좀 가라앉아 있었고."

교헤이가 보기와는 달리 눈치가 굉장히 빠르다는 사실이 지금 생각났다. 말 속에 담긴 진의를 읽어내는가 하면, 대수롭지 않은 말을 포착해 상대의 본심을 끌어낼 줄 아는 것이 교헤이였다.

"숨기려 하지 마, 료가."

"응. ……야다랑은 걔가 일하는 대학병원에서 만났어.

나…… 위암이래.”

전화 너머로 숨을 내뱉는 소리가 들려왔다. 두 사람 모두 그대로 입을 다물었고, 침묵이 내려앉았다. 료가는 휴대전화를 귀에 댄 채 교헤이의 말을 기다렸다. 가는 숨결이 전해져 왔다.

“료가, 괜찮아. 무조건 나을 거야.”

오랜 정적이 이어져 무슨 일인지 걱정이 될 즈음, 교헤이가 나직이 중얼거렸다.

“뭐야, 그 근거 없는 격려는.”

“내가 낫는다면 낫는 거야.”

교헤이가 너무도 강력히 단언하기에 “그래” 하고 대답한 뒤 전화를 끊었다.

*

“그리고 여기가 코인 세탁실이야. 세탁 1회에 500엔. 꽤나 바가지니까, 되도록 많이 모아뒀다가 빠는 게 좋아.”

선고를 받은 2주 후, 검사를 위해 입원한 소화기외과 병동은 야다가 근무하는 곳이었다. 료가가 간호사실로 인사를 하러 가자, 이미 료가의 입원을 알고 있었던 모양인지 “오늘은 내가 료가 군 담당이니까 잘 부탁해” 하고 웃는 얼굴로 다가왔다. 야다는 오리엔테이션이라며 병동 내부를 안내해주었다.

"지금 있는 곳이 B동이고, 여기 6층 602호실이 료가 군 병실이야."

야다가 병실 앞에 멈춰 서서 벽에 걸린 이름판을 가리켰다. 그곳에는 이미 '사사모토 료가'라는 이름이 끼워져 있었다.

"여러분, 안녕하세요. 오늘부터 입원하시게 된 사사모토 씨예요."

료가의 병실은 4인실이었다. 침대를 메운 세 사람 중 두 사람은 필시 여든이 넘은 환자였고, 나머지 한 사람은 40대 후반 혹은 50대 초반 정도의 건장한 남성이었다.

세 사람은 료가의 얼굴을 힐끗 쳐다보더니 가볍게 고개인사를 하곤, 각자 하던 일을 이어갔다. 이어폰을 귀에 꽂은 두 노인은 TV를 보고 있었고, 중년의 남성은 노트북 작업을 하고 있었다.

"모르는 거 있음 뭐든 물어봐. 아, 참. 나 일단은 존댓말 쓰는 게 좋으려나?"

"어, 그냥 지금처럼 해도 괜찮은데."

"그치? 괜찮지? 사투리로 막 아무렇게나 말하는 것도 아니니까."

희한한 데서 마음을 쓰는군. 그렇게 생각하고 있는 료가에게, 야다는 30분 뒤 CT 검사가 있으니 그때 다시 데리러 오겠다고 말했다.

한 차례 크게 심호흡한 다음, 휴대전화를 상두대 위에 두고 다운재킷과 후드 티를 한꺼번에 벗어 스웨트셔츠로 갈아입었다. 료가에게 주어진 공간에는 홀쭉한 로커가 놓여 있었고, 옷가지 등은 그곳에 보관하면 되는 듯했다. 로커 문을 열자 전에 있던 환자가 두고 간 것인지 짙은 초록색 넥타이가 옷걸이에 걸려 있었다. 자신의 상의를 옷걸이에 걸며, 이 넥타이의 주인은 병을 고치고 퇴원할 수 있었을까 하는 생각을 했다.

"료가 군, 오래 기다렸지? CT실로 안내해줄게. 외래동에 있어서 좀 걸어야 해."

야다가 다시 병실로 들어온 건 료가가 침대 위에 누워 넋을 놓고 있을 때였다. 인간은 참 신기한 생물이다. 태어나 처음 하는 입원이니 얼떨떨할 만도 한데, 이렇게 스웨트셔츠를 입고 침대에 누워 있다 보면 자연스레 환자처럼 굴고 만다.

"아, 그럼 옷 갈아입을게."

료가가 몸을 일으켜 로커를 열려는데,

"괜찮아, 괜찮아, 그대로 가도."

하고 야다가 제지했다.

"외래동으로 간다며?"

"입원 환자는 병원 안에서 실내복 차림으로 다녀도 괜찮아. 고급 호텔도 아닌걸."

대답하며 병실을 나가는 야다를 료가도 뒤따라 나갔다. 이럴 줄 알았으면 낡아빠진 스웨트셔츠 같은 것 말고 새 트레이닝복을 사 올 걸 그랬다며 후회했다.

"너는…… 내가 무슨 병인지 알고 있어?"

CT실은 생각보다 멀어서, 기다란 복도를 하염없이 걷고 나서도 엘리베이터를 타고 내리고 또다시 걸어가야 했다.

"담당이니까."

"그래서, 어떻게 될까?"

"어떻게라니, 뭐가?"

"나는 그…… 나을 수 있을까?"

야다의 걸음이 아주 조금 더디어졌다.

"무슨 소리야, 이제 입원 검산데."

"……그래도."

"너도 참. 마음 굳게 먹어. 당연히 낫지, 그럼. 안 나으면 어쩔 건데?"

야다가 뾰족한 턱을 이쪽으로 돌리고는 눈을 치뜨며 쏘아보았다. 료가는 그 눈을 짧은 몇 초 동안 지그시 바라보았다. 야다는 간호사로 일한 지 10년이 넘은 것이다. 이 환자가 나을지 아닐지 정도는 지금 단계에서도 직감으로 알 수 있지 않을까. 야다의 눈에 거짓이 어려 있지 않은지 살폈다.

"저기가 CT실이야."

료가의 속마음을 읽은 것인지 야다가 은근슬쩍 시선을 돌렸다.

"병동 간호사가 동행하는 건 여기까지야. 지금부턴 CT실에 있는 다른 간호사가 도와줄 거야."

"응, 고마워."

"응. 돌아올 때는 안 데리러 와도 되지? 노인이나 중환자 같은 경우는 데리러 오기도 하는데."

"괜찮아. 혼자서 갈 수 있어."

"B동 6층 602호실이야. 그것만 기억하면 길 잃어도 문제없어."

"나 같은 아저씨가 길 잃었다고 누가 도와주겠어."

야다가 육중한 철제문을 양손으로 밀자 안에서 중년의 간호사가 얼굴을 내밀었다. 그 간호사에게 몇 가지 전달사항을 인계한 야다는 "그럼 이따 봐"라며 한쪽 손을 들어 보이곤 발길을 돌려 되돌아갔다. 일분일초가 아깝다. 그런 느낌을 풍기며 시원시원한 걸음으로 멀어져 갔다. 눈코 뜰 새 없이 바쁘게 일하는 야다가 그동안의 자신과 겹쳐 보였다.

중년의 간호사가 일러주는 대로 검사대 위에 누웠다. 검사에 대한 몇 가지 주의 사항을 전달한 간호사는 CT실을 나갔고, 료가는 혼자가 되었다. 터널 같은 굴속에 몸이 빨려 들어갔다. 짙은 어둠 속으로 빠져드는 느낌에 두 눈을 질끈 감으니, 이번에는 심장이 믿기 어려울 만큼 빠르게 박동하기 시작했다.

이 불안감을 어떻게 설명해야 좋을까. 비일상적인 장소에서, 비일상적인 일을 하고 있다는 불안감. 평소라면 가게에서 사무 작업을 하고 있을 시간이었다. 아르바이트생들의 희망 근무 시간을 비교해가며 짠 근무표를 컴퓨터에 입력하거나, 매입계획표, 작업지시서, 월간 매출계획표, 매출분석보고서를 작성하거나. 점장이 만들어야 하는 서류는 한두 가지가 아니다. 거기에 재고 조사 업무도 있고, 지난번처럼 직원이 갑작스럽게 그만두는 경우 헬로워크*에 구인 광고를 내는 업무도 추가된다. 그런 당연한 일상이 지금은 전부 멀게만 느껴졌다.

---

* 취업 활동을 지원하는 일본의 행정 기관.

두 눈을 질끈 감은 채 CT 촬영을 견디었다. 병에 걸리고 나서야 자신이 얼마나 병에 무관심했는지를 깨달았다. CT와 MRI가 어떻게 다른지도 몰랐으며, 그 검사들로 뭘 어디까지 알 수 있는지도 처음 알았다. 병 따윈 서른세 살인 자신과는 동떨어져 있다고, 그렇게 방심하고 있었던 것이다.

"사사모토 씨, 끝났습니다. 괜찮으세요?"

별안간 몸이 흔들려 천천히 눈을 떴다. 잠이 들어 있었는지, 눈을 뜬 순간 시야 한가득 펼쳐진 백색에 공포감이 몰려왔다. 설산처럼 하얬다. 화이트아웃.

"속이 불편하진 않으세요?"

간호사의 부둥한 팔에 등을 기대어 몸을 일으켰다. 몽롱한 머리를 흔들고 호흡을 가다듬었다.

"괜찮아요. 감사합니다."

료가는 미끄러져 떨어지듯 검사대에서 내려와 바닥 위에 두 발을 내렸다.

"병실까지 혼자 가실 수 있어요? 만약 어지러우시면 병동에서 데리러 오게끔 할게요."

"아니요, 괜찮습니다."

말은 그렇게 했지만, CT실을 나와 미로 같은 병원 안을 슬리퍼를 신고 걷다 보니 도통 어디가 어딘지 알 수 없게 되었다. 원래는 그렇게까지 크지 않았던 건물이 증축을 거듭하며 거대해진 것이리라. 닌자 저택을 연상케 하는 복잡함에 기가 질렸다. 그래도 얼마간 헤매는 사이 이럭저럭 B동 엘리베이터에 다다랐다.

"어라, 여기 맞나."

엘리베이터에서 내려 자신의 병실 앞까지 왔다가 저도 모르게 이름판을 다시 확인했다. 자신을 제외하면 평균 연령 70세로 짐작되는 병실에서 생기발랄한 웃음소리가 들려왔기 때문이다.

"하여튼, 그렇게 립서비스 해봤자 아무것도 안 나와."

"아니, 진짜로, 진짜로. 너무 예뻐져서 아예 못 알아봤어."

귀에 익은 굵고 우렁찬 목소리였다. 설마 하는 생각으로 병실을 들여다보니, 정장 차림의 남자가 야다와 담소를 나누고 있었다.

"교헤이 너, 여긴 어떻게."

"오, 드디어 왔네."

교헤이가 웃는 얼굴로 료가를 돌아보았다.

"오늘 입원한다길래 어떤지 보러 왔어. 그렇게 성가시다는 얼굴 할 필욘 없잖아?"

입원 첫날 불쑥 들이닥치면, 네가 나랑 엄마한테 숨기

고 있는 '여자친구'를 만날 수 있지 않을까 해서. 그런 농담을 내뱉으며 교헤이가 바로 옆으로 다가왔다.

"그래서, 몸은 어때?"

"뭐…… 나쁘지 않아."

형제가 주거니 받거니 하는 모습을 야다가 흐뭇한 표정으로 바라보고 있었다.

"서른 넘은 사사모토 트윈스의 투샷, 진귀한걸? 그나저나 둘은 나이를 먹어도 똑 닮았네."

"'나이를 먹어도'는 빼지? 너도 동갑이잖아."

즐겁게 대화하는 두 사람을 곁눈질하며 침대로 돌아갔다. 병원 안에서 료가가 있을 곳은 침대뿐이었다.

"그럼 난 가볼게. 료가 군, 무슨 일 있으면 간호사 호출벨 눌러. 교헤이 군도 편히 있고. 그래도 병실이니까 시끄럽게 하면 안 된다? 만약 큰 소리로 대화하고 싶음 담화실로 가면 돼."

야다가 복도로 나가자 병실은 다시금 정적에 잠겼다.

"달라졌네."

교헤이가 흘끗 복도를 돌아보았다.

"어?"

"네가 말한 대로 미인이 됐어."

간호사실에서 료가의 병실을 물어본 상대가 야다였다

며 교헤이는 웃었다. 그쪽에서 이야기하기 전까지 눈앞에 있는 사람이 야다인 줄 몰랐다고.

"그건 그렇고, 교헤이 너 일은 어쩌고?"

"유급 휴가 받았어. 내일부터 겨울 방학이라 문제없어."

"그래? 참, 오늘이 크리스마스이브구나. 너, 가족들은 괜찮아? 굳이 안 와도 되는데. 내가 애도 아니고."

"이런 일에 애 어른이 어딨냐?"

교헤이는 벽 쪽에 있던 둥근 의자에 앉고는 감색 더플백 안에서 하얀 비닐봉지를 꺼내어 내밀었다.

"뭐야?"

"오카야마모모코* 푸딩. 이거라면 먹을 수 있을까 싶어서. 오카야마에서 난 시미즈하쿠토**를 썼대."

"고마워."

"그리고 너, 엄마한텐 언제 말하게?"

"정밀 검사 끝나고, 확정 진단 받으면 말하려고."

"그래, 알았어."

"그보다, 너는 괜찮아?"

---

* 일본 오카야마 현의 청과물 판매 회사가 만든 브랜드로, 푸딩이나 젤리 등의 디저트를 판매한다.

** 일본 오카야마 현에서 개발한 백도의 품종.

"뭐가?"

"건강하냐고."

"지금으로선. 매년 건강 검진도 받고 있고, 자각 증세도 없어."

그렇다니 다행이라며 고개를 끄덕인 다음 료가는 눈을 감았다. 눈 안쪽이 찡하니 뜨거웠다. 난생처음 한 CT 촬영에 긴장한 것인지 생각 외로 지쳐 있었다.

료가가 입을 다물자 교헤이도 말을 걸어오지 않았다. 옆 침대에서 들려오는 코 고는 소리가 침묵의 틈을 떠돌았다. 같은 병실의 할아버지들은 낮에도 대부분 잠들어 있었다.

"얼마 전 꿈에, 그 설산이 나왔어."

감고 있던 눈을 뜨니 교헤이가 자신을 보고 있었다.

"그 설산?"

"나기 산 말이야. 우리가 조난당했던. 몸이 안 좋아서 그랬는지, 꽤나 숨 막히는 꿈이었어. ……저기 교헤이, 우리는 그다음 어떻게 됐더라?"

"그다음이라니?"

"텐트 안에서 저녁을 먹고 난 다음."

"평범하게 아침을 맞이하지 않았나. 아침에 일어나보니 눈이 그쳐 있었고, 여긴 천국인가, 우린 이미 죽은 건가 싶을 정도로 예쁜 설경이 눈앞에 있었고."

"아아, 그랬다. 다음 날 아침엔 개어 있었지."

교헤이의 말에 잊고 있던 풍경이 떠올랐다. 그러고 보면 잠에서 깨어 텐트 밖으로 얼굴을 내밀었을 때, 무서우리만치 아름다운 은빛 세상이 눈앞에 펼쳐져 있었던 것이다. 아침의 엷은 햇살이 들뜬 눈 표면에 음영을 만들어, 마치 눈으로 된 파도처럼 보였다. 교헤이가 "산이 빛나고 있어"라며 어린아이같이 신나 했고, 료가 역시 찬란한 눈에 마음을 빼앗겼다.

"우리는 살 수 있어."

그때, 교헤이가 소리쳤다. 아무런 맥락도 근거도 없는 그 한마디에, 몸 안의 혈액이 전신을 휘도는 게 느껴졌다.

"그런 다음 아침을 먹자마자 네가 텐트에서 나가자고 했어. 일단은 등산로까지 되돌아가자고. 등산로로 나가면, 틀림없이 아빠가 우릴 찾아내 줄 거라고."

그랬다. 자신은 그 하루에 승부를 걸었던 것이다. 그날 아침 남아 있던 식량은 인스턴트 라멘과 콘비프 통조림, 코코아와 초콜릿뿐이었으므로, 다음 날까지 버티기는 과연 힘들다는 사실을 알고 있었다.

"교헤이, 걸을 수 있겠어?"

"물론이지."

"좋아, 가보자."

그렇게 아침을 먹자마자 등산로로 가기 위해 일어섰다.

어떻게든 등산로까지 되돌아가고자 둘의 몸을 로프로 연결해 눈 표면을 오르던 중, 료가는 태양 빛을 향해 '하느님, 제발 살려주세요' 하고 기도했던 일이 생각났다.

텐트를 나온 지 한 시간도 채 지나지 않아 발이 얼어붙은 듯 차가워졌고, 손끝의 감각이 사라지기 시작했다. 묵직하게 제작된 등산화는 겨울 등산용으로 신으라며 아빠가 중학교 졸업을 기념해 사준 것이었다. 색상은 교헤이가 블루 사파이어였고, 료가는 선셋 오렌지. 너무나도 눈부신 오렌지색에 주눅이 들어, 교헤이만큼 천진스레 "고마워"라고 말하지 못했던 기억이 있다.

료가와 교헤이는 서로를 북돋우며 야영한 장소에서부터 단단한 설벽을 신중히 등반했고, 이윽고 능선에 이르렀다. 능선으로 나오니 시야는 양호했다. 맑게 갠 파란 하늘 아래서 나침반을 사용해 방위를 확인한 다음, 눈사태가 일어나지 않기만을 간절히 바라며 등산로로 향했다.

교헤이와 당시의 일을 이야기하고 있자, 어렴풋했던 기억이 선명한 색채를 띠며 되살아났다. 나무들 꼭대기에 관冠처럼 쌓여 있던 둥근 눈. 활처럼 휜 채로 쌓인 눈을 떠받치고 있던 대나무들. 눈보라에 휩쓸려 낙하해가는 한 마리의 새. 어느덧 20년 가까이 지난 일임에도 세세한 장면 하나하나가 새록새록 떠올랐다.

"아빠, 술 취하면 맨날 얘기했잖아. 구조대 사람들하고 같이 등산로를 걷고 있는데, 하얀 길 끝에 오렌지색, 그리고 파란색 빛이 보였다고. 다른 구조대원들은 누구 하나 알아채지 못했는데 아빠한테만은 보였다고."

그랬다. 평소 과묵하고 온화한 아빠가, 형제의 이름을 큰 소리로 외치며 달음질해 왔던 것이다.

"……료가."

즐겁게 추억담을 늘어놓던 교헤이가 갑자기 어두운 표정을 지었다.

"왜?"

"그때…… 우리, 신발을 바꿔 신어서……."

이불 밖으로 비어져 나온 료가의 발에 교헤이가 시선을 두었다. 양말을 신고 있어서 보이지 않지만, 료가의 발가락은 왼쪽 오른쪽 모두 뒤틀린 모양을 하고 있다. 동상의 상흔이다. 악천후 속 텐트에서 밤을 넘길 때는, 신발을 비닐봉지에 넣어 기온이 높은 곳에 두어야 한다. 그 사실을 잊은 교헤이는 신발을 텐트 출입구 근처에 방치해두었고, 아침이 되어서야 신발이 젖었다는 걸 깨달았다. 교헤이는 왼발을 다친 상태였으므로 료가가 자신의 신발과 바꾸어주었던 것이다.

"그랬지, 신발을 교환했었어. 그러고 보면 나, 발 사이즈는 지금도 그때랑 똑같네."

어지간히 무서웠던 것이리라. 그 등산을 끝으로 교헤이는 '산에는 두 번 다시 가지 않겠다'고 선언했다. 그러면서 등산용품을 모조리 버려버렸다.

"그나저나, 교헤이. 그날 밤, 우리 무슨 약속 하나 했잖아. 무슨 약속이었는지 기억나?"

"약속? 전혀 기억 안 나는데."

"중요한 약속이었던 것 같은데."

"잊어버렸을 정도면 그렇게 중요한 건 아니지 않겠냐?"

"하긴…… 그런가."

착란 상태일 때의 기억 따위 어디론가 사라져버렸다 한들 이상할 게 없었다.

대화 도중,

"사사모토 씨."

하고 자신을 부르는 목소리가 연녹색 커튼 너머로 들려왔다. 교헤이가 손을 뻗어 커튼을 젖히자, "아까 한 CT 검사 결과가 나왔다고, 마쓰바라 선생님께서 설명해주신대"라며 상냥한 미소를 띤 야다가 서 있었다.

"마쓰바라 선생님?"

교헤이가 료가에게 묻기에 "주치의 말이야" 하고 대답했다.

"야다, 실력 있는 의사냐? 그 마쓰바라 선생님이란 사람."

"응. 의사로서는 괜찮은 것 같아. 환자들 평판도 좋고."

"의사로서는?"

교헤이가 파고들자 야다는 조금 당황해했다. 처음 재회한 날에도 느꼈지만, 야다는 마쓰바라를 거북해하는지도 몰랐다.

"아니, 아니, 물론 인간적으로도 괜찮아."

야다가 우물거리며 몇 번이나 고개를 끄덕였다.

"그래? 그럼 다행이고. 결과, 나도 같이 들어도 돼?"

"물론이지. 괜찮지, 료가 군?"

야다가 료가와 교헤이를 손짓해 불렀다. 병동에 와 있나 했는데 마쓰바라는 외래진료실에 있는 모양이라, 엘리베이터를 이용해 1층으로 내려갔다.

"선생님, 사사모토 료가 씨입니다. 가족분도 함께 오셨어요."

노크를 하고 진료실로 들어가자 야다가 의자 두 개를 준비해주었다. 책상 앞에 앉아 있던 마쓰바라가 천천히 두 사람 쪽을 바라보았다.

"사사모토 씨, 검사받으시느라 수고 많으셨어요. 그래서, CT 촬영 결과 말입니다만."

아무 서론도 없이 불쑥 본론으로 들어가기에 료가는 방어 자세를 취했다. 마쓰바라의 표정에서는 그 어떤 감정도 읽어낼 수 없었다.

"흉복부 CT 검사에서는 다른 장기로의 전이는 발견되지 않았어요. 그런데 수술은 받으셔야 합니다."

마쓰바라는 신중한 어투로 그렇게 말하고는, "수술 때는 종양이 확산된 범위에 따라 위 전체를 적출할 수도, 일부를 남기고 적출할 수도 있습니다. 다만 종양이 내시경으로 적출하기는 어려운 위치에 있어 개복 수술로 진행되겠습니다" 하고 이어 말했다.

전이는 발견되지 않았다는 그 한마디에 눈물이 날 뻔했다.

"괜찮습니다. 개복 수술로 진행해주세요."

만일 옆에 교헤이가 없었더라면 울음을 터뜨렸을지도 모른다. 저도 모르는 사이 움켜쥐고 있던 주먹이, 허벅지 위에서 떨리고 있었다.

"그래서 수술 일정 말입니다만, 한 달 뒤인 1월 20일로 괜찮으실까요? 전날 19일에 입원하시고요."

마쓰바라가 탁상 달력을 쳐다보며 말하자 료가가 대답하기도 전에,

"올해 안으론 힘듭니까?"

하고 교헤이가 끼어들었다.

"올해, 말인가요?"

"안 좋은 건 빨리 떼어내는 게 나으니까요."

"뭐, 무슨 마음이신진 알지만……."

교헤이가 더 빨리는 안 되겠냐며 마쓰바라에게로 다가붙었다.

"아, 선생님. 그러고 보니 오늘 아침, 수술 하나가 캔슬됐어요. 잠깐 봐도 될까요?"

야다가 마쓰바라 앞으로 몸을 내밀더니 마우스를 손에 쥐고 컴퓨터 화면을 전환했다. 마쓰바라를 밀어제칠 듯한 기세에, 야다가 간호사로서 쌓아온 경력이 엿보였다.

"맞네. 선생님, 29일 아홉 시 수술, 비어 있어요."

"아, 그렇군. 그럼 사사모토 씨, 이번 달 29일은 어떠신가요?"

마쓰바라가 컴퓨터 키보드를 시원스레 두드리며 "연말이라 좀 어수선하실 시기지만요" 하고 물어 왔다. 교헤이가 료가의 일정도 확인하지 않고 "그럼 그날로 부탁드립니다"라고 즉답하며 눈짓을 보냈다. 연말은 송년회 시

즌이라 가게의 성수기다.

"선생님, 형의 암은 지금 어느 단계인 겁니까?"

"어느 단계냐는 건……."

"그 왜, 특유의 셈법이 있잖아요. 1이라든지 2라든지 숫자로 나타내는……."

"아아, 기수 말씀이시죠? 진행 기준은 위암의 경우 침범 깊이, 림프절 전이 범위, 간이나 복강 같은 다른 장기로의 전이 유무 등으로 판단합니다. 침범 깊이란, 간단히 말해 암의 깊이가 어느 정도인가를 말하죠. 수술해보지 않고서는 몇 기인지 확정할 수 없습니다만, 사사모토 씨는 아마도 초기일 것으로 예상됩니다."

마쓰바라의 말에 교헤이가 미간을 찌푸리며 끄덕이고는 숨을 크게 토해냈다. 한숨을 내쉰 건 교헤이인데, 료가 역시 어깨에 올라가 있던 추를 내려놓은 양 몸이 가벼워진 기분이었다.

"그럼 사사모토 씨, 이대로 입원해 계시다 29일에 수술하시는 것으로 괜찮으실까요?"

"네, 잘 부탁드리겠습니다. 감사합니다."

진료실을 나와 교헤이가 또 한 번 깊은 한숨을 내뱉더니, "12월 29일이면 5일 뒤네" 하고 말해 왔다.

"그렇네. 갑자기 쉴 수 있을지 모르겠네. 상사한테는

이번엔 입원 검사만 하는 거라 연말연시는 일할 수 있다고 말해놨거든."

"만약 허락 안 해주면, 회사 관둬."

"무슨 말도 안 되는 소릴. 근데…… 그래. 어떻게든 부탁해볼게."

교헤이가 수술 일정을 앞당겨준 것이다. 그 마음을 저버릴 수는 없었다.

참, 닷새 후 수술하게 된 사실을 엄마에게 알려야 하는데. 엄마는 문자나 메신저를 사용하지 않으므로 이야기하려면 전화를 하는 수밖에 없는데, 전화로 이야기하기는 어쩐지 껄끄러웠다. 그래, 편지로 하자, 하고 료가는 마음먹었다. 병원 안에 우체통이 있으니 곧바로 편지를 써서 넣어야겠다.

"아."

료가는 걸음을 멈추곤 작게 외쳤다. 그랬다. 틀림없다. 그 설산에서 교헤이와 주고받은 약속이 지금 막 생각났다.

"왜 그래?"

앞장서서 걷고 있던 교헤이가 의아한 듯 돌아보았다.

"교헤이, 우리 분명 약속했었어."

"약속? ……아아, 아까 했던 산 얘기 말이군."

"조난당한 그날 밤, 우리 둘이 편지를 썼잖아."

눈 속에 갇힌 밤, 엄마 아빠에게 편지를 써두자는 말을 꺼낸 건 료가였을까, 교헤이였을까. 텐트 안에선 랜턴 불빛이 너울거리고 있었다.

"종이가 없네."

"등산 지도 뒤에 쓰면 되잖아."

"필기구는?"

"등산신고서 적을 때 쓴 펜이, 아마 배낭에 들어 있을 거야."

유서라는 말은 입 밖에 내지 않았다. 그런데 실은 너무나도 길고 추운 밤에 끝내 굴복해버릴 것만 같은 심정이었다. 한번 눈을 감았다가는 더 이상 깨어나지 못하는 것 아닐까. 엄마 아빠 곁으로 두 번 다시 돌아갈 수 없는 것 아닐까. 머리 한구석에 그런 생각들을 담아두고 있었을 터다.

펜이 한 자루밖에 없었으므로, 한 명이 쓰고 있을 때 다른 한 명은 반대 방향으로 고개를 돌린 채 펜이 종이 위를 미끄러지는 소리를 듣고 있었다. 지도 뒷면은 서투른 글씨로 새까맣게 채워졌다. 종이를 공평하게 반으로 잘라, 저마다의 심정을 한 글자 한 글자 고이 적어넣었다.

혹시라도 어느 한 사람만 죽게 된다면……. 절대로 그런 일은 일어나지 않는다, 일어날 리 없다. 그럼에도 만에 하나 일어나게 된다면, 살아남는 쪽이 이 편지를 엄마 아빠에게 전달하자.

편지 쓰기를 마치고, 형제끼리 그런 약속을 주고받았다.

그러나 자신들은 구조되었다. 지도 뒷면에 적힌 편지는 누구의 눈에도 닿지 않은 채 배낭 밑바닥에 파묻혀 잊혀갔다.

"듣고 보니까 그런 약속을 했던 것도 같다. 뭐라고 썼는지는 하나도 기억 안 나지만."

교헤이는 매점에서 캔 커피 하나를 샀고, 병실로 돌아와 단숨에 들이켰다. 목울대를 울리며 들이마시는 모습이, 경기 도중 이온음료를 벌컥벌컥 마시던 학창시절의 교헤이를 떠올리게 했다. 자신은 이런 기세로 음료를 갈구해본 적이 없으며, 아무렴 앞으로도 없을 것이다. 자신의 몸속 장기를…… 위를 적출하고 살아간다는 것은 어떤 느낌일까. 튀어나온 울대뼈가 오르내리는 모습을 바라보며 료가는 그런 생각을 하고 있었다.

"입원 중에 필요한 거 있으면 적어놔. 다음에 가지고 올게."

"굳이 올 필요 없다니까. 수술 전에 잠깐 집에 다녀올 거라서."

"언제?"

"어?"

"집에 언제 갈 건데?"

"오늘하고 내일은 크리스마스라 사람이 많을 테니, 사흘 뒤에 다녀올까 싶어."

"그래, 알았어. 사흘 뒤면 27일이지?"

무척 중요한 사실을 확인하는 듯 교헤이가 고개를 크게 끄덕였다.

"그럼 또 올게."

"멀리서 오느라 고생했어. 그리고 엄마한테 안부 전해줘. 마사미 씨한테도."

캔 커피를 마저 마시고 교헤이는 돌아갔다. 병 따위 얼씬도 못 할 것 같은 강건한 몸으로 가족이 있는 집으로 돌아가는 그 모습이 눈부셔, 료가는 흡사 햇빛이 비치기라도 한 양 눈을 가늘게 떴다.

그로부터 사흘 후, 료가는 외출신청서를 내고 잠시 집으로 돌아갔다. 수술을 받고 나면 2주 정도 입원해야 하므로 부족한 옷을 가지러 갔다.

정문으로 들어가 우편함에 쌓여 있던 우편물을 뽑아내자, '발송인 사사모토 교헤이'라고 적힌 택배기사의 부재표 한 장이 발밑으로 팔랑 떨어졌다. 그러고 보면 얼마

전 병원으로 문병을 왔을 때 "집에 언제 갈 건데?"라며 집요하게 물었었지. 뭔가 보낼 물건이 있었나 보다, 하고 료가는 그제야 납득했다.

엘리베이터로 3층까지 올라가 집 현관문을 열었다. 작은 현관 바닥에는 검은색 가죽 구두와 회색 스니커즈가 아무렇게나 나뒹굴고 있었다. 짧은 복도 끝의 간유리로 된 문을 손으로 밀어젖혔다. 그곳에는 도쿄로 나오고부터 오늘날까지의, 사사모토 료가의 모든 것이 들어차 있었다.

"나 왔어."

자신의 방 냄새를 한껏 들이마셨다. 기름진 냄새 같기도, 먼지 냄새 같기도 했다. 결코 좋은 향기라고는 할 수 없지만 마음이 진정되는 냄새였다. 병원에서는 손목에 감은 네임밴드와 침대에 붙은 이름표 외에 자신이 사사모토 료가임을 증명하는 것은 아무것도 없었다. 고작 며칠 입원했을 뿐인데도 자신이 누구인지, 지금껏 무얼 하며 살아왔는지조차 흐리터분해져 있었다. 사람은 이다지도 손쉽게, 이제껏 있어온 곳으로부터 떨어져 나오는 게 가능한 것이다.

TV 앞에 놓인 좌식 의자에 앉아 등받이에 체중을 실었다. 이틀 후 수술을 받기 전까지 해야 하는 일들을 머리에 하나하나 떠올려보았다. 상사에게는 수술이 결정된 날 연락을 취했다. 사정을 말하니 한 달간 휴가를 쓰라고 하기에 고마운 마음이 들었다. 다만 연말연시라 한창 바쁜 시기임에도 불구하고 흔쾌히 휴가를 허락받은 사실에 한편으로는 맥이 빠지기도 했다. 자신을 대체할 사람은 얼마든지 있다. 어렴풋이 그런 생각이 들었고, 마음 한구석에 씁쓸함이 일었다.

"신경 끄자, 신경 꺼……."

하찮은 생각에 얽매여 있는 자신이 한심해 중얼거렸다. 물론 그 중얼거림에 대꾸해줄 사람은 없었다. 혼자 산다는 건 자신의 나약함과 유약함에도 홀로 맞서야 한다는 것이다. 그런 당연한 사실을 병에 걸리고 나서야 비로소 실감했다. 혼자는 홀가분하고 자유롭다고들 하지만, 그건 몸에 내려앉는 불티를 스스로 털어낼 만한 힘이 남아 있는 동안만이다. 젊든 늙었든, 남자든 여자든, 병은 무섭고, 죽는 건 더더욱 무섭다. 그 한없는 공포를 엿본 지금, 앞으로 혼자 살아가기 위한 각오를 다져야만 했다.

료가는 작게 숨을 내쉬곤, 방금 전 우편함에 들어 있던 부재표를 손에 들었다. 그곳에 기재된 번호로 전화를 걸자 곧장 택배기사에게 연결되었다. 오늘 여섯 시까지는 집에 있으므로 재배달을 받고 싶다고 전하니, "시간 맞춰 가겠습니다" 하고 젊은 남성의 힘찬 목소리가 되돌아왔다.

"이건 됐고."

뒤이어 병원에서 전달받은 '입원 안내문'을 읽으며 셔츠와 바지, 슬리퍼와 면도기 등의 생활용품을 챙기기 시작했다. 부족한 건 돌아가는 길에 사면 되었다. 지금 집에 있는 물건만을 감색 더플백에 집어넣다 보니 짐 챙기기는 순식간에 끝이 났다. 이제는 택배를 받고 병원으로 돌아가기만 하면 되었는데, 난데없이 온몸의 힘이 빠져 제자리에 털썩 주저앉았다.

왜 하필, 나일까.

담배는 피우지 않는다. 술도 사람들과 적당히 즐기는 정도다. 평소에는 되도록 직접 요리해 먹고, 시간이 없을 때는 마트에서 반찬을 사다 먹는다. 수면 시간이 날마다 다르다는 점을 제외하면, 이 나이에 병에 걸릴 만한 생활은 해오지 않았을 터다.

그런데도 위암에 걸렸다.

어째서 나인 걸까…….

고개를 떨군 순간 마룻바닥에 눈물이 떨어졌다. 목 안쪽에서 흐느낌이 새어 나왔다.

병실과 달리 여기선 마음껏 울어도 된다는 안도감 때문인지 눈물이 하염없이 쏟아져 내렸다. 흐느낌 이외의 다른 소리들은 멎어버렸고, 차디찬 방에서 료가는 울었다. 추위 탓인지 공포감 탓인지, 아까부터 온몸이 가늘게 떨리고 있었다. 난방을 틀고 이불을 뒤집어써 몸을 녹였다. 그럼에도 떨림은 멈추지 않았고, 어느새 병실로 돌아갈 기력은 온데간데없이 사라진 채였다.

그 상태로 있은 지 한 시간쯤 지났을까. 휴대전화 벨소리가 들려와 천천히 얼굴을 들었다. 양쪽 콧구멍에서 대량의 콧물이 흘러내려 얼굴을 적셨다. 티슈로 코를 막으며 화면을 쳐다보니 '교헤이恭平'라는 두 글자가 떠 있었다.

"여보세요."

"아, 료가. 지금 집이냐? 오늘 잠깐 집에 간다고 했었지?"

"어, 집이야. 네가 보낸 택배 기다리는 중인데……."

울고 있었던 걸 눈치채지 못하도록 료가는 일어서서 허리를 폈다. 자세가 목소리를 만든다는 것은 서비스업을 하면서 알게 된 사실이었다.

"네가 보낸 편지, 엄마가 읽었나 봐."

"……그렇구나. 뭐라고 하던?"

"아무 말 없었어. 뭐…… 울긴 했지만."

"그렇구나."

그 후 몇 초간 침묵이 흘렀다. 귀에 붙인 휴대전화에서 교헤이의 숨결이 들려왔다.

"저기, 료가."

얼마간 틈을 두고 교헤이는 천천히 말을 이었다. 여느 때의 커다란 목소리가 아닌 낮고 침착한 어조로, 산에서 조난되었을 때의 일을 이야기하기 시작했다.

"난 그때, 내가 구조될 생각만 하고 있었어. 근데 넌 잔뜩 젖은 내 신발이랑 네 신발을 바꾸자고 말했지."

료가가 신발을 교환하자고 하기에 "안 그래도 돼"라며 거절했다. 하지만 센 체하는 자신에게 료가는 "날 위해서 바꾸자는 거야. 널 위해서가 아니라" 하고 진지한 표정으로 말해 왔다. 그래서 일부러 느릿느릿 신발을 벗었다. 실은 발끝이 얼음장처럼 차갑게 굳어 있었고, 다친 왼발은 이미 감각을 잃은 상태였다. 료가가 자신을 향해 오렌지색 등산화를 내밀어주었을 때는, 솔직히 말해 울음이 터질 뻔했다고 교헤이는 말했다. 안심이 되어 눈물이 날 뻔했다고.

"그 뒤로 등산을 관둔 것도, 등산용품을 몽땅 내다 버린 것도, 실은 한심한 나 자신을 떠올리기 싫어서였어. 넌 그럴 때마저 어엿한 형이었고, 난 그저 도움받기만 하는 존재였지."

전화 너머로 교헤이가 진지한 목소리를 냈다.

"왜 그래? 갑자기 그런 얘길 다 하고."

"너는 강해. 그러니까."

아주 잠시 교헤이의 목소리가 끊기더니, 이내 "그러니까 괜찮아" 하는 굵은 목소리가 이어졌다.

열기를 띤 휴대전화를 귀에 가져다 댄 채 말없이 고개를 끄덕이고 있는데, 인터폰 벨소리가 울렸다. 전화 너머의 교헤이에게 "네가 보낸 짐인가 봐"라고 말하곤 전화를 끊었다.

"누구세요?"

현관에서 어안 렌즈를 들여다보니 예상대로 택배기사로 보이는 얼굴이 있었다.

"사사모토 료가 씨 맞으세요? 택배입니다."

문을 열어 두 손으로 들 수 있을 만한 크기의, 그렇지만 보기보다 묵직한 종이상자를 택배기사로부터 넘겨받았다. 아마도 20대 초반일 것이다. 녹색 캡 모자를 쓴 젊은 택배기사는 짐을 전달한 후 "가보겠습니다"라며 기세 좋게 물러갔다.

손에 든 상자를 좌우로 흔들며 내용물을 상상해보았다.

교헤이 녀석, 뭘 보낸 거지.

오카야마의 고급 과자인가 싶기도 했지만 그것 가지고

는 그렇게까지 거드름 피우지 않았을 것이다. 할머니가 손수 만든 밴댕이 감로자甘露煮*인가. 하지만 생선류라면 냉동식품 배달 서비스를 이용했을 테고…….

상자를 끌어안고 방으로 돌아와, 집을 비운 사이 먼지가 보얗게 쌓인 바닥 위에 내려놓았다. 교헤이의 글씨가 적힌 송장을 벗겨내자 황록색의 청포도 일러스트가 나타났다.

하얀 형광등 불빛 아래, 윗면 이음새에 붙은 박스 테이프를 천천히 잡아당겨 떼어낸 뒤 좌우로 열었다. 근래 뜸었던 택배는 죄다 인터넷으로 주문한 물건이었으므로 다른 누군가가 보낸 소포를 열어보는 건 조금 설레는 일이었다. 두근대는 가슴으로 상자 안을 들여다보았다.

"아……."

뜻밖의 물건을 보고 료가는 숨을 죽였다.

상자 안에 담겨 있던 것은, 열다섯 살의 료가가 신었던 등산화였다.

도쿄로 가게 되었을 때 형제끼리 쓰던 방을 정리했는데, 등산용품만은 차마 버리지 못했던 것이다. 벽장 깊숙이, 종이봉투에 싸서 감추다시피 보관해둔 사실을 교

---

* 생선 따위에 간장이나 미림, 설탕이나 물엿을 넉넉히 쳐서 단맛이 나도록 조린 요리.

헤이는 알고 있었던 것일까.

종이상자로 손을 뻗어 그 낡은 신발을 만져보았다. 제법 빛은 바랬지만, 낯익은 오렌지색에 체온이 올랐다.

료가는 일어서서 등산화를 손에 들고 현관으로 향했다.

좁은 현관 바닥에 신발을 가지런히 내려놓고 과감히 발을 집어넣었다. 전체적으로 빡빡해져 있긴 했으나, 그럼에도 발등이나 발바닥에 감겨드는 편안함이 있었다. 뒤꿈치로 지면을 툭툭 부딪쳐 발 전체에 길들이자 위화감은 한결 사라졌다.

이 신발을 보내온 교헤이의 마음을 생각하니 가까스로 그쳤던 눈물이 또다시 차올랐다.

그랬다. 그날의 나는, 살기 위해 눈보라 속을 헤쳐 나갔던 것이다. 열다섯 살의 나는 도망치고 싶다는 생각 따윈 단 한 번도 한 적이 없었다.

이 신발을 신고, 병원으로 돌아가자.

그렇게 마음먹은 료가는 일단 신발을 벗어 방 안에 놓아둔 감색 더플백을 가지러 갔다. 어느샌가 떨림은 멎어 있었다.

2장

"사사모토 씨, 사사모토 씨."

이름이 불리는 줄 모르고, 사사모토 도코는 누군가 어깨를 두드리는 통에 얼굴을 들었다. 어젯밤 오카야마에서 도쿄로 심야버스를 타고 왔는데 차 안에서는 한숨도 자지 못했다. 그 때문인지 눈 안쪽이 심하게 아팠다.

"아, 예."

허겁지겁 의자에서 일어섰다. 어느 틈에 병실로 들어온 것인지 눈앞에 바지를 입은 호리호리한 간호사가 서 있었다.

"수술, 무사히 끝났습니다. 사사모토 료가 씨가 돌아오셨어요."

깜짝 놀라 병실 입구로 눈을 돌리자 들것에 가로누운

료가의 모습이 있었다. 수술은 아홉 시에 시작되었으니 예정대로 여섯 시간 정도 만에 끝난 모양이었다.

"아, 료가."

간호사와 삼각건을 머리에 두른 간호조무사로 보이는 여성이, 머리 쪽과 발 쪽으로 나뉘어 들것을 밀더니 병실 침대 옆에 바싹 붙였다. 그런 다음 침대와 들것의 높이를 맞추곤 "하나, 둘, 셋" 하는 구호와 함께 아래에 깔린 매트리스째로 료가의 몸을 들어 올렸고, 매끄러운 동작으로 침대 위로 이동시켰다.

"마취가 풀릴 때까지는 한동안 주무시고 계실 거예요."

간호사가 능숙한 손놀림으로 수액 주입 속도를 조절하며 말을 붙여 왔다. 료가의 코에는 튜브가 꽂혀 있었다. 소변을 배출하는 관도 요도에 삽입된 채인지, 침대 선반에 소변을 담아두는 팩이 걸려 있었다.

"저기, 이 관은 언제쯤 떼주시나요?"

어디서부터 어떻게 연결된 것인지, 료가의 몸에선 그 밖에도 몇 가닥의 관이 뻗어 나와 있었다. 이 상태로는 몸을 뒤척이기만 해도 고통스러울 것 같아 어떻게든 해주었으면 싶었다.

"코 쪽은 오늘 중으로 뗄 수 있을 거예요. 배 오른쪽으로 나와 있는 튜브는 드레인이라고 하는데요, 쌓인 림프액 등의 배액을 밖으로 내보내는 역할을 해요. 왼쪽으로 나와 있는 건 장루*고요, 식사를 할 수 없을 때는 여기로 직접 영양제를 주입한답니다. 두 쪽 다 환자분 스스로 수분이나 미음을 섭취하실 수 있게 되면 제거될 거예요. 어림잡아 닷새쯤 지나서요. 그리고 등에 있는 관은 진통제 약물을 체내에 지속적으로 주입하기 위한 거라서, 이쪽은 당분간 유지하는 편이 좋을 듯싶어요."

"그렇군요, 고맙습니다. 아, 그리고 간호사님, 식사는 어떨지요? 깨어나면 뭔갈 먹여도 괜찮을까요? 조금이라면……."

수술 전날부터는 금식을 했다고 들었다. 고형물은 어렵겠지만, 하다못해 푸딩이나 젤리라도 먹이고 싶었다.

"죄송하지만, 수술 당일은 음식물을 드실 수가 없답니다. 식사는 경과가 좋으면 모레 정도부터 서서히 시작하실 수 있을 거예요. 그것도 유동식이나 묽은 죽으로 상태를 봐가며 드셔야 하지만요. 수분은 빠르면 내일부터 섭취하셔도 괜찮아요."

"아…… 아, 그런가요. 알겠습니다."

오카야마 역 근처 편의점에서 산 기비당고**와 청포

---

* 창자의 내부와 외부를 연결하기 위해 인공적으로 만든 샛길.

** 일본 오카야마 현의 명물 간식인 수수경단.

도 젤리, 도코의 엄마 도미에게서 받아 온 밴댕이 감로자……. 료가가 좋아하는 음식을 종이봉투가 넘치도록 싸 들고 온 자신의 무지함이 부끄러웠다. 아무렴 위를 절제했으니 그런 음식들은 당분간 먹지 못할 것이 뻔한데.

간호사와 간호조무사가 병실을 나갔고, 도코는 침대 곁에 섰다. 손을 뻗어 료가의 이마를 만져보았다. 창백한 얼굴을 하고 있지만 차갑지는 않았다. 마음이 놓였다. 안심이 되자, 이번에는 이런 일이 벌어지고 만 것에 대한 회한이 몸속 깊은 곳에서부터 치밀어 올랐다. 이 애는 어째서, 이렇게나 젊은 나이에 위암 따위에 걸리고 만 것일까. 어릴 적 먹였던 게 좋지 않았던 것일까, 하고 자신이 료가를 기르던 시절을 되돌아보았다.

병에 걸린 사실을 알게 된 것은 바로 사흘 전이었다. 봉제 공장 일을 마친 뒤 도미를 살피러 친정에 들렀고, 집으로 돌아와 보니 우편함에 편지가 들어 있었다. 발신인이 료가였으므로 무슨 일인가 싶어 깜짝 놀랐다. 어쩌면 결혼 소식 아닐까 하고 조금 설레는 마음으로 봉투를 열었는데, 12월 29일에 위암 수술을 받는다고 쓰여 있었다.

수액을 맞고 있지 않은 쪽의 료가의 손을 도코는 살며시 어루만졌다. 남자치고는 가느다란 손가락이었다. 중학생 때까지는 교헤이와 마찬가지로 야구부에 들어가 있었는데, 고등학교에 진학하고부터는 운동을 그만두어서일까. 낚시나 등산처럼 혼자서 차분히 임할 수 있는 일을 좋아하는 아이였다. 곰곰이 생각해보면 초등학교 2학년 때 시작한 소년 야구도 실은 하고 싶지 않았을지도 모른다. 하굣길 통학로에서 멤버 모집 광고지를 받아 온 교헤이가 "야구 하고 싶어. 고지마 파이터즈에 들어갈래" 하고 고집을 부렸다. 도코로서는 각자 다른 걸 배우게 하면 데려다주고 데리러 가기도 번거로우니 이왕이면 둘이 한꺼번에 다닐 수 있도록 료가도 같이 입단시킨 것이었다. 료가는 시키는 대로 입단했지만 금세 두각을 나타냈던 교헤이와 달리, 6학년이 되어 야구단을 나오기까지 정규 선수가 된 적은 한 번도 없었다.

료가가 아직 잠들어 있음을 확인하고 이번에는 발치로 다가가 두 손을 이불 속으로 집어넣었다. 온기가 감도는 이불 속에서, 료가의 발을 양쪽 손바닥으로 살포시 감쌌다.

료가의 발가락은 비틀린 모양을 하고 있다.

태어날 때는 나팔꽃 봉오리처럼 예쁜 모양을 하고 있었지만 중학교 3학년이던 겨울, 설산에서 조난되었을 때 동상을 입었다. 괴사는 면했으나 열 개의 발가락 모두 하얗게 변색된 채 원래대로 돌아오지 않았다. 자신의 손이 따뜻해졌음을 확인한 뒤 도코는 료가의 발가락을 살살 주물렀다. 볼은 따뜻했는데, 발은 강가의 돌처럼 차가웠다. 피부가 하얘진 부분에는 피가 흐르고 있을까. 도코는 오른발, 왼발 번갈아 료가의 발가락을 쓰다듬었다.

그렇게 얼마간 발을 쓰다듬고 있는데, 어딘가 아픈 모양인지 료가가 미간에 깊은 주름을 잡고 신음하기 시작했다. 괴로운 듯 헐떡이며 머리를 들어 올리려 했다.

"료가, 괜찮니? 왜 그래?"

도코는 황급히 손안에 쥐고 있던 발을 놓고, 간호사 호출벨을 찾아 료가의 머리맡으로 다가갔다.

"료가."

다시 한번 이름을 부르자 눈꺼풀이 희미하게 떨리더니, 몹시 괴로운 표정을 지은 채로 눈을 떴다.

"아아, 료가, 깼구나."

안도하여 말을 걸자,

"할…… 머니."

멍한 얼굴로 천장을 바라보며 료가가 중얼거렸다. 도코는 미소 지으며 한숨을 내쉬곤,

"할머니가 어쨌는데?"

하며 얼굴을 가까이 가져갔다.

"할머니 혼자 두고 와도…… 괜찮아?"

"무슨 소리야. 그런 걱정은 안 해도 돼. 마사미한테 부탁해놨고, 도우미분도 일주일에 네 번 와주시니까."

"……그럼 다행이고."

도미에게는 료가의 병에 대해 이야기하고 왔다. 오카야마 역 앞 버스 터미널로 가는 길, 친정에 들러 사정을 설명한 뒤 도쿄로 출발한 것이다. 도미는 보행이 여의치 않을 정도로 근육이 빠진 데다 뼈도 약해졌지만, 정신만은 여전히 말짱했다. 료가의 일을 털어놓자 도미는 몹시도 슬픈 표정을 짓더니 시설로 들어가겠다는 말을 꺼냈다. 평소 집을 떠나야 할 정도라면 죽는 게 낫다며 시설만은 한사코 마다하던 도미가, 기꺼이 자신을 시설에 넣어달라고 호소했다. 자신의 뒷바라지는 이제 됐다. 료가를 돌봐주어라. 도쿄로 가거라. 나무라듯 말하곤, 마지막에는 "료가한텐 몹쓸 짓을 했어"라며 꺼이꺼이 울기 시작했다. 종이봉투 밑바닥에 넣어 병실까지 들고 온 밴댕이 감로자는 도미가 손수 만든 것이다. 뼈까지 부드러운 감로자는 료가가 가장 좋아하는 음식이라, 철마다 대량의 밴댕이를 조리는 일은 도미에게 있어서 어느덧 수십 년이나 이어져 온 삶의 보람이었다.

"할머니, 건강하셔?"

"건강하셔. 정신도 또렷하시고, 못 걸으시는 거 말고는 편찮으신 데 없어. 혼자서는 아무 데도 못 가시는 게 좀 짐스럽지만, 아무렴 아흔 가까이 되셨으니 별수 없지."

"할머니, 몇 살이셔?"

"올해로 여든여덟."

"우와, 굉장한데. 이쯤 되니 백 살까지 사셨으면 좋겠네."

할머니 손을 탄 애라 그런지, 알사탕이라도 받은 어린아이처럼 료가의 입가에 미소가 번졌다. 자기는 정작 큰 병을 앓고 있으면서 무슨 그런 태평한 소리를. 눈물이 핑 돌았다.

"그나저나 할머니네 귤나무도 아직 건강해?"

"왜 그래, 갑자기 그런 걸 다 물어보고. 손질은 자주 안 하는데, 그래도 매년 열매는 달려."

부지만은 쓸데없이 넓은 친정집 정원에는 열몇 그루의 귤나무가 심어져 있다. 돌아가신 아빠가 도코가 어릴 적 심은 것으로, 한창일 때는 이웃집이나 친척들에게 나누어주고도 남을 만큼 많은 열매가 열렸다. 지금은 나무도 나이가 들어 퍽 여위기는 했으나, 그럼에도 매해 오렌지색 열매를 선사해주고는 있다.

"겨울에, 감기 걸려서 학교를 쉰 날이면 항상 그 귤을 먹었거든. 그래서 지금 이렇게 침대에 누워 있으니까 괜히 할머니 귤이 먹고 싶어."

두 아들이 초등학교에 들어가서 지금 이 나이가 될 때까지 도코는 줄곧 일을 해왔다. 그래서 아이가 학교를 쉬거나 잔업으로 귀가가 늦어질 때면 두 아들을 친정에 맡겼다. 정원사였던 도코의 아빠도 그 무렵에는 건강했으므로, 수목의 전정剪定이나 식물에 관한 지식을 손자들에게 가르쳐주며 즐거워했던 모양이다.

"노상 할머니가 너흴 돌봐주셨지. 미안해. 자식이 아플 때도 간병 한 번 못 해준 엄마라서."

"나랑 교헤이가 아파서 학교에 못 간 날은, 엄마가 평소보다 일찍 왔었어. 일터에서 할머니 집으로 직접."

"그랬나?"

"그리고 정원에 있는 귤을 따다가 속껍질까지 벗겨줬었고."

"어머, 정말? 그런 자잘한 일까지 기억이 나?"

료가의 부탁으로 침대 주변의 커튼을 젖히자, 어슴푸레한 겨울 햇살이 침대로까지 쏟아져 내렸다. 상두대 위에 있는 컵과 스테인리스 소재의 물통, 수저통 따위는 스스로 챙겨 온 것일까. 암을 선고받은 료가가 홀로 입원 준비를 하는 모습을 떠올리니 참으로 애처로웠다. 할 수만 있다면 그 몸을 부둥켜안아 주고 싶었다.

"엄마는 나랑 교헤이가 조난당했을 때의 일, 기억나?"

"잊으려야 잊을 수가 없지."

"요즘 그때 생각이 자주 나."

"조난당했던 게?"

"응, 자꾸 꿈에 나오고."

료가와 교헤이가 산에서 조난을 당한 건 중학교 졸업식을 앞둔 3월 초, 남편이 형제를 데리고 설산으로 간 날의 일이다.

남편은 그날, 형제에게 중요한 이야길 하기로 다짐하고 집을 나섰다.

부부끼리 아주 오랜 시간 의논한 끝에, 두 사람이 열다섯 살이 되면 사실을 고백하기로 정한 것이었다.

"엄마는 그날, 나랑 교헤이가 조난당했다는 얘기 누구한테 들었어?"

"아빠한테. 아빠가 집으로 전화해서 너희가 행방불명됐다고 그러는데, 도통 무슨 말인지 알아들을 수가 있어야지."

아침 여덟 시 반에 '나기 산록 야마노에키*'를 출발해, 정오경 정상에서 라멘을 먹고 한 시간쯤 휴식한 뒤 하산할 것이다. 오후 네 시까지는 야마노에키에 도착할 예정이다——.

---

* 알프스 민가를 본떠 지은 일본 오카야마 현의 리조트.

그날의 일정을 남편에게서 그렇게 들은 바 있었다. 등산 애호가인 남편은 설산에 익숙했고, 아이들만 해도 처음이 아니었다. 특히 나기 산은 지금껏 셋이 여러 차례 등반했으므로 조금도 걱정되지 않았다.

그런데 당일은 아침부터 마음이 묘하게 뒤숭숭했다.

아침에는 주먹밥을 만들거나 달걀을 부치는 등 식사를 준비하느라 바빴는데, 세 사람이 집을 나가고 나니 할 일이 없어졌다. 아무것도 안 하고 있자니 아이들이 신경 쓰여, 미용실에 가거나 비디오 대여점에서 영화를 빌려 오는 등 구태여 할 일을 만들어내고 있었다.

남편은 어느 타이밍에 고백하려는 것일까. 료가와 교헤이가 진짜 형제가 아니라는 사실을.

머리를 자르면서도, 집 TV로 영화를 틀어놓고서도 그 생각만을 하고 있었다. 출생의 비밀을 알면 교헤이는 틀림없이 충격을 받을 것이다. 료가 역시 동요할 것임이 분명하다. 어째서 오늘날까지 숨기고 있었느냐며 두 사람으로부터 질책을 받을지도 모르고, 교헤이는 진짜 부모는 어디에 있느냐며 따지고 들지도 모른다. 남편은 제대로 대답할 수 있을까. 자신들 부부의 마음을 잘 전달할 수 있을까. 앞으로도 변함없이 네 식구로 있고 싶다는 마음을 충분히……. 그렇게 애를 태우고 있던 차에 남편으로부터 전화가 걸려온 것이다. 시간은 아마 저녁 뉴스가 시작되기 직전이었으니 오후 여섯 시. 부엌에 서서 저녁 준비를 하고 있을 때였다.

남편은 자꾸만 말을 더듬으며 두 사람을 잃어버린 경위를 전했다. 오전 열한 시경, 료가와 교헤이가 등산로를 벗어나 자취를 감추었다. 짐작하건대 활락하고 만 것 같다. 곧바로 하산하여 수색을 개시하도록 했으나 아직 찾지 못했다. 눈보라와 일몰 탓에 수사는 일단 중단되었다.

처음에는 남편이 하는 말을 이해할 수 없었다. 하지만 중간부터 사태의 심각성을 깨닫고, 수화기를 움켜쥔 채 그 자리에 풀썩 주저앉았다. 그리고 울면서 남편을 책망했다. "애들을 반드시 찾아내도록 해!"라고 소리쳤던 것 같다. 그러나 또렷이 기억나지는 않는다. 어쩌면 반대로 남편을 위로하고 있었는지도 모른다.

"우리가 하산했을 때, 엄마도 산에 있었던가……."

료가가 먼 날의 기억을 더듬듯 창 쪽으로 눈을 돌렸다.

"있었어. 너희가 구조된 날 아침, 엄마도 산에 가 있었어."

조난 소식을 들은 도코는, 곧장 전철과 택시를 갈아타며 나기 산이 있는 마을로 향했다. 오카야마 현 북동부에 위치한, 돗토리 현과의 경계에 자리한 작은 마을이었다. 파출소 방 한 칸에서 아침을 맞이했는데, 남편은 날이 밝자마자 또다시 산으로 들어갔고 자신은 방에서 대기하고 있었다. 정오를 지날 무렵 두 아들이 발견되었다는 소식을 들었을 때는, 머릿속이 새하얘져 감사하다는 말조차 나오지 않았다. 제 목숨과 바꾸어도 좋아요. 부디 아이들을 살려주세요. 간밤에는 신에게 그렇게 빌었으므로, 이젠 목숨을 앗아간대도 여한이 없다는 생각마저 들었다.

남편과 나란히 산길을 내려온 두 아들의 몸을 힘껏 그러안았을 때의 감촉은 지금도 가슴에 남아 있다. 키는 자신을 훌쩍 뛰어넘었지만, 두 사람 모두 어린아이로 돌아간 양 "엄마, 엄마" 하며 안겨들었다. 마지막에 가서는 발을 질질 끌며 도코의 가슴팍에 쓰러지다시피 몸을 던졌다.

"기억 안 나니? 엄마, 등산로 입구에서 너랑 교헤이를 기다리고 있었잖아."

도코가 조금 서운해하자 료가는 "그랬다. 지금 생각났어. 엄마가 '배고프지?' 하면서 우리한테 귤을 줬었어" 하고 작게 웃었다.

투명한 병 안에 든 수액이 바닥나려 할 즈음,

"사사모토 씨, 깨어나셨어요? 수술 후 바이탈 사인* 측정 좀 할게요."

하고 료가를 병실까지 데리고 와준 간호사가 카트를

* 우리말로 활력 징후라고 하며, 호흡, 체온, 심장 박동 등의 측정치를 뜻한다.

끌며 들어왔다. 마스크로 얼굴을 반쯤 가리고 있어 확실하진 않지만, 아직 젊은 아가씨 같았다. 도코는 간호사에게 인사하며 일어서곤, 방해가 되지 않도록 몸을 벽 쪽으로 붙였다.

"엄마, 밥은?"

간호사가 건네준 체온계를 겨드랑이에 낀 채 료가가 물었다. 그러고 보면 심야 버스에 올라탄 뒤로 아무것도 먹지 않았다. 밥 먹을 생각 따윈 까맣게 잊어버리고 있었다.

"아, 그렇구나. 료가 군 어머님, 맞으시죠?"

료가의 심장 소리를 듣고 있던 간호사가 청진기를 귀에서 빼고 돌아보았다.

"저는 야다 이즈미라고 해요. 료가 군하고는 고등학교 동창이죠."

"고등학교 동창?"

"네. 이 병원에서 우연히 만났거든요. 그치, 료가 군?"

간호사가 마스크를 벗고 얼굴을 드러낸 동시에, 아득한 옛 기억이 도코의 머리에 떠올랐다. 야다 씨. 료가의 동창 야다 이즈미 씨.

"아아, 당신, 그 야다 씨예요? 우리 집에 왔었던?"

"맞아요. 기억하시는구나. 사사모토 씨 댁 가족분들께 굉장한 민폐를 끼쳤던 그 야다랍니다."

그것은 언제 적 일이었을까. 료가가 처음으로 집에 여자애를 데리고 와 어안이 벙벙해져 있는데, 대뜸 “엄마, 벚꽃잎 만드는 것 좀 도와줘” 하고 말해 왔다. 분명 학교 축제 때 쓸 연극 배경을 제때 만들지 못할 것 같다는 이유로……. 할머니까지 동원해 료가와 야다 씨, 도코 넷이서 벚꽃잎을 만든 것이다. 몇 장이고 몇 장이고. 집에 있던 분홍색 천이 죄다 동이 나, 봉제 공장 동료들의 집을 돌아다니며 천을 나누어 받았고……. 그러고 보면 그런 일이 있었다. 그런 즐거운 추억이 있었다.

“어머나, 그 야다 씨가 이렇게 예쁜 아가씨가 됐구나.”

“그렇게 오래된 일을 용케 기억하네. 나는 완전히 잊고 있었어.”

“매정하네, 료가 군은. 뭐, 지금은 그럴 만한 상황이 아니긴 하지. 그보다 사사모토 씨, 지금 식사하러 가실 거면 병원 식당은 안 가시는 게 좋아요. 가격도 비싼 데다 맛도 없거든요.”

야다가 호들갑스럽게 고개를 저으며 눈살을 찌푸렸다.

“직원이 그런 말 해도 되는 거야?”

“뭐 어때, 괜찮아. 근데 나도 다른 환자나 보호자한테는 이런 얘기 안 해. 료가 군 어머님이니까 특별히 귀띔해드릴 뿐.”

료가가 여자애와 다정하게 이야기하는 모습을 오랜만에 보았다. 어쩐지 마음이 놓였다. 누군가 이 애의 좋은 점을 알아차려 주길. 좋아해주길, 소중히 여겨주길……. 엄마로서 줄곧 그렇게 바라왔다.

“아, 좋은 생각이 났어요.”

야다가 가슴 앞에서 짝, 하고 손뼉을 쳤다. 무척이나 어린애 같은 몸짓이, 지금보다 훨씬 통통하고 어렸던 고등학생 시절의 야다를 떠올리게 했다.

“어머님께서 료가 군네 가게로 가시는 건 어때? 모처럼 도쿄까지 오셨으니까.”

“어떻게 그래. 우리 가게는 고탄다에 있는걸.”

“그렇게 안 멀잖아. ‘트와일라잇’이에요, 료가 군네 가게 이름. 인터넷으로 찾아보니까 그럭저럭 근사한 가게더라고요.”

“‘트와일라잇’이 아니라 ‘트라몬토’야. 맞는 게 ‘트’밖에 없네.”

“아무튼, 그럭저럭 괜찮은 가게예요. 가격도 적당하고, 꼭 가보세요.”

“아까부터 그럭저럭은 뭐야. 칭찬 맞아?”

야다가 명랑하게 권해 오기에 도코도 문득 그 가게에 가보고 싶어졌다. 료가가 점장으로 있는 가게를 자신의 눈으로 직접 보고 싶었다.

"그래. 엄마, 너희 가게에서 점심 먹고 올게."

"엄마까지 왜 이래. 무엇보다 어딘지도 모르잖아?"

"괜찮아, 택시 타고 갈 거니까."

결국에는 료가가 마지못한 듯 가게 주소를 가르쳐주었다. 밥값보다 택시비가 더 나온다며 기가 차 했지만, 할머니에게 용돈을 받아서 괜찮다고 대꾸해두었다. 거짓말은 아니었다. 실제로 도미는 도코에게 용돈을 주었다. "료가한테 맛있는 거 사 먹여라" 하며, 해묵은 동전 지갑에서 조그맣게 접은 만 엔짜리 지폐를 꺼내어 도코의 손바닥 위에 얹어주었던 것이다.

*

택시는 산처럼 줄지은 빌딩 틈새를 달려, 료가의 가게가 있는 고탄다라는 동네로 도코를 데리고 와주었다. 운전사도 함께 '트라몬토'를 찾아주었고, 친절하게도 가게 바로 앞까지 차를 대주었다. 도코가 시골에서 왔음을 알아챈 것이리라. 아닌 게 아니라 가게 앞에 내려주지 않았더라면, 'tramonto'라고 외국어로 적힌 작은 간판을 찾아낼 턱이 없었을 것이다.

유리창으로 멋스럽게 꾸며진 가게에 주눅이 들면서도

안으로 들어갔다. 나무 문을 밀어젖히자 상단에 설치되어 있던 카우벨이 소리를 냈다.

"어서 오십시오. 한 분이신가요? 카운터 자리는 바로 안내해드릴 수 있습니다."

좁은 입구에선 상상할 수 없을 만큼 널찍한 가게 안은, 아직 저녁때라기엔 이른 시간임에도 불구하고 젊은 손님들로 가득 차 있었다. 웨이터가 안내하는 대로 카운터 자리에 앉아 메뉴를 건네받았다.

여기가 그 애가 일하는 직장이구나. 마음속 깊이 감동하며, 료가가 이곳에서 일하는 모습을 상상해보았다. 점장이니 종업원들을 도맡아 관리하고 있을 터인데, 남들 앞에 나서길 꺼리고 초등학교 때 당번을 맡기만 해도 "긴장돼서 배가 아파" 하며 아침부터 우울해하던 어린 시절을 생각하면 상상이 되지 않았다.

"주문하시겠어요?"

"아, 저…… 이 '점장 추천 파스타 세트'는 어떤 건가요?"

"이 메뉴는 세토 내해에서 잡은 문어의 아히요*가, 인기 메뉴인 파스타 런치에 포함돼 있습니다. 디저트는 귤

---

* 새우, 문어, 닭고기 등의 주재료를 올리브유, 마늘, 고추 등과 함께 튀기듯이 볶아낸 스페인의 요리. '아히요'는 스페인어로 마늘 소스를 뜻하며, 가령 새우(스페인어로 '감바스')가 들어간 아히요를 '감바스 알 아히요'라고 한다.

셔벗이고요, 이쪽도 세토 내해 연안의 귤을 사용하고 있습니다."

"세토 내해산産 식재료라는 게, 점장님의 추천인가요?"

"그렇…… 습니다. 그럴 거예요."

키가 크고 다부진 체격의 웨이터가 살짝 우물거리더니, "진짜 엄청 맛있습니다, 추천드려요" 하며 웃었다. 언뜻 험상궂어 보였던 얼굴이 이를 드러내는 순간 붙임성 있게 느껴졌다.

"그럼 그걸로 주세요."

도코는 고개를 끄덕이며 슬그머니 메뉴를 돌려주었다. 이 청년도 아들과 함께 일하고 있구나 생각하면 인사라도 한마디 하고 싶은데, 료가가 부끄러워하려나.

가져다준 물을 입안에 머금고 휴, 한숨을 내쉬며 가게 안을 둘러보았다. 북적거리는 가게에 홀 종업원은 세 사람뿐이라 모두들 부지런히 일하고 있었다. 개중에도 방금 전 이야길 나눈 덩치 큰 웨이터는, 요리를 나르거나 계산대를 보는 등 혼자서 몇 사람 몫을 해내고 있었다.

2년간 전문대를 다니고 식품 제조업체에 취직한 료가가 '근무지를 도쿄로 배정받았다'는 말을 꺼냈을 때는, 남편과 얼굴을 마주 본 채 할 말을 잃고 있었다. 료가는 고향에서 일하리라는 생각밖에 없었기 때문이다. 늘 해오던 말이 "사람 많은 데는 싫어. 평생 오카야마에서 살고 싶어"였으므로, 설마 료가가 가족을 떠나 살리라고는 꿈에도 생각지 못한 것이다. 나중에 가서야 고향에서 지원한 회사는 전부 불합격이었단 사실을 알았는데, 그때는 료가가 아무 생각 없이 취업을 결정한 게 아닐까 의심쩍어했다. 그래서 료가가 집을 나간 뒤 한동안은 언제 죽는소릴 하며 되돌아올지 몰라 노심초사했고, 고향의 취직자리를 알아보기까지 했다. 하지만 료가는 지금 이 도시에서, 13년이 지나도록 부단히 애쓰고 있었다.

"오래 기다리셨습니다."

마늘의 고소한 향이 코끝을 스쳤고, 처음 보는 요리가 테이블 위에 놓였다. 문어가 잠긴 황록색 액체는 달군 올리브유일까. 투명한 오일에 섞인 기포가 내열 접시 안에서 터지고 있었다. 씹는 맛이 좋은 두툼한 문어에 마늘과 올리브유가 배어들어 있어, 입에 한 입 넣으니 더욱더 식욕이 당겼다. 문어 아히요에 미트소스 파스타와 귤 셔벗 디저트가 포함되어 1500엔. 집과 일터와 도미가 사는 친정을 오가는 나날 속, 점심을 밖에서 먹을 기회는 좀처럼 없었다. 점심은 언제나 집에서 주먹밥을 싸 가지고 와 봉제 공장 휴게실에서 먹는 것으로 정해져 있었기 때문이다. 그런데 이 요리라면 1500엔을 주고 사 먹을 가치가 충분한 것 같았다.

"어떠세요?"

한 입씩 음미하며 요리를 입으로 가져가고 있는데, 웨이터가 물을 따르러 다가왔다.

"참 맛있어요."

"그래요? 다행이다."

"역시 점장님 추천 메뉴일 만하네요."

붐비는 시간대인지 손님이 쉴 새 없이 들어왔다. 웨이터는 웃는 얼굴로 끄덕이고는 곧바로 손님 응대를 하러 돌아갔다. 가게 안은 말끔히 청소되어 있었고, 초여름의 바닷가처럼 기분 좋은 공기가 흐르고 있었다. 가리개 대신 놓여 있는 관엽 식물도, 건강해 보이는 짙은 초록 잎으로 무성했다. 이 가게가 구석구석까지 정성껏 보살핌 받고 있다는 게 느껴져 도코는 우쭐한 기분이 들었다. 손님이 가게로 끊임없이 들어오는 것도 료가의 덕택인 듯했다.

료가는 신경이 예민해서, 가령 정원을 에워싼 담장이 망가져 있으면 부탁하지 않아도 알아서 수리해주는 배려심이 있었다. 책상 서랍에 빈 과자 상자를 늘어놓고 학용품을 정리 정돈하는 등 물건을 소중히 다루는 섬세함이 있었다. 어릴 적부터 그 애 주변은 모든 것이 조화를 이루고 있었고, 친구와 마찰이 생긴 적도 도코가 기억하는 바로는 한 번도 없었다. 주위 사람으로부터 칭찬을 들을 만한 눈에 띄는 재능은 없었지만, 엄마인 자신은 료가라는 사람의 좋은 점을 아주 잘 알고 있었다.

그 점을, 그 애가 어릴 적 더 많이 칭찬해줬더라면 좋았을 텐데.

주변을 깨끗이 정리할 줄 아는 깔끔함을. 약속 시간에 늦지 않는 착실함을. 거짓말을 하지 않는 성실함을. 무언가에 대한 좋고 싫음을 함부로 말하지 않는 진중함을. 자신의 의견을 구태여 내놓지 않는 상냥함을. 엄마인 내가 제대로 입 밖에 내어 인정해줬더라면 좋았을 텐데.

두 아들이 아직 집에 있었을 무렵, 교헤이가 투수로서의 능력을 꽃피우고 활약을 거듭함에 따라 사사모토 일가 역시 야구 일색으로 물들어갔다. 경기가 있는 날은 도코도 남편도 어김없이 응원하러 나갔고, 차를 몰거나 팀 운영에 솔선수범해 몸담는 등 에이스를 둔 부모로서의 배려를 최우선으로 해왔다.

고등학교에 들어가자 사사모토 가족들에게 있어 야구의 비중은 한층 더 높아졌고, 부부가 함께 집을 비우는 일도 잦아졌다. 가족들이 다 나가고 없는 집에서 고등학생인 료가가 무얼 하며 보냈는지 도코는 모른다. 휴일에는 낚시용품을 챙겨 자전거를 타고 나갔다는 정도밖에 알지 못했다. 친구가 많은 편은 아니지만 그렇다고 외톨이인 것도 아니라서 큰 걱정은 하지 않았다. 무엇보다 료가가 그에 대해 불만을 털어놓은 적이 한 번도 없었다. 현관에 서서 "그럼 다녀올게"라고 말하면, 언제나 "잘 다녀와" 하고 기분 좋은 목소리로 배웅해주곤 했으니까.

세토 내해의 바닷바람을 닮은 올리브유의 풍부한 맛에 가슴이 메었다. 황급히 손을 뻗어 유리잔을 쥐었다. 복받쳐 오른 감상感傷을 물과 함께 목 안으로 삼켰다. 벽에 걸린 그림을 바라보며 격앙되는 감정을 억누르고 있는데, "손님, 괜찮으세요?" 하고 누군가 말을 걸어왔다. 뒤를 돌아보니 아까 그 웨이터가 바로 곁에 서 있었다.

"아아…… 미안해요. 나 원, 미적거리다 보니."

모처럼의 귤 셔벗이 반쯤 녹아 있었다. 중심을 잃고 뭉그러진 셔벗을 스푼으로 떠서 입으로 가져갔다. 그 단맛과 어금니에 번지는 찬 기운에 또다시 눈물이 어렸다.

"잘 먹었습니다."

도코는 플라스틱 통에 꽂힌 전표를 손에 들고 일어섰다. 계산대까지 안내해준다기에 웨이터의 뒤를 따라 걸었다. 그러다 걷어붙인 와이셔츠 소매에서 뻗어 나온 오른쪽 팔꿈치에 하얗게 부푼 켈로이드 흉터가 있음을 발

견하고,

"어머나 총각, 오른쪽 팔꿈치 인대 수술했어요?"

하고 저도 모르게 무례한 말을 내뱉고 말았다. 웨이터가 뒤를 돌아보고는 놀란 얼굴을 했다.

"미안해요. 나도 참, 실례되는 소릴 했네……. 아니, 우리 아들도 똑같은 흉터가 있어서 그만."

웨이터는 왼손으로 팔꿈치의 흉터를 만지며,

"혹시 손님…… 점장님 어머니세요?"

하고 물어 왔다. 정체가 드러나 기쁜 것인지 부끄러운 것인지 분간이 안 가는 채로, 도코는 "아들이 늘 신세가 많아요" 하며 제자리에서 깊숙이 허리를 굽혔다. 그러자 웨이터 역시 한결 친근한 미소를 띠며 "처음 뵙겠습니다, 다카나입니다" 하고 머리를 숙였다.

"점장님, 오늘 수술이셨죠?"

인사도 하는 둥 마는 둥 하고 다카나가 걱정스러운 듯 미간을 찡그렸다.

"알고 있었어요?"

"네, 들었어요. 수술은 어땠나요?"

"예, 덕분에 무사히 끝났어요. 한 시간 반쯤 전에 마취에서 깼고요."

도코가 미소 짓자 다카나가 천장을 올려다보며,

"다행이다."

하고 깜짝 놀랄 만큼 커다란 목소리를 냈다. 근처 테이블에서 식사를 하고 있던 손님이 이쪽을 힐끔 쳐다보았다.

"고마워요."

도코는 다시 한번 허리를 굽혔다.

"아뇨, 제가 뭘요. 근데, 그렇구나, 잘됐다. 점장님께 푹 쉬시라고 전해주실래요? 그때까지 가게 일은 저한테 맡기시라고요."

사원인 줄로만 알았는데 다카나는 아르바이트생이었다. 물어보니 이 가게는 점장을 제외한 모두가 아르바이트생이라고 알려주었다. 이런 체인점은 요즘 인건비를 절약하기 위해 어디든 다 그렇다고.

"아르바이트생인데도 다카나 씨는 야무지네요."

홀을 담당하는 종업원이 고작 셋뿐임에도 테이블 회전이 원활한 이유는, 다카나가 남들보다 몇 배는 더 움직이고 있기 때문이리라. 아주 살뜰한 사람이라 느꼈다고 도코가 말하자, 다카나는 "저로 말할 것 같으면, 수족관에 있는 돌고래하고 똑같아요"라고 웃으며 대답했다. 자신은 한낱 아르바이트생에 지나지 않으므로, 솔직히 말해 경영자에 대한 충성심도, 가게 이익에 대한 책임감도 없다. 아르바이트 시급은 어딜 가나 크게 다르지 않다. 그러므로 자신은 쇼에서 묘기를 부리는 동물에 가까운 기분이다. 물론 동물들은 성공했을 때 주어지는 먹이를 바라고 묘기를 선보인다. 하지만 그 이전에 먹이를 주는 사육사가 좋은 것이다. 좋아하는 사람에게 인정받고 싶다는 마음 하나로 있는 힘껏 점프하고, 천장에 매달린 공에 코끝을 부딪는 것이다. 동물은 싫어하는 인간을 위해선 묘기 따위 부리지 않는다. 아무리 먹이를 받아먹을 수 있다 한들.

"저는 점장님의 인품을 좋아하는 거예요."

다카나가 선뜻 그런 말을 내뱉기에 뭐라고 답해야 할지 몰라 말문이 막혔다. 료가를 그렇게 봐주는 사람이 있다는 사실에, 엄마인 자신까지 상을 받은 기분이었다.

그러더니 다카나는 "모처럼 오셨으니"라며 가게 내부를 간단히 안내해주었다. "이 일러스트, 점장님이 그리신 거예요" 하고 디저트 메뉴를 들고 오는가 하면, 가게에 장식된 올리브 등의 관엽 식물들을 하나하나 보여주기도 했다.

"점장님이 식물 가꾸는 데 소질이 있으셔서, 저희 가게는 진짜 식물을 놔둬요. 다른 점포들은 가짜인데요, 진짜면 확실히 가게 분위기가 다르더라고요. 아, 이건 귤나무래요. 좀 더 자라면 큰 화분에 옮겨 심고 귤이 열리게 하는 게 점장님의 은밀한 야망이에요. 재밌지 않으세요? 레스토랑에 귤나무라니."

다카나는 연신 료가를 칭찬하여 도코를 흐뭇하게 해주었다.

계산대에서 돈을 내고 가게를 나오자, 찌뿌드드했던 기분이 조금 개어 있었다. 1년 내내 맑은 날이 많은 오카야마를 고향 사람들은 '청명한 고장'이라며 자랑삼는데, 그 햇살을 닮은 환한 공기가 도코를 비추어 왔다.

도코는 빠른 걸음으로 큰길까지 나가 택시를 잡았다. 얼른 병실로 돌아가서 료가에게 다카나의 말을 전해주고 싶어 마음이 급해졌다. 가게가 손님으로 가득했다는 것도 말해주고 싶었다. 료가, 너는 참 훌륭한 점장이더구나. 근사한 가게였어. 그렇게 료가를 칭찬해주리라 마음먹고, 발이 움츠러들 정도로 교통량이 많은 도로를 똑바로 응시한 채 빈 택시를 향해 팔을 뻗었다.

*

병실로 돌아오니 료가는 자고 있었다. 해가 완전히 떨어진 바깥은 겨울의 찬 공기로 가득했는데, 병원 안은 따뜻했다. 이곳만 계절도 시간도 멈춰 있는 듯했다.

도코는 침대 곁에 놓인 둥근 의자에 앉아 눈을 감은 아들의 얼굴을 바라보았다. 마취가 풀리면 통증이 시작될 것이라고 야다가 말했다. 이따금 괴로운 듯 미간을 찌푸리는 건 통증 탓인지도 몰랐다. 잠든 얼굴을 가만히 바라보고 있으니 어린 시절의 료가가 떠올랐다. 어릴 적부터 지금과 다름없이 성격이 온순해 야단칠 일도 거의 없었다. 그 성격은 남동생이 생긴 뒤로도 변하지 않았고, 료가가 교헤이에게 심술을 부리거나 손찌검을 하는 모습을 도코는 이제껏 단 한 번도 본 적이 없었다.

몸을 뒤척이려는데 마음처럼 되지 않는지, 료가가 고통스러운 듯 헐떡이며 눈을 게슴츠레 떴다. 눈을 깜빡이며 옆에 앉은 도코 쪽으로 얼굴을 돌렸다.

"어디 아프니?"

귓가에 속삭이자,

"허리가 좀……. 그보다 엄마, 가게 잘 찾아갔어?"

료가가 쉰 목소리로 물어 왔다.

"잘 찾아갔지. 근사한 가게였어. 외관도 멋스러웠고, 내부도 참 예뻤어. 엄마는 '점장 추천 파스타 세트'를 먹었는데, 너무 맛있더라."

다카나에게 인사한 사실을 전하자 료가는 의외라는 얼굴을 했다. 교헤이와 똑같이 오른쪽 팔꿈치에 흉터가 있기에 저도 모르게 말을 걸었다고 하자, 료가는 "뭐야, 엄마도?"라며 작게 웃었다.

"걔, 고시엔을 목표로 했었어. 지바에 있는 고등학교에서 투수를 했었대. 교헤이랑 똑같이 부상 때문에 그만뒀지만."

료가가 다카나를 "좋은 애야" 하고 칭찬하기에, 그도 료가를 칭찬했다고 말해주고자 그 이야기를 꺼냈다. 수족관에서 묘기를 부리는 동물 이야기를.

"걔가 그런 말을 했어?"

"재밌는 사람이더라."

"응, 뭐, 유쾌한 애긴 해."

이런 때에, 이런 곳에서지만, 료가와 눈을 맞추며 웃고 있으니 그리운 시간이 되돌아왔다.

"가게 안에 있는 관엽 식물들도 예쁘더라."

"장식은 내가 도맡아 하고 있거든."

"너는 할아버지를 닮아서 예전부터 손재주가 좋았잖아."

"엄마도 그런 거 보면 유전이겠지. 게다가 전에 할머니가, 엄마 여동생도 세밀한 작업을 잘했다고 했고."

"할머니가 여동생 얘길 했어? 또 뭐라던?"

"그냥 그 얘기만."

"그래……."

문득 대화가 끊겼고, 가벼운 침묵이 내려앉았다. 도코는 시선을 아래로 떨군 채 왼손 넷째 손가락에 낀 반지를 매만졌다.

"엄마 여동생, 젊은 나이에 돌아가셨지?"

"응……?"

"요절하는 게 우리 집안 내력인가. 나도 이 나이에 암에 걸렸고."

"무슨 소릴 하는 거야, 그럴 리가 없잖니! ……아, 미안."

정색하며 큰 소리를 낸 도코를 료가가 놀란 기색으로 빤히 쳐다보고 있었다. 무언가 할 말이 있는 듯 입을 떼더니, 이내 아무 말 없이 눈을 내리깔고 "좀 잘게" 하며 얼굴을 돌렸다.

도코는 잠시 입을 다물고 그 옆얼굴을 바라보다,

"엄마 여동생은 날 때부터 심장이 안 좋았어. 죽은 이유도 몸에 부담이 가는 생활을 해서고. 집안 내력 같은 게 아냐."

이미 잠들었을지도 모르는 료가에게 말했다.

도코에게는 오토라는 이름의 쌍둥이 여동생이 있었다.

오토에게는 선천적으로 수정 대혈관 전위증이라는, 대

동맥과 폐동맥의 위치가 뒤바뀐 심장 이상異常이 있었다. 좌우 심실을 구분하는 벽에도 구멍이 나 있어, 의사는 성인이 될 때까지 살기는 어려울 것이라고 말했다.

그런 여동생을 엄마와 아빠는 더할 나위 없이 애지중지 키웠다. 그것은 객관적으로 보아도 과잉보호라 할 만한 지경으로, 일어나는 시간도 밥 먹는 시간도, 유치원이나 학교에 가느냐 마느냐조차도 죄다 오토의 의사로 결정되었다. 정원사로 일하던 아빠는 결코 무른 사람은 아니었지만, "조금 숨이 차" 하고 오토가 얼굴을 찡그린 채 가슴을 움켜쥐면 "얼른 구급차 불러!" 하며 쩔쩔매곤 했다. 엄마 역시 "무리하지 않아도 돼"라는 게 여동생을 향한 입버릇이었고, 그 탓에 다 자란 오토는 어느 것 하나 무리할 줄 모르는 사람이 되어 있었다. 참을성이 없고, 노력할 줄 모르고, 하기 싫은 일은 하지 않았다. 몇 번의 수술을 거쳐 남들처럼 생활할 수 있게 되어서도 오토는 "학교는 무서워. 집에 있는 게 좋아"라며 거의 집 밖을 나가지 않았다.

부모님에게 보물처럼 여겨지는 오토가 도코에게는 밉살스러웠다. 스스로 할 수 있는 일이 하나도 없다면 무슨 재미인가. 그렇게 얕잡아 보고 있었다. 아니, 이제 와 생각하면 오토를 업신여김으로써 이럭저럭 평정을 잃지 않고 있었는지도 모른다. 자신이 바깥세상에서 분한 마음을 삭이고 있을 때도 여동생은 집 안에서 설탕으로 만든 과자를 받아먹고 있는 것이다. 그것이 부럽지 않을 리 없었다. 샘나지 않을 리 없었다. 그럼에도 자신은 여동생에 대한 울적한 마음을 줄곧 감추고 있었다.

도코는 서른 살에 결혼했다. 남편은 일곱 살 연상의 전기공사기사로, 두 사람이 처음 만났을 무렵에는 당시 건설 중이던 세토 대교* 공사에 취역해 있었다. 세토 대교의 공사가 시작된 건 쇼와 53년1978년이므로, 도코가 스물두 살일 때였다. 그로부터 9년 6개월이라는 세월을 거쳐 다리는 개통되었다. 그 사이에 도코와 남편은 결혼하고, 아이를 낳았다. 남편의 본가는 나가노에 있었고, 처음 만났을 때는 고향에 있는 회사에서 파견되어 오카야마에 와 있었던 것인데, 결혼을 계기로 퇴사한 뒤 오카야마에 있는 회사에 재취업했다. 대를 이을 사람이 없었던 사사모토 집안에 양자라는 형태로 들어와 준 것이었다.

오토에 대한 응어리가 사라진 것은, 도코가 결혼해서 집을 나간 때였다.

결혼식 전날, 오토가 "도코짱, 행복해야 해"라며 시폰으로 직접 만든 하얀 잔꽃 부케를 건네주었을 때 도코는

---

* 일본 오카야마 현 세토 내해에 놓여 있는 철도·도로 병용 다리.

갑작스러운 선물에 아무 말도 할 수 없었다.

"도코짱을 형상해서 귤꽃으로 만들었어. 앙증맞은 꽃이지만, 봐봐, 여럿이 모여 있으니까 화사하지?"

다섯 장의 꽃잎에 암술 한 가닥, 다수한 수술. 이 자그마한 꽃을 하나하나 손수 만들었다고 생각하니 눈물이 왈칵 쏟아졌다.

"고마워, 고마워, 오토……."

돌이켜보면 손재주가 좋은 여동생은 여러 가지 물건들을 직접 만들곤 했다. 레이스로 뜬 테이블보. 아빠의 스웨터와 복대. 엄마의 머플러. 도코의 장갑. 그러고 보니 아빠가 일할 때 쓰는 공구 가방도 마 끈으로 짜여 있었다. 여동생은 여동생 나름대로 가족들에게 도움이 되고자 애써왔는지도 모른다. 오토는 오토만이 알 수 있는 노력으로 오늘 이때까지 살아온 것임을 그제야 이해했다. 어릴 적부터 '오래 살 수 없다'는 말을 들으며 여동생 나름대로 많은 것을 포기하고, 꿈이나 희망을 일부러 가지지 않은 채 살아왔다는 것도 비로소 깨달았다.

집을 떠나오자 이제껏 그저 짐이라고 여겨졌던 오토가 부모님 곁에 있어주어 고마웠고, 자매의 관계는 다시금 새로운 모양을 만들어가기 시작했다.

그러나 평온한 나날은 오래가지 않았다.

결혼한 이듬해 료가가 태어났고, 행복한 하루하루를 보내던 직후의 일이었다.

오토에게서 '임신한 것 같다'는 고민 상담 전화가 걸려왔다. 상대는 결혼할 수 없는 사람이라 부모님에게는 아직 말하지 못했다고 했다.

도코는 젖먹이인 료가를 부둥켜안고 친정으로 돌아가, 오토와 수차례 이야기를 주고받았다. 그런데 아무리 설득해도 '낳고 싶다', '잘 키울 수 있다', '하지만 결혼은 할 수 없다'는 말만 반복하기에, 결국은 도코의 입으로 부모님에게 털어놓게 되었다. 아니나 다를까 부모님은 결사반대했다. 임신하면 혈액의 양이 늘어나므로 심장에 무리가 간다는 것이 가장 큰 이유였다. 오토가 '아기를 위해서'라는 주관적인 판단으로 심장약 복용을 중단하고 있었다는 것도 부모님으로선 충격이었는지, 그때만큼은 엄마 아빠 모두 열화와 같이 역정을 내고, 타이르고, 구슬리며 오토의 출산을 막으려 했다.

그러나 여동생은 부모님의 반대를 무릅쓰고 임신 35주째가 되던 때 제왕 절개로 아기를 낳았다. 아기는 2000그램도 채 되지 않는 남자아이였다.

이름은 오토가 교헤이라고 지었다.

"사사모토 씨."

오토를 떠올리며 료가의 등을 바라보고 있는데, 연녹색 커튼 너머로 여성의 목소리가 들려왔다.

"예?"

손을 뻗어 커튼을 젖히자 야다가 서 있었다.

"아아, 다행이다. 돌아와 계셨네요."

"예, 야다 씨 덕분에 트라몬토까지 잘 찾아갔어요."

그러셨다니 다행이네요, 하고 미소 지으며 야다가 "담당 의사 선생님께서 술후術後 설명을 해주신대요"라고 일러주었다. 료가가 자고 있다고 전하자 "그러면 어머님 혼자 와주세요" 했다. 병실을 나오자 야다의 얼굴에서 웃음기가 가셨고, 도코 역시 표정을 가다듬고 기다란 복도를 걸었다. 벽의 색깔도, 복도에 촘촘히 깔린 카펫의 색깔도 전부 아이보리색이어서 같은 곳을 빙글빙글 돌고 있는 듯한 기분이 들었다.

이윽고 야다는 어느 방 앞에 멈춰 섰고, 노크를 한 뒤 "사사모토 씨, 안으로 들어가세요" 하며 문을 열었다. 진료실도 처치실도 아닌 그 방은 작은 회의실 같기도 했다. 테이블을 사이에 두고 의자가 두 개씩 늘어서 있을 뿐, 책장이고 뭐고 아무것도 없는 살풍경한 방이었다.

"사사모토 씨 어머님이십니다."

야다가 말을 건네자, 이미 앉아 있던 백의를 입은 남성이 제자리에서 일어나 "마쓰바라입니다" 하고 가볍게 고개를 숙였다. 의사를 앞에 두고 긴장감이 더했지만, 이럭저럭 "사사모토 료가의 엄마입니다. 감사했습니다" 하고 감사 인사를 전할 수 있었다.

쥐 죽은 듯 고요해진 작은 방에서 마쓰바라가 천천히 이야기를 시작했다. 나직하고 또렷한 목소리로 말을 거듭해감에 따라 도코의 온몸에 식은땀이 배었다.

"그, 저기…… 그게 무슨…… 말씀이신지요? 선생님께서 무슨 말씀을 하시는 건지 제가 잘 이해가 안 가서……."

이야기 도중 한 번 더 되물었다. 목소리가 떨렸다. 몇 번인가 똑같이 되물을 때마다 친절하게 대답해주었지만, 그럼에도 잘 이해할 수 없는 부분이 있었다.

"사사모토 씨, 진정하시고요. 아드님의 암은 위 뒤쪽, 췌장 주위의 림프절로 전이되어 있었습니다. 림프절을 10여 개 절제했습니다만, 미세한 암세포가 아직 남아 있을 가능성도 부정할 수 없습니다. 초기라고 말씀드렸지만, 예상보다 꽤 많이 진행된 상태였어요. 다행히 복막 등으로의 파종 소견은 없었고, 지금으로서는 원격 전이도 없는 것으로 생각돼——."

"선생님…… 이해가 잘 안 가요. 암이…… 아직 남아 있다는, 말씀이신가요?"

또다시 같은 질문을 하고 말았다. 그러나 도코가 되물을 때마다 마쓰바라 역시,

"재발 가능성은 부정할 수 없다는 말입니다. 재발 가능성은 60퍼센트에서 70퍼센트라고 볼 수 있어요. 그러니 앞으로는 재발 위험성을 줄이기 위해 항암제 치료에 들어갈 예정입니다."

하고 같은 설명을 되풀이했다.

"그, 그 항암제 치료를 받으면 재발하지 않을 수 있나요?"

"데이터에 따르면, 재발 위험성을 50퍼센트까지는 줄일 수 있습니다."

"혹여나…… 재발한다면요?"

"우선은 지금으로서 할 수 있는 일을 해보죠."

"재발한다면…… 어떻게 되는 건가요?"

"상황을 보고, 그때 다시 적절한 치료법을 생각해보겠습니다."

두 눈에 맺혀 있던 눈물이 테이블 위로 떨어졌다. 야다가 도코의 등을 쓰다듬으며 손수건을 건네주었다. 몸이 오른쪽 왼쪽으로 흔들렸다. 제 몸 같지 않을 정도로 격렬

히 떨리고 있었다.

"선생님, 수술을, 한 번 더 해주실 순 없는지요? 한 번 더, 그 애의 암을 떼어내는 수술을……."

"사사모토 씨, 무슨 마음이신진 알지만, 현재로서는 항암제 치료가 최우선입니다."

연거푸 쏟아져 나오는 눈물을 손수건으로 훔쳤다.

"선생님, 아들한테는 절대로…… 얘기하지 말아주세요."

이토록 잔혹한 사실을 료가에게는 알리지 않았으면 했다.

"사사모토 씨, 요즘은 치료 순응도를 높이기 위해 환자분께는 고지해드리도록 되어 있습니다. 저희 병원에서도 그건……."

"됐어요. 그런 건 아무래도 상관없어요. 수술을 받고도 재발할 확률이 그렇게 높다는 걸 알면, 그 애…… 료가는……."

도코는 고개를 저으며 있는 힘껏 말을 이었다.

"선생님, 지금 하신 말씀은 제가…… 제가 료가한테 얘기할게요. 그러니 조금만 기다려주실래요?"

도코는 고개를 들어 난처해하는 마쓰바라의 얼굴을 바라보았다. 나는 울기만 하려고 도쿄까지 올라온 것이 아니다. 엄마로서 그 애를 보살피고, 힘을 주기 위해 온 것이다. 그렇게 생각하며 마음을 추슬렀다.

"알겠습니다. 고지와 관련해서는 어머님께 맡기도록 하겠습니다."

방을 나오자, 안간힘을 다해 참고 있던 눈물이 또다시 흘러넘쳤다.

"사사모토 씨, 조금 진정되실 때까지 여기서 쉬었다 가시죠."

야다가 도코의 어깨를 감싸 안으며 가까운 병실로 들어갔다. 비어 있는 침대 곁까지 도코를 데리고 가 둥근 의자에 앉힌 다음 연녹색 커튼을 쳤다.

3년 전에 남편이 세상을 떠났을 때도 이처럼 절망적인 기분이었다. 하지만 남편과 아들은 다르다. 그때도 가슴이 찢어질 만큼 괴로웠지만, 남편은 예순여덟에 죽었다. 예순에 회사를 정년퇴직하고부터는 근처의 낮은 산을 홀로 등반하거나 정원을 가꾸며 즐겁게 지냈다. 가끔은 인편을 통해 전기공사 일을 맡는 경우도 있었다. 두 아들을 어엿한 어른으로 키워내고 후회 없이 떠났으리라, 만족스러운 삶을 살았으리라, 하고 도코는 스스로를 위로할 수 있었다.

"여기서 잠깐 쉬세요. 지금 그 얼굴로 가시면, 료가 군이 깜짝 놀랄 거예요."

야다가 입가에 부드러운 미소를 띤 채, 백의 주머니에

서 휴대전화를 꺼내어 민첩한 손놀림으로 화면을 건드리고 있었다.

병실에서 전화를 걸어도 되나…….

도코는 멍하니 그런 생각을 하면서 야다의 반듯한 옆얼굴을 바라보고 있었다.

"사사모토 씨, 교헤이 군이에요."

야다가 전화를 건 상대는 교헤이였다. 연결됨과 동시에 휴대전화를 건네받아 잠깐의 틈을 두곤,

"교헤이……."

하고 도코는 말했다.

"엄마? 무슨 일이야? 왜 야다 전화로 걸었어?"

머릿속이 새하얘서 무얼 어떻게 이야기하면 좋을지 알 수 없었다. 귀에 익은 우렁찬 목소리가 불안하게 떨리는 것을, 도코는 입을 다문 채 듣고 있었다. 그런 가운데 필사적으로 낱말을 찾아 가까스로 입 밖에 낸 말이,

"엄마, 당분간 여기 있을게."

라는 한마디였다.

"어?"

전화 너머로 교헤이가 당황한 목소리를 냈다.

"료가가 안정될 때까지, 엄마 여기서 지내려고."

숨을 짧게 들이쉬는 소리가 들렸고, 교헤이의 동요가

전해져 왔다. 그러나 그것은 한순간의 주저였다. 교헤이는 모든 걸 알아들었다는 양 "어, 알겠어. 엄마 편한 대로 해"라고 대꾸했다. 교헤이다운 굵직한 목소리였다.

"고마워."

도코는 그 말만을 겨우 입에 담았다.

"응. 이쪽 일은 나한테 맡겨둬. 할머니 일도 전부."

"교헤이…… 료가, 수술 무사히 끝났어. 지금은 마취에서 깨서…… 회복된 상태야."

"그렇구나. 내가 오늘 신칸센* 막차 타고 그쪽으로 갈 테니까, 자세한 건 이따가 천천히 들을게."

감사 인사를 하며 휴대전화를 돌려주자, 마음이 진정될 때까지 여기 있어도 된다는 말을 남기고 야다가 조용히 병실을 나갔다. 연녹색 커튼을 빈틈없이 닫아주었다.

야다의 발소리가 들리지 않게 되자 도코는 양쪽 눈꺼풀을 단단히 내리덮고 숨죽여 울었다. 이럴 때 눈물만 흘리고 있는 자신을 한심스럽게, 부끄러이 여기면서도 넘쳐흐르는 슬픔을 걷잡을 수 없었다. 어째서 료가가 병에 걸렸단 말인가. 누구를 향해야 할지 모를 분노로, 또다시 추위를 타는 것처럼 온몸이 떨려 왔다.

---

* 일본의 고속 철도.

복도에서 들려오는 목소리에 정신을 차리고 보니 마쓰바라와 면담을 한 지 한 시간 가까이 지나 있었다. 아, 이래서는 안 되지……. 도코는 야다에게서 빌린 손수건을 눈에 가져다 대어 눈물을 훔치고는, 느릿느릿한 동작으로 일어섰다. 너무 오래 자리를 비우고 있으면 료가가 이상하게 여길 것이다.

병실로 돌아오자,

"엄마, 어디 갔었어."

료가가 걱정스러운 눈빛을 보내왔다.

"매점에 차 좀 사러 갔다가 길을 헤맸지 뭐야."

"역시 그랬군. 어, 차는?"

"……돌아다녀 봤는데, 매점을 못 찾았어."

료가가 차 끓일 전기 포트라면 병동 휴게실에도 있다고 일러주었다. 전차煎茶*도 번차番茶**도 무료로 마실 수 있으니 구태여 사러 갈 필요 없다고.

도코는 부은 눈을 감추며 작게 끄덕였다. 료가와 이야기하고 있는데 때마침 금색 주전자를 손에 든 중년의 간호조무사가 커튼을 살짝 젖히더니 "차, 더 드릴까요?" 하며 얼굴을 내밀었다. 자신과 동년배로 보이는 간호조무

---

* 녹차의 일종으로 봄에 수확한 찻잎을 쪄서 말린 것.

** 녹차의 일종으로 여름 이후에 딴 큰 잎이나 줄기로 만든 하급 전차.

사는 스테인리스 소재의 물통에 차를 그득히 부어주었다. 번차의 구수한 향이 커튼으로 구분되었을 뿐인 독실을 가득 메웠다.

"엄마도 여기서 일할 수 있으려나? 방금 그 조무사님처럼."

간호조무사가 옆 침대에서 똑같이 말을 걸며 차를 붓고 있었다.

"무슨 소리야. 봉제 공장 일이 있는데."

도코가 농담을 한 것이라고 생각했는지 료가가 맥빠진 웃음을 띠었다.

"저 조무사님이 네 담당이셔?"

"담당인지는 모르겠는데, 자주 뵙긴 해."

"좋은 사람인 것 같네."

간호조무사가 물통에 담아준 차를 도코는 컵에 따랐다.

"조무사님, 료짱이 물도 못 마시는 거 모르시는 모양이네. 아까우니까 엄마가 대신 마실게. 료짱, 목마르면 얘기해. 적신 거즈로 입 주변을 닦아주라고 야다 씨가 그랬으니까."

료가가 자신의 동요를 눈치챌 것이 두려워 도코는 자꾸자꾸 이야기했다.

"참, 너희 가게의 문어, 세토 내해에서 잡은 거라며? 국

내산은 비쌀 텐데. 그렇게 비싼 식재료를 쓰고도 1500엔에 팔면 남는 게 있니? 그치만 맛있더라. 아히요였나? 그렇게 맛있는 문어 요리, 엄마는 태어나 처음 먹어봤네."

맞장구칠 틈도 없이 계속해서 재잘대는 도코의 얼굴을 료가가 무표정한 얼굴로 가만히 보고 있었다. 그 강렬한 눈빛에 주춤하다 문득 말이 끊어졌고, 그 틈에,

"엄마 말이야, 그날이랑 똑같은 얼굴을 하고 있어……."

료가의 목소리가 떨어졌다. 옆 침대에서 콜록거리는 소리가 들려왔다.

"엄마, 그날이랑 똑같은 얼굴을 하고 있어."

아무런 대꾸도 하지 않는 도코의 얼굴을 물끄러미 바라본 채, 료가가 같은 말을 되풀이했다.

"그날?"

"나랑 교헤이가 구조된 날. ……엄마, 마쓰바라 선생님한테 뭐 들은 말 있어?"

료가가 침대 위에 팔꿈치를 대고 몸을 일으키려 했다. 도코는 두 손을 뻗어 거들며 료가의 얼굴을 바라보았다. 나는 잘 둘러댈 수 있을까.

"엄마, 울다 지친 얼굴이잖아."

설산에서 구조된 날도 엄마는 그런 얼굴을 하고 있었

다고, 지금 막 생각났다고 료가가 중얼거렸다.

료가는 정말이지 눈치가 빠른 아이였다. 남편하고 싸운 날이나 공장에서 언짢은 일을 겪은 날이면, 아무것도 모를 텐데 "엄마, 무슨 일 있어?" 하며 가까이 다가오곤 했다. 교헤이가 팔꿈치 인대를 다쳤을 때도 그랬다. 팀원들에게도, 감독에게도, 가족들에게도 팔의 통증을 숨기고 있던 교헤이에게 "왜 그래, 교헤이. 평소랑 젓가락질 하는 게 다른데? 어디 다쳤어?" 하고 말을 건넨 것이 료가였다. 료가가 알아차리지 못했더라면 교헤이는 아마 오른팔이 완전히 으스러질 때까지 계속 부상을 숨기고 있었을 것이다.

"마쓰바라 선생님하고 얘기했어?"

"딱히…… 아무 얘기 안 했는데."

"괜찮아. 사실을 말해주지 않으면 나도 어떻게 해야 좋을지 모르니까."

료가의 진지한 눈빛에 결심이 흔들렸다.

도코는 소리 없이 일어나 둥근 의자를 침대 곁으로 가져갔다. 그리고 틈이 조금 벌어져 있던 연녹색 커튼을 꼭 닫았다. 숨을 깊이 들이마시자, 약품 냄새가 뒤섞인 공기가 폐 안을 가득 채웠다.

도코는 얼마간 자신의 손끝을 내려다보고 있다가 천천

히 얼굴을 들어 다시 료가를 바라보았다. 그리고 조금 전 마쓰바라로부터 들은 말을 한마디 한마디 끊어 말하다시피 전했다.

암은 위 뒤쪽, 췌장 주위의 림프절로 전이되어 있었다.

림프절을 10여 개 절제했으나, 미세한 암세포는 여전히 남아 있을지 모른다.

차후 5년 사이에 재발할 가능성은 60에서 70퍼센트.

앞으로는 항암제 치료를 진행할 것이나, 그럼에도 재발 위험성은 50퍼센트 안팎이다.

도코의 입에서 나온 말은 마치 칼날 같았다. 어여쁜 아들을 찢어발기는 날카로운 칼날. 도코의 얼굴을 바라본 채 이야기를 듣고 있던 료가가, 눈언저리를 욱죄며 "살아남는 건 둘 중 한 사람이란 뜻이군" 하고 혼잣말했다. 결국 료가가 원한대로 마쓰바라의 말을 전달하고 말았으나, 료가의 얼굴빛이 삽시간에 창백해져 가는 것을 보고 괜히 이야기했다며 후회하고 있었다.

"그래도 다른 데로는 전이되지 않았대. 눈에 보이는 나쁜 것들은 전부 제거했다고 마쓰바라 선생님이 그러셨고. 엄마 주위에도 암에 걸린 사람이 몇 명 있는데, 다 나아서 지금은 일상으로 돌아갔어."

료가가 천천히 몸을 돌려 도로 침대 위에 누웠다.

"치료하면 꼭 좋아질 거야. 너는 괜찮을 거야."

도코는 말이 없어진 료가를 앞에 두고 끊임없이 격려했다. 하지만 료가의 대답이 돌아오는 일은 없었다. 도코는 위로의 말을 내뱉으며, 오랜 세월 천을 만져온 탓에 지문이 닳은 자신의 손끝을 다시금 내려다보았다.

대화가 끊기고 침묵이 당연해진 후로 얼마의 시간이 흐른 것일까. 침대에 누워 있던 료가가 마치 잠꼬대를 하듯 "산에서……" 하고 중얼거렸다.

"왜 그래? 뭐라고?"

"산에서 조난당했을 때…… 무서워 죽는 줄 알았어."

료가가 도코에게 한다기보다 혼잣말 같은 어투로 꺼낸 이야기를 도코는 입을 다문 채 들었다.

"멈추지 마, 힘내. 그렇게 교헤이를 격려하면서도, 정작 산에 떠도는 불온한 정적에 삼켜져 버릴까 봐 제일 두려워한 건 나였어."

갈비뼈가 부러진 탓에 가슴이 아팠고, 숨을 들이쉴 때마다 폐 부근에서 탁한 소리가 울렸다. 그런 와중에 등에 멘 배낭은 갈수록 무게감을 더해갔고, 돌풍이 불 때마다 그 자리에 쓰러져 버릴 뻔했다. 오버 재킷 안에 다운 패딩도 입었고 지퍼도 턱 밑까지 단단히 잠그고 있었지만 냉기는 옷 속을 파고들었다. 춥고 또 추운 나머지 손과 발이 저렸고……. 솔직히 말하면 이제 틀렸구나 싶었다. 그럼에도 나약한 소리는 입 밖에 내지 않았다. 교헤이가 무서워하고 있었으므로 자신이 우는소릴 할 수는 없었다.

료가는 거기까지 단숨에 이야기하고는 더 이상 말을 잇지 못했다. 도중에 료가가 울고 있다는 걸 알아챘지만 무슨 말을 건네야 할지 몰라 도코는 자신의 울음소리가 새어나가지 않도록 입언저리를 손으로 감쌌다. 어느샌가 이야기에 빠져들어, 병실의 하얀 천장과 벽과 이불을 바라보고 있으니 자신도 설산에 홀로 남겨진 듯한 착각이 들었다.

"휘몰아치는 돌풍을 맞으면서, 몇 번이고 몇 번이고 죽을지도 모른다는 생각을 했어. 근데 죽을지도 모른다고 생각할 때마다 엄마 얼굴이 떠올랐어. 딱 한 번 본, 봉제 공장에서 일하고 있는 엄마의 얼굴이 떠오른 거야. 엄마가 모르는 아줌마랑 마주 앉아서, 작은 강만큼이나 커다란 천을 가위로 자르던 모습. 엄마가 가위로 천을 훑으면, 강의 물줄기가 뚝하고 끊어져. 그걸 엄청난 속도로 몇 장이고 몇 장이고 반복하던 모습이, 왠지 모르게 머릿속에 떠올라서……."

천을 재단하는 모습을 말하는 것이리라. 도코는 고개를 끄덕였다.

"엄마, 나는 아직 살고 싶어."

"……네가 죽을 리 없잖아. 아까는 반 농담으로 말했지만, 엄마 도쿄에서 일할까 생각 중이야. 널 돌봐주고 싶어서 도쿄에 살려고."

"할머니는?"

"할머니는 시설로 들어가실 거야."

"할머니는 시설 싫어하잖아."

"네가 그런 것까지 걱정할 필욘 없어. 할머니는 엄마의 엄마니까…… 엄마의 마음을 알아줄……."

북받치는 감정을 억누르지 못해 차츰 목소리가 떨려왔다.

예전부터 료가는 감정을 밖으로 드러내지 않는 아이였다. 그래서 이 애가 정말로 괴로울 때 어떤 표정을 지어 보이는지 자신은 모르고 있었다. 그런데 이제야 알았다. 이 애는 아무리 괴롭더라도 남에게 그 괴로움을 떠안기지 않는다. 그대로 변함없이 다정한 것이다. 그런 애인 것이다.

너무 늦었는지도 모르지만 자신의 남은 인생을 료가를 위해 쓰고 싶었다. 도미라면 료가 곁에 있고 싶다는 자신의 마음을 기꺼이 이해해줄 것이다.

"엄마, 네가 퇴원하기 전까지 도쿄로 올 준비를 해둘게."

도코는 각오를 다지며 그렇게 말했다.

료가가 느릿한 동작으로 몸을 뒤집으려 하고 있었다. 도와주기 위해 손을 뻗었는데, 고개를 가로젓고는 "혼자 할 수 있어"라며 자신의 힘으로 몸의 방향을 바꾸었다.

"나는 혼자서도 괜찮아."

"그래도……."

"혼자서 투병하는 사람들 쌔고 쌨어."

딱 잘라 거절당한 도코는 그 이상 아무 말도 하지 못했고, 료가 몰래 짧은 숨을 내뱉었다. 몹시도 공허한 마음이 북받쳐 올랐지만 자신 이상으로 괴로울 료가 앞에서 눈물을 보이고 싶지 않아 말없이 고개를 숙이고 있었다. 조금이라도 몸을 움직이면 눈물이 하염없이 쏟아질 듯해 꼼짝도 할 수 없었다. 어떻게 하면 이 애에게 힘이 될 수 있을까. 이럴 때 남편과 엄마의 얼굴을 떠올리는 스스로가 한심스러웠다.

"엄마……."

료가가 오른손을 뻗어 왔다. 료가가 움직이자 팔에서 뻗어 나온 수액 줄이 흔들거리며 팽팽한 공기를 누그러뜨렸다.

"그날처럼, 나는."

나는, 하고 료가가 목소리에 힘을 실었다.

"꼭 엄마 곁으로 돌아갈 거야."

료가의 얼굴이 희미하게 일그러졌다. 두 눈에 엷은 눈물이 맺혀 있었다.

도코는 눈앞에 뻗은 료가의 손을 붙잡고 그 몸을 세게 부둥켜안았다. 뼈만 앙상한 몸을 손바닥으로 힘 있게 어루만지자, 그날, 이 손으로 아들을 힘껏 끌어안았던 감촉이 되살아나기 시작했다.

3
장

목욕 보조 중 짬을 내어 료가의 병실로 가보니 교수 회진이 한창이었다. 소화기외과 병동의 우두머리 가라쓰 교수의 뒤를 마쓰바라 가이토와 같은 중간급 의사와 전공의, 모리 수간호사 등이 따라 걷느라 4인실이 백의로 가득했다. 야다 이즈미는 발소리가 나지 않게 병실로 들어와 슬그머니 창가에 서고는, 회진하는 모습을 태연스레 바라보았다. 창문 아래로는 며칠 후면 만개할 벚나무가 연분홍색 양탄자처럼 바람에 흔들리고 있었다.

"사사모토 료가 씨."

가라쓰 교수가 침대 곁에서 말을 건넸다. 료가는 수술한 달 후인 1월 말에 개시한 항암제 TS-1의 1사이클을 끝내고, 이번에는 2사이클을 진행하기 위해 나흘 전부터 입원 중이었다. 2사이클부터는 부작용이 큰 시스플라틴*을 병용하므로, 일주일에서 열흘 정도는 의사의 관리하에 안정을 취해야만 했다.

"상태는 좀 어떠신가요?"

어느 환자에게건 가라쓰 교수의 첫마디는 늘 같았다. 레퍼토리가 적다.

"좀…… 불편해요."

"어떻게 불편하죠?"

"구역감이 좀."

"그렇군요. 마쓰바라 선생, 시스플라틴은 언제부터 투여했지?"

가라쓰 교수는 능청스럽게 고개를 끄덕이고는 주치의인 마쓰바라를 돌아보았다.

"3월 19일에 시작했으니 사흘 전입니다. 어제 진토제 수액을 처방했으니 곧 효과가 있으리라 생각됩니다."

"그렇군. 사사모토 씨, 들으셨죠? 조금만 더 참으시면 됩니다. 혹시라도 구역감이 계속되면 다시 말씀해주세요."

딱 그 정도의 회진을 마치고 가라쓰 교수가 발길을 돌려 병실을 나갔다. 기껏해야 5분. 무엇 때문에 구태여 교

* 암 치료에 사용되는 항암제의 일종.

수까지 찾아와 이런 대화를 주고받는 것일까. 주된 목적은 전공의와 임상실습 학생들에 대한 교육인 모양인데, 이즈미에게는 환자를 위한 퍼포먼스로밖에 생각되지 않았다.

"고생했어."

위엄 있는 일행분들의 모습이 사라지자, 이즈미는 맥 빠진 소리를 내며 료가의 침대로 다가갔다.

"료가 군, 처음이지? 교수 회진."

"아, 응."

"진짜 TV 드라마 같지 않아? 일주일에 한 번은 꼭 하는데, 모든 입원 환자를 다 도는 것도 아냐. 오늘은 료가 군이 당첨됐네."

회진에 따라붙는 간호사는 대개 모리 수간호사인데, 수간호사가 휴식 중일 때는 이즈미가 참여하는 경우도 있다.

"료가 군한테 말 걸던, 그 제일 잘나 보이는 사람이 가라쓰 교수야. 우리끼리는 가쓰라* 교수라고 부르지만 말야. 그 덥수룩한 백발, 실은 가발이거든."

"정말?"

"응, 다들 그래. 차 한 대 살 수 있을 만큼 비싼 거라던

---

* 우리말로 '가발'을 뜻한다.

데. 역시 교수님쯤 되면 좀 다른가 봐."

농담을 던지며 은근슬쩍 료가의 얼굴빛을 관찰했다. 투여한 항암제는 구역감 외에도 신장 장애나 권태감, 미각 장애 등 다양한 증상이 부작용으로 발생한다.

"아……."

료가가 손바닥으로 입을 틀어막고 몸을 일으키기에 상두대 위에 있던 구강 관리용 농반*을 들어 건네주었다. 농반을 손에 들자마자 료가가 코와 입을 처박다시피 해 속을 게웠다. 이즈미는 료가 옆에 서서 그의 등을 쓸어내렸다.

이 병동에 근무하면서 항암제 치료를 받는 환자를 몇 명이고 돌봐왔으므로 지금 무슨 일이 생길지, 그다음은 어떻게 될지 어느 정도는 파악하고 있을 터였다. '몸 둘 바를 모르겠는 나른함', '극심한 뱃멀미', '뭘 먹어도 돌을 씹는 듯한 느낌'. 부작용에 대한 고통을 이제껏 갖가지 표현들로 들어왔다. 하지만 그렇다고 해서 간호사인 자신이 그 고통을 해소해줄 수는 없다.

"야다, 일…… 해야 하잖아."

"지금 비는 시간이라 괜찮아. 좀 더 있을게."

다음 목욕 보조까지는 아직 30분이 남았다. 간호일지

* 양칫물이나 토사물 등을 받을 때 쓰는 트레이.

를 쓰거나 입퇴원 서류를 준비하는 등 해야 할 일은 산더미지만, 잡일은 점심시간에 하기로 정했다. 오늘 점심밥은 건너뛰어도 된다.

"왜 이렇게 힘들지……. 지난번 약은 이 정도까진 아니었는데."

"시스플라틴이 부작용이 심해. 구역감이 안 가시면, 먹는 진토제도 추가로 처방받을 테니까 얘기해. 오늘을 넘기면 서서히 괜찮아질 거야."

격려하며 료가의 등을 계속 쓸어내렸다. 자세를 앞으로 기울이고 있는 탓에 등 쪽 갈비뼈가 뚜렷이 드러났고, 야다의 손바닥에 딱딱하게 만져졌다. 그런 등이 목욕을 하고 나온 것처럼 뜨거웠다.

"잠깐만 기다려."

일단 병실을 나와 간호사실에서 얼음주머니를 만들었다.

"머리를 식히면 좀 편해질 거야. 누워볼래?"

얼음주머니를 베개 위에 두고 료가의 몸을 천천히 누였다. 머리와 목덜미에 닿는 얼음의 냉기가 기분 좋은지 료가가 후, 숨을 내쉬며 창백한 눈꺼풀을 내렸다.

"머리, 짧게 깎길 잘했네."

작년 12월 29일에 수술한 료가와는 대략 석 달 만의 재회였다. 1사이클째의 항암제 치료는 1월 말에 시작되었는데, 그때는 통원만 하고 병동에는 오지 않았던 것이다. 료가는 이번 입원을 앞두고 머리를 짧게 깎고 왔다. "짧은 머리도 잘 어울리네" 하고 이즈미가 가리키자, 야구하는 고등학생처럼 둥그런 뒷머리에 손을 얹고는 "항암제 부작용 때문에 빠질 것 같아서" 하며 수줍은 듯 웃었다. 그 짧게 깎은 머리에는 지금 땀이 배어나고 있었다.

"실례합니다. 야다 간호사, 여기 있나요?"

침대 옆에 의자를 두고 료가가 진정되길 기다리고 있는데, 침대 주변의 커튼 틈새로 모리 수간호사가 얼굴을 내밀었다. 교수 회진은 이제 끝난 것일까.

"아, 수간호사님. 죄송해요, 여기 있어요."

"다행이다, 여기 있었구나. 지금 잠깐 괜찮아?"

수간호사의 손짓에 이즈미는 커튼 밖으로 나갔다.

"야다 씨, 미토 씨 관련해서 뭐 들은 얘기 없어? 오늘부터 입원하실 예정이었는데, 아직 내원을 안 하셔서."

"미토 씨라면, 미토 미쓰오 씨 말씀이시죠?"

"응. 아까 전화해봤는데 안 받으시더라고."

미토 미쓰오는 쉰일곱 살의 환자로, 3월이 되자마자 이 병원에 구급차로 이송되어 왔다. 주된 증상은 움직이지 못할 정도의 등 통증으로, 검사 결과 췌두부에 암이 발견되었다. 대부분의 췌장암이 그렇듯 그 역시 자각 증상이 나타난 시점에서 이미 병세가 상당히 진행된 상태였고, 수술이 아닌 화학치료를 받기 위해 소화기외과로 오게 된 것이었다.

"미토 씨한테 입원 안내 해드린 거, 야다 씨 맞지?"

"맞아요."

"입원에 대해선 납득하셨었고?"

"네. 처음엔 되게 낙심하셨는데요, 면담하면서 '항암제 치료를 받아보고 싶다'고 그러셨어요. 이송 뒤에는 약을 드시면서 증상도 가라앉았고, 치료에도 의욕적이셨어요."

독신인 미토에게 가족은 없었다. 입원과 관련한 보증인은 형으로 되어 있었다. 그런데 회사에서는 높은 지위에 올라 있는 모양이라 은퇴하기는 아직 이르다고, 미처 끝내지 못한 일이 있다고 여러 번 이야기하곤 했다. 자신은 일밖에 모르는 사람이었으므로 예순 살 정년까지 일하는 것이 일생의 목표라고.

"미토 씨, 오늘이 입원일인 걸 잊어버리셨나."

힘을 내봅시다. 미토 씨가 목표를 이루실 수 있도록 저희도 힘껏 도울 테니까요.

그렇게 격려했을 때 그가 보인 얼굴을 이즈미는 머릿속에 떠올리고 있었다. 결코 암울한 표정은 아니었다. 담당의인 마쓰바라에게 몇 가지 질문을 던지고는 열심히 메모하던 모습을 기억한다.

"혹시, 다른 병원에서 치료받으시려나?"

우리 병원 예약을 취소하려는 걸지도 모른다며 모리 수간호사는 미간을 찌푸렸다.

"그렇더라도 연락은 하시지 않을까요? 무단으로 그러실 분은 아닌 듯해요. 뭐, 미토 씨에 대해 그렇게 잘 아는 건 아니지만요."

미토는 입원 직전까지 일을 할 것이라 했었다. 어쩌면 오늘도 회사에 들렀다 오려는지도 모르겠다고 모리 수간호사에게 말했다.

"그래, 알았어. 그럼 조금 더 기다려볼게. 그리고 야다 씨, 미키 씨가 찾으시더라고. 야다 씨가 머리 감겨줄 거라고 하시던데?"

"약속 시간까지 아직 15분 남았는걸요?"

손목시계에 시선을 주며 이즈미가 대답했다.

"그래? 미키 씨, 성미가 급하시잖아."

"미키 씨는 약속 시간 될 때까지 기다리시게 둘까 봐요."

"그래, 늦지 않게 가봐."

원래는 아무리 상태가 나쁘다 한들 간호사가 침대 곁에 눌러앉아 환자 한 명만 돌보고 있을 시간 따윈 없다.

특히 소화기외과 병동은 다른 과에 비해 입퇴원이 많아 입원은 하루 평균 일곱 명, 퇴원은 대여섯 명쯤 될 것이다. 많을 때는 열 명이나 되는 환자가 한꺼번에 퇴원하는 날도 있어, 환자를 돌보는 통상 업무에 더해 서류 작성이나 잡일에 쫓기곤 한다.

"료가 군, 나 이제 슬슬 가보려고. 이따 또 올게."

이즈미는 욕실 앞에서 기다리고 있을 미키의 얼굴을 떠올리며 일어섰다. 시스플라틴 부작용으로 졸음이 밀려오는 것이리라. 료가는 미간에 주름을 잡은 채 꾸벅꾸벅 졸고 있었다.

료가의 병실을 나와 욕실로 뛰어갔다. 미키는 70대 여성으로, 오늘은 딸이 손자를 데리고 문병을 온다며 머리 감기를 손꼽아 기다리고 있었다.

"미키 씨, 기다리셨죠."

갈아입을 옷을 싼 보자기를 끌어안고 미키가 욕실 앞에 서 있었다. 그 모습을 보니 기다리게 한 죄책감에 가슴이 아팠다. 이 일은 죄책감의 연속이다. 모든 환자를 자신이 생각하는 백 퍼센트로 간호할 수는 없는 노릇이다. 그 사실을 깨달은 건 입사 5년 차, 병동의 책임간호사를 맡게 된 무렵인 듯싶다. 그 전까지는 자신의 능력만

키우면 일을 더 효율적이고 신속하게 처리할 수 있으리라 생각했다. 그러나 실상은 일을 빠르게 처리하더라도 또 다른 일이 주어질 뿐, 환자들을 마주하는 시간이 늘어나는 것은 아니었다.

"미키 씨, 오늘 손자분이 병문안을 오시죠? 좋으시겠어요."

환자용 목욕의자에 앉힌 뒤 머리와 몸에 묻은 거품을 샤워기로 씻어냈다. 미키도 료가와 마찬가지로 위암 수술을 받은 환자였다. 이제 완치인가 하고 안심하고 있던 올해, 수술한 지 5년 만에 간으로의 전이가 발견되어 이번에는 항암제 치료를 받기 위해 입원한 것이었다. 그런데 복수腹水가 확인된 것과 백혈구 수치가 낮다는 이유로 투여가 연기되었다. 환자의 상태가 좋지 않을 때는 치료를 건너뛰고 일단 귀가시키기도 하는데, 미키는 치료받기 전까지는 퇴원하지 않겠다고 고집을 세우는 중이었다.

"원래는 오늘 퇴원했어야 맞는데."

얼굴에 끼얹히는 샤워기의 더운물을 두 손으로 훔치며 미키가 고개를 내젓고 있었다. 그러고 보니 치료 개시 예정일은 열흘 전이었다. 만일 예정대로 진행되었더라면 미키의 말대로 오늘쯤 오늘 퇴원할 수 있었을 터다.

"아쉽네요. 병문안 온 손자분하고 같이 퇴원하실 수 있었는데."

"그러게나 말이야. 그쪽이 마쓰바라 선생님한테 말 좀 해줘. 미키 씨라면 괜찮아요, 그냥 치료 시작해버려요, 라고."

우스갯소리를 주고받으며, 샤워기를 끄고 미키에게 목욕 수건을 건넸다. 미키는 느릿한 동작으로 몸을 닦으며 콧노래를 흥얼거리고 있었다. 이곳이 병동의 욕실이 아니었다면 그녀를 환자로 보는 사람은 아무도 없었을 것이다.

"개운해라. 고마워."

"손자분 오신다니 기대되네요."

"그렇다니까. 어쩜 얼굴만 봐도 행복한 거 있지. 나더러 손자 바보라고들 하는데, 우리 손자가 참 잘생겼거든. 고등학교 2학년인데 말이야, 요새 얼굴에서 소싯적 쥬리* 가 보이기 시작했어."

복수 탓인지 조금 부풀어 오른 미키의 배를 바라보며 인간이 지닌 생명력의 신비를 생각했다. 미키를 알게 된 지는 오래되었는데 미키가 비관적인 말을 내뱉는 것은 본 적이 없었다. 위암이 발견되었을 때도, 재발했다는 걸

* 1948년생인 일본의 남자 가수로, 본명은 사와다 겐지. 특유의 음악과 패션으로 7, 80년대 일본에 센세이션을 불러일으켰다.

알았을 때도 "두더지잡기처럼 해치워버리면 그만인걸" 하며 웃고 있었다. 그 웃는 얼굴에 자신도, 담당의인 마쓰바라도 큰 힘을 얻어왔다. 환자의 병이 낫지 않는 건 자신들에게 있어서도 패배감을 안겨주는 일이니까.

"미키 씨, 고생하셨어요. 손자분 오시면 저도 병실로 불러주세요. 쥬리 닮은 손자분, 만나 뵈러 갈게요."

미키를 따라 병실까지 걸으며, 몸 상태가 회복되면 료가의 짧은 머리를 감겨주리라 마음먹었다.

*

4월부터 도호쿠 지방 병원으로 전근하게 된 마쓰바라의 송별회가 병원 근처 중화요리점에서 열렸다. 참석자는 가라쓰 교수를 비롯한 소화기외과 병동의 의사 다섯 명과 간호사 스물여섯 명. 간호사는 다해서 서른 명이니 현재 야근 중인 네 명을 제외하면 전원이 참석하는 것이었다.

여섯 시에 시작하는 송별회에 10분 정도 지각했다. 회장에 도착했을 때는 이미 가라쓰 교수의 인사말이 시작되고 있었다. 가게 2층에 자리한 넓은 홀에는 주홍칠을 한 원탁 몇 개가 놓여 있고, 참석자는 원하는 자리에 자유롭게 앉아 있었다. 하지만 그런 편한 자리는 이즈미가 회장에 들어섰을 땐 이미 꽉 차 있었고, 가라쓰 교수와 모리 수간호사, 그리고 마쓰바라가 한데 앉은 주빈 테이블밖에 남은 자리가 없었다.

"……늦어서 죄송합니다."

허리를 굽혀 몸을 웅크린 채 가라쓰 교수와 마쓰바라 사이에 놓인 빈자리에 앉았다. 가장 피하고 싶었던 상황에 제 발로 뛰어들게 되어 한숨이 났다. 빈 컵에 스스로 맥주를 따르며 마쓰바라의 옆얼굴을 힐끗 쳐다보니, 온순한 표정으로 가라쓰 교수의 이야기에 귀를 기울이고 있었다.

이즈미와 마쓰바라는 지금으로부터 2년 전까지 사귀는 사이였다. 스물여덟 살 생일부터 서른한 살 생일 직후까지 대략 3년간. '빠릿빠릿하게 일하는 모습이 좋다'며 그쪽에서 먼저 교제를 청해 왔는데, 헤어질 때 들은 말은 "너와 같이 있으면 마음이 안 편해"였다.

헤어지고 오늘에 이르기까지 2년간, 아무런 감정이 없었던 것은 아니다. 일방적인 이별이었기에 처음엔 얼굴을 보는 것마저 힘들었고, 그 후 그가 열두 살 가까이 어린 전공의와 사귄다는 소문을 들었을 때는 남몰래 속을 끓였다. 그러나 지금 와서 따져봐야 소용없다는 것 또한 알고 있었으므로 야다 쪽에서는 아무것도 묻지 않았다. 혹여나 살가운 말을 들으면 미련이, 신랄한 말을 들으면 원망이 남는다. 30대 남자가 "헤어지자"라고 말할 때는 진심으로 헤어지고 싶은 것이다. 상대의 마음을 떠보기 위해 내뱉는 30대 여자의 "헤어지자"와는 다르다.

교수가 선창한 건배 구호로 이즈미는 맥주를 단숨에 들이켰다. 마쓰바라는 이즈미보다 다섯 살 연상이므로 현재 서른여덟 살이다. 소문의 전공의와 1년 전쯤 결혼했는데, 지금은 별거 중인 상태라고 정보통인 동료에게서 들었다. 하지만 실상은 알 수 없다. 다만 결혼 초에는 끼고 있던 왼손 약지의 반지가 지금은 사라져 있다.

"왜? 할 말 있어 보이는데."

몰래 훔쳐보고 있던 게 들통난 것인지, 스스로 맥주를 따르며 마쓰바라가 물어 왔다.

"아뇨, 없어요. 도호쿠는 추울 테니 몸조심해요."

태어나서 이 나이가 될 때까지 무언갈 간절히 바라거나 원했던 적은 없었다. 그래서 신이 난생처음 빈 소원을 들어준 것일지도 모른다. 마쓰바라가 신혼여행 기념품으로 사 온 벨기에 초콜릿을 직원들에게 나누어주던 날, 그때 딱 한 번 '마쓰바라 가이토가 어디 먼 곳에 있는 병원으로 이동하게 해주세요. 되도록이면 무지무지 추운 지

역으로 부탁드려요' 하고 신에게 기도했다. 그 전까지 원망의 말을 내뱉은 적은 한 번도 없었고 동료에게 자신들의 관계를 털어놓은 적도 없었는데, 금색 리본을 두른 파스텔 핑크 과자 상자를 보았을 때만은 마쓰바라가 눈앞에서 사라졌으면 했던 것이다.

먼 곳이라고는 하지만 같은 계열의 병원으로 이동하는 것이므로 몇 년이 지나면 다시 도쿄로 되돌아올 수도 있다. 그럼에도 그가 일단 시야에서 사라진다는 것은 반가운 일이었다. 이별을 통보받았을 때도, 다른 사귀는 사람이 있다는 걸 알았을 때도, 결혼한다는 말을 들었을 때조차도 병동에서는 한결같은 태도로 일해왔다. 실은 껄끄러웠고, 마쓰바라의 진료나 처치는 담당하고 싶지 않았다. 하지만 여기서 도망쳐버리면 지는 것이다. 그런 이상한 오기가 주어진 일을 해내게끔 만들었다. 부서 이동을 신청하면 다른 과에서 일할 수도 있었지만 그것 역시 하지 않았다. 같은 곳에서 안간힘을 다해 싸우겠다는 생각이었는데, 결국 자신은 무엇에 이기고 싶었던 것일까. 득이 된 것은 하나도 없었다. 어리석은 오기를 부렸을 뿐이라고 지금은 생각한다.

"너무 급하게 마시는 거 아니야?"

병맥주 한 병을 거뜬히 비우고 있던 차에 마쓰바라에

게 제지당했다. 그는 맥주를 일본 술로 바꾸어 홀짝대는 중이었다.

"이 정도는 시작에 불과하죠. 이 뒤로 딱히 일정도 없고요."

사오싱주* 작은 병에 손을 뻗어 자신 앞에 챙겨두었다.

"그건 그렇고, 마쓰바라 선생님이 이동하시면 사사모토 씨는 누가 담당하세요?"

주치의가 바뀌는 건 그리 드문 일도 아니지만, 의사로서의 마쓰바라는 실력이 좋으므로 그 점만은 유감스러웠다. 지금까지의 경과를 아는 마쓰바라가 다른 곳으로 가버리면 료가 역시 불안할 터였다.

"사사모토 료가 씨? 그 환자는 가시와바라 선생에게 인계해두었는데."

"가시와바라 선생님이군요."

가시와바라는 작년까지 전공의로 있었던 신참 의사다. 다만 경험은 적어도 환자들을 소중히 생각하며, 새 치료법을 적극적으로 도입하고자 하는 유연함도 지니고 있다. 환자나 간호사로부터의 평판도 나쁘지 않다.

"가시와바라 선생님이라면 나이대도 비슷해서 얘기하기 편할지도 모르겠네요. 그래, 괜찮겠다."

---

* 중국 사오싱 지방에서 나는 양조주.

대화 도중 마쓰바라가 손을 뻗어 가라쓰 교수의 빈 잔에 맥주를 따랐다. 깜빡하고 있었다. 교수에게 술을 따르는 일은 옆에 앉은 자신의 역할이었다. 마쓰바라는 이렇게 세세한 데까지 신경을 쓰는 사람인데 이동하게 된 이유가 무엇일까 생각하고 있을 때,

"그, 사사모토 료가라는 환자."

하고 가라쓰 교수가 대화에 끼어들었다.

"마쓰바라 군, 그 사사모토인가 하는 환자는 상당히 괜찮더군."

"괜찮다는 건 어떤 의미에서 말입니까?"

"의대생이 임상실습 중 배우는 증상 예로서는 더없이 알기 쉬운 환자잖나? 노인은 이런저런 합병증이 동반되어 복잡하지. 그런데 그 환자는 젊은 데다 병력도 없으니, 림프절로 전이된 위암이라는 증상 예에만 집중해 경과를 지켜볼 수 있어."

사람도 좋은 것 같고 말이야, 하고 가라쓰 교수가 들뜬 기색으로 맥주를 들이켰다.

"우리 과는 의대생이나 간호대생을 넉넉히 수용한다고 평판이 좋네. 앞으로도 그 점을 어필해나갈 수 있도록 가시와바라 군에게도 잘 이야기해두게나."

가라쓰 교수가 만면에 미소를 띤 채 입안 가득 탕수육

을 집어넣는 모습을, 이즈미는 싸늘한 기분으로 보고 있었다. 이런 술자리에서 입원 환자 이야기가 나오는 것은 그다지 드문 일이 아니다. 비밀 준수의 의무*. 분명 그런 것도 존재하지만, 같은 과 회식 자리에서는 다 함께 정보를 공유한다는 인식으로 환자 이야기를 마음껏 입에 담는다. 평상시라면 가볍게 흘려듣곤 하는데, 아닌 게 아니라 오늘은 료가를 가볍게 취급하는 듯한 느낌에 가슴이 불쾌감으로 가득 찼다.

"그리고 며칠 전 간전이**로 입원한 고령의 여성…… 아아, 이름이 뭐였더라."

"미키 씨 말씀이신가요? 미키 마사코 씨."

"아아, 그렇지, 미키 씨로군. 그 환자 말인데, 만일 이대로 병세가 악화해 가망이 없게 되더라도 호스피스 전원轉院은 권하지 말고, 우리 병원에서 임종까지 책임지도록 가시와바라 군에게 전달해두게나."

"그건…… 왜 그렇습니까?"

마쓰바라가 목소리를 낮춰 되물음과 동시에 가라쓰 교수가 이즈미의 눈앞에 얼굴을 들이밀었다. 취기 오른 가라

* 직무상 알게 된 사실에 관한 비밀을 지켜야 할 의무. 주로 공무원, 변호사, 의사, 공증인 등과 관련하여 규정하고 있다.

** 암이 간으로 전이되는 현상.

쓰 교수의 얼굴이 코앞에 다가와 있었다. 기름 찌든 냄새가 코끝을 스쳤고, 이즈미는 순간적으로 의자를 뒤로 끌어 두 남자가 얼굴을 맞댄 공간으로부터 거리를 두었다.

"시신 기증 말이네."

"아……."

"때가 되면, 우리 대학병원의 기증 시스템을 설명하는 걸세. 이쪽에서 이야기하면 등록해주지 않겠나? 그 환자와 가족이라면 협력해주겠지. 작년은 예년에 없이 기증 희망자가 줄어 대학 측에서 말이 많네. 그러니 그 환자에게는――."

나직이 이야기하는 가라쓰 교수의 불그죽죽한 얼굴을 보고 있자니 지글거리는 분노가 온몸을 휘저었다. 손이 떨려 왔고, 체온이 올라가 머릿속까지 뜨거워졌다.

도대체 무슨 소릴…… 하는 걸까.

이 사람은 무슨 이런 얼토당토않은 이야기를 술자리에서 들먹이는 것인가. 미키는 병이 나으리라 믿으며 치료를 받고 있는데, 지금 이 시점에서 그런 이야기를 하다니…….

이즈미는 사오싱주 작은 병을 꼭 움켜쥔 채 참고 있었다. 그러다 저도 모르는 사이 의자를 양 뒷무릎으로 있는 힘껏 밀어내며 제자리에서 일어섰다. 의자가 벽에 부딪혀 둔탁한 소리를 내고 쓰러졌다. 주위에 있던 몇몇 사람이 놀란 표정으로 돌아보았고, 가라쓰 교수와 마쓰바라도 어찌 된 영문인지 몰라 이즈미를 쳐다보며 눈살을 찌푸렸다.

"죄송합니다. 저, 속이 좀 안 좋아서 먼저 가보겠습니다."

이즈미가 화가 났다는 것을 마쓰바라만이 눈치채고 "왜 그래, 취했어?"라며 나무랐다.

"아뇨, 저 안 취했어요."

실제로 취해서 그런 것이 아니었다. 만일 취했더라면 흘려듣고 있었을 것이다. 가라쓰 교수의 무정한 말에 이제껏 느껴본 적 없는 세찬 증오감이 솟구쳤다.

자신 또한 환자를 늘 최우선으로 생각하며 일하는 것은 아니다. 퇴근을 준비하던 중 담당 환자에게 위급 상황이 생기면 솔직히 한숨이 나올 때도 있다. 매일매일 병과 죽음을 접하고 있는 것이다. 때로는 목숨이 물건이라도 되는 양 가볍게 여겨질 때도 있다. 그러나 지금의 발언은 용서할 수 없었다. 환자들은 모두 병을 고치고자 죽을힘을 다해 치료에 임하고 있는데.

손을 뻗어 테이블 아래에 둔 토트백을 집어 들고는 발길을 돌렸다. 그토록 떠들썩했던 연회장은 쥐 죽은 듯 조용해졌고, 모두의 시선이 자신에게로 모여 있었다. "저기, 야다 씨" 하고 자신의 이름을 부르는 여자의 목소리가 들려왔지만, 이즈미는 뒤 한 번 돌아보지 않고 가게를 나왔다.

돌풍처럼 뛰쳐나간 밤거리에는 해방감이 넘쳤다. 빌딩의 불빛은 대부분 사라지고, 그 대신 거리를 메운 식당과 술집 간판의 조명이 번쩍이고 있었다.

"아아."

무심코 소리 내어 쓴웃음을 지은 건, 오른손에 작은 병을 움켜쥐고 있었기 때문이다. 따지 않은 사오싱주. 아직 내용물이 든 사오싱주 병을 자판기 옆에 설치된 쓰레기통에 던져 넣고, 이즈미는 성큼성큼 밤거리를 나아갔다.

아무 생각 없이 빠른 걸음으로 걸어 병원으로 돌아왔다. 직원 전용 출입구를 통해 안으로 들어가 엘리베이터에 올라탔다. 엘리베이터 문이 열릴 땐 긴장되었지만, 다행히도 간호사실에 사람이 없었다.

어두컴컴한 복도를 걸어 료가가 있는 병실로 향했다. 그의 병실은 복도 끝이었다. 비상구 유도등이 복도를 녹색으로 물들이고 있었다. 이즈미는 발소리를 죽이며 병실로 들어갔다. 같은 병실의 두 명이 오늘 퇴원했고, 또 한 명의 남성은 외박신청서를 내고 귀가했으므로 지금은 료가밖에 없을 터였다.

"료가 군?"

이즈미는 연녹색 커튼 너머로 슬그머니 말을 건넸다. 근무 중에는 그 뒤로 일이 몰아닥쳤고, 저녁에도 송별회가 있어 상태를 살피러 올 수 없었다. 가라쓰 교수가 그런 소리를 한 탓인지 료가의 얼굴을 잠깐이라도 보지 않고서는 집으로 돌아갈 마음이 들지 않았다.

자고 있으려나. 그렇게 생각하며 커튼을 조금 젖히고,

"료가 군?"

하며 틈새로 얼굴을 들이밀자 바로 눈앞에 남자 하나가 서 있었다. 몸집이 커다란 남자는 어둠 속에서 이즈미를 응시하고 있었다.

"어, 누구세요?"

료가는 침대에서 눈을 감고 잠들어 있었다. 규칙적인 숨소리도 들려왔다. 그렇다면 자신 앞에 있는 이 남자는 대체 누구인가 싶어 어둠 속에서 눈을 부릅떴다. 그러자 사람의 형상이 뒷걸음질 치며 고개를 돌렸다.

"혹시……."

이즈미의 목소리에 형상의 움직임이 멈추었다. 손을 뻗어 침대 머리 쪽에 있는 작은 불을 켜자, 희미한 전등불 아래 료가를 꼭 닮은 남자의 옆얼굴이 드러났다.

"……교헤이 군?"

교헤이는 흰 셔츠에 넥타이를 매고 검은 슬랙스를 입고 있었다. 직장에서 도쿄에 있는 이 병원으로까지 바로 온 것인지, 발치에 큼지막한 보스턴백이 놓여 있었다.

"아아…… 깜짝이야."

"미안, 면회 시간 끝나고 도착해서."

"뭐, 그건 괜찮아. 우리 병동은 비교적 못 본 척해주는 편이라서. 게다가 이 병실, 오늘은 료가 군밖에 없기도 하고. 그보다 이 늦은 시간에 어쩐 일이야?"

"아니, 낮에 료가한테 몇 번 전화했는데 안 받더라고. 그래서 궁금하길래."

엄마도 함께 가겠다고 했지만 일단은 자기 혼자 상태가 어떤지 보고 오겠다고 타일렀고, 수료식이 끝나자마자 오카야마 역으로 향했다고 교헤이가 말했다.

"료가 군, 오늘은 전화받을 여유가 없었거든."

"지금 항암제 치료를 2사이클째 받고 있다고 들었는데."

"응, 2사이클부터 4사이클까지는 TS-1이라는 내복약에 시스플라틴이라는 약물을 병용해. 시스플라틴은 약이 독해서, 일주일 정도는 심한 부작용이 나타날 수 있거든."

1사이클이란 3주간의 투약 후 2주 휴약하는 사이클을 말하는 것으로, 료가는 그것을 5사이클까지 반복할 예정이었다. 5사이클째부터는 비교적 부작용이 적은 TS-1만을 약 1년간 복용할 것이라고 교헤이에게 설명했다.

"1년 3개월 뒤군."

"응?"

"지금 2사이클을 시작했으니까, 치료가 끝나기까지 1년하고도 3개월 남짓. 그렇다는 건 내년 7월쯤이면 일단락된다는 말인가."

상태가 좋지 않을 때는 약을 쓰지 못하고 연기하는 경우도 있으므로 예정대로 진행된다고는 단정할 수 없었다. 하지만 지금 그 사실을 이야기한다 한들 아무 소용이 없기에, 이즈미는 "그렇게 되나" 하고 그저 고개를 끄덕였다. 치료를 받는 환자도, 환자를 보살피는 가족도 어둡고 긴 터널 속에 있다. 그 터널의 길이를 처음부터 드러내놓지 않으면, 터널 속 짙게 깔린 어둠에 나아가야 할 방향을 잃는 수가 있다. 더구나 교헤이처럼 젊고, 대부분의 일이 계획대로 돌아가는 건강한 사회에서 일하는 사람들에게는 이정표 같은 것이 필요하다.

"저기, 야다. 아까 인터넷으로 찾아봤는데, 5년 생존율*

---

* 암과 같은 예후 불량의 질환을 진단받은 사람 중 5년간 생존해 있는 사람의 비율. 성인의 경우 5년 생존하면 그 뒤의 생존곡선이 거의 평탄화하므로, 5년을 기준으로 비교되는 경우가 많다.

이라는 게 결국 어떤 기준인 거냐? 왜 5년 동안 재발하지 않으면 완치될 거라고 보는 거야?"

"아아, 그건 미세한 암세포가 영상 검사로 발견될 만큼 증식하려면 최장 5년이 걸려서야. 가령 수술을 마친 시점에서 1밀리미터 정도의 암세포가 남아 있더라도, 현대의 영상 진단으로는 발견하기가 어렵대. 암세포는 백만 개가 모여서 1밀리미터, 10억 개가 모여서 1센티미터의 덩어리가 된다더라고."

"그런 말이군."

"응. 그치만, 료가 군은 괜찮을 거야."

"알아. 료가는 무조건 괜찮아."

교헤이가 병실에 도착했을 때, 료가는 마침 석식으로 나온 수프를 먹고 있었다기에 이즈미는 안심했다. 마쓰바라가 처방한 진토제가 효과가 있었던 모양이다.

"야다, 고맙다. 네가 여기 있어줘서 나도 엄마도 얼마나 든든한지 몰라."

"에이, 뭘. 매일 담당하는 건 아니어도 되도록 얼굴을 보러 오려고는 해. 아, 나 이제 슬슬 가볼게. 형제끼리 오붓한 시간 보내야지."

교헤이 군도 무리하지 말고, 하며 침대 주변을 둘러친 커튼에 손을 대었을 때 "야다" 하고 등 뒤에서 말을 걸어

왔다. 목소리가 가늘었기에 료가인 줄 알고 돌아보니, 교헤이가 망설이는 표정으로 이쪽을 보고 있었다. 그가 이런 얼굴을 하는 것은 처음 보았다.

"왜?"

쌍둥이는 목소리까지 판박이구나, 새삼스레 생각했다. 지금껏 구분해서 듣고 있었던 건 음량이 달라서인지도 모르겠다. 료가는 대체로 조용조용 말하고, 교헤이는 우렁찬 소리를 낸다. 그런데 지금 들은 교헤이의 목소리에는 힘이 없었다.

"미안한데, 여기 좀 더 있어줄 수 있어?"

"상관없긴 한데, 왜?"

"응, 아니, 내가, 이런 데 혼자 있기가 뭔가."

"무서워?"

"간단히 말하면, 뭐, 그렇지."

이즈미는 "알았어" 하며 끄덕이고는 옆 침대에서 둥근 의자를 가지고 와 교헤이 옆에 앉았다.

"교헤이 군 직장은 어린애들의 에너지로 들끓을 테니 말야. 병원 같은 곳이 불편하다는 건 나도 이해가 가."

"불편하다기보다, 우리 아빠가 4년 전에 돌아가셨거든. 이렇게 침대 옆에 앉아 있으니까 왠지 그때 일이 생각나서. 아빠가 위독해지셨을 때 마침 모로타가 병문안을 와줬는데…… 아, 모로타라고 기억해?"

야구부에서 자신과 배터리*로 호흡을 맞췄던 모로타는, 지금은 고향의 법률 사무소에서 변호사로 일하고 있다고 교헤이가 알려주었다.

"모로타 군, 알지. 고3 때 같은 반이었어. 모로타 군이 변호사가 됐구나."

"걔 아버지도 변호사였으니까 뒤를 이은 거겠지."

그렇구나, 학년에서 제일가던 수재는 지금 변호사를 하고 있구나 하고, 그리운 이름에 이즈미의 표정이 누그러졌다.

"그건 그렇고, 병원에서 오래 일하고 있는 네가 대단해."

"뭐야, 갑자기."

"난 아픈 사람들을 매일 상대해야 하는 일은 못 할 것 같아. 나아서 건강해지는 사람만 있으면 괜찮은데 안 그런 사람도 있잖아? 그런 사람을 어떤 얼굴로 대해야 하는지, 난 잘 모르겠거든."

창문이 열려 있었던 모양이다. 밖에서 불어온 서늘한 바람이 침대 주변의 커튼을 흔들었다. 병실에 바람이 통하는 것이 생경해 어딘가 다른 장소로 섞여 들어온 듯한

---

* 야구에서 짝을 이루어 경기하는 투수와 포수.

착각에 빠졌다. 바람이 불어 놀란 것인지 교헤이가 창문 쪽으로 얼굴을 돌렸다.

"교헤이 군이 너무 어렵게 생각해서 그래. 이 일을 오래 하다 보면, 여러모로 선을 긋는 법도 터득하게 되거든. 근무 시간이 끝나면 비교적 확 바뀐다고나 할까? 그렇지 않고선 버틸 수 없으니까. 그게 안 되는 사람들은 그만두더라고. 1년도 못 버틴 사람도 있어. 나는 그냥 습관처럼 계속해온 것뿐이라서……."

어째서인지, 이즈미는 교헤이에게 자신의 이야기를 하고 싶어졌다. 이제껏 친한 친구에게도 털어놓은 적 없는 가정사를 말이다.

"나 있지, 실은 중학교 3학년 때까지 성이 가타세였어. 고등학교 입학하기 직전에 엄마가 재혼하면서 야다가 됐지. 고등학교 동창들은 아무도 모를 테지만."

부모님은 이즈미가 다섯 살일 때 이혼했다. 자세한 이야기는 들은 적이 없는데, 아마도 빚이라든가 바람이라든가 하는 흔해 빠진 이유이리라 생각한다. 아빠였던 사람에 대해서는 거의 아무것도 기억나지 않는다. 하지만 그 덕에 아빠에게는 아무런 감정도 없었다.

엄마는 병원에서 간호조무사로 일하며 이즈미를 키웠다. 자식은 이즈미 하나였기에 부유하진 않을지언정 가난 때문에 애먹은 기억은 없다. 외식이나 여행도 하곤 했고, 옷이나 물건 또한 다른 아이들에게 뒤진 적이 없었다. 엄마는 허세 부리길 좋아하는 사람이었으므로 도리어 질 좋은 것들을 지니고 다녔던 느낌마저 든다. 급여는 실수령액 20만 엔이 채 안 되었을 텐데 절약에 능했던 엄마인지라, 돈을 아낀 만큼 이즈미에게는 사치를 부렸던 것이리라고 지금은 생각한다.

간호사가 되고자 마음먹은 것은 제법 이른 시기로, 어린이집 졸업 앨범에부터 이미 '이름: 가타세 이즈미, 장래희망: 간호사'라고 쓰여 있다. 평소에는 결코 푸념을 늘어놓거나 남을 시샘하지 않는 엄마가, "간호사 면허를 따놨어야 했는데"라는 말만은 귀에 딱지가 앉도록 했기 때문이었다.

"이즈미, 여자야말로 일이 중요하단다. 너도 달리 하고 싶은 일이 없으면 간호사 면허를 따렴."

그 말을 사사건건 들어온 탓인지 이즈미에게 있어 간호사가 되는 일은 자연스러운 흐름이었다. 과장되지만 엄마의 꿈을 이루어주고 싶은 마음도 있었는지 모른다. 나도 언젠가는 엄마처럼 남에게 기대지 않고 살아갈 것이다. 그것이 어릴 적 이즈미의 목표이기도 했다.

그런데 엄마는 재혼한 다음 달, 10년을 일한 병원을 그만두었다. '일이 중요하다'고 입이 닳도록 말하더니 정직원 자리를 단박에 내던지고는 전업주부가 되었다. 일을 그만두고부터는 마트에 장을 보러 갈 때 빼곤 거의 밖을 나가지 않았고, '집을 지키는 것이 주부의 소임'이라며 아침부터 밤까지 집 안에서 지냈다. 그런 엄마가 지금까지와는 다른 사람처럼 느껴진 이즈미는, 함께 있는 시간이 길어진 만큼 엄마를 어떻게 대해야 좋을지 알 수 없게 되어갔다.

"재혼을 반대하진 않았어?"

"으음, 에둘러 말한 적은 있을걸. '지금 이대로의 생활이 좋아……'라는 말 정도는 했던 것 같아. 그치만 엄마가 무슨 일이 있어도 결혼하고 싶다는데 어쩌겠어. 자기 인생은 줄곧 불행했다고. 결혼에 실패하고부터 내내 고단했다고. '이제야 겨우 행복해질 기회가 왔어. 부탁이야, 찬성해줘' 하고 진지하게 부탁하더라고. 그렇게 말해오면 달리 방법이 없잖아."

딸을 향해 머리를 숙이는 엄마의 묘하게 새까만 머리카락……. 엄마는 멋을 부릴 줄은 모르는 사람이었다. 직장에서는 삼각건을 두르니 상관없다며 흰머리 따위 신경 쓰지 않는 사람이었다. 그런 엄마가 드러그스토어에서 산 새치 염색약을 사용하고, 단정히 화장도 하기 시작한 건 예쁜 모습을 보이고 싶은 상대가 생겨서였을 것이다. 같은 여자로서 그런 엄마의 마음을 이해해주면 편했을 텐데, '자기 인생은 줄곧 불행했다'는 말이 응어리로 남아 살갑게 대할 수 없었다. '줄곧' 안에는 자신과 보냈던 시간도 포함되어 있으니까.

"그래서 있지, 나는 일만 하며 살겠다고 마음먹은 거야. 엄마랑 얼굴을 맞대기도 성가셔서 오카야마가 아닌 가가와 현 간호대로 진학하고 기숙사 생활을 했어. 취직도 도쿄에서 했고 말야. 뭐랄까, 엄마에 대한 심술 같은 게 있었어. 엄마랑 불편한 사이가 되고부터 이상하게 고향에도 마음이 안 가더라고. 마음이 안 간다기보다 그냥 싫어졌지. 그래서 오카야마는 안 간지 되게 오래됐어. 엄마 재혼 상대랑은 고등학교 3년 동안만 같이 산 거라, 둘이 사는 집에도 갈 생각이 안 들어."

고향하고 가족은 한 세트니까. 가족이랑 사이가 안 좋은 사람은 자신이 나고 자란 동네도 싫어지는 법이야, 하고 이즈미는 가볍게 웃어 보였다.

다른 환자가 없는 병실은 완벽히 무음이었다. 교헤이를 마주하고 있으니 고등학생의 자신으로 되돌아간 듯했다.

"왠지 좀 안 믿겨. 교헤이 군하고 이렇게 이야길 나누고 있다니."

"그러고 보면 같은 반 된 적이 없었나?"

"아니, 그래서가 아니라, 교헤이 군은 인기가 많았잖아. 야구부 에이스였고. 나는 그냥 수다스러운, 시끄럽기만 한 여자애였으니까 아무렇지 않게 말 붙일 수 있는 상대는 아니었던 셈이지."

"뭐야 그게."

"진짜라니까? 그때는 남자애들이 참 불편했지."

초등학교 저학년 때까지는 이즈미 역시 다른 여자애들과 마찬가지로 남자애에게 호감을 느끼곤 했다. 그런데 초등학교 5학년 때, 좋아하던 남자애가 이즈미가 자신을 짝사랑하고 있다는 사실을 누군가에게 듣고는 "나한테 가까이 오면 죽여버린다"라고 반 아이들 모두의 앞에서 쏘아붙였다. 이유는 당시의 이즈미가 몹시도 뚱뚱했기 때문이었다. 가타세 이즈미가 좋아한다. 단지 그 사실만으로 그 남자애는 다른 아이들에게 놀림을 받았다. 자신이 좋아하는 것만으로 상대 남자애가 웃음거리가 된다는 사실은 이즈미에게 크나큰 상처를 안겨주었고, 그 뒤로는 연애를 멀리하게 되었다. 연애는 예쁘게 생긴 여자애에게만 허락되는 일. 자신처럼 못생긴 여자애는 TV나 만화 속 인물을 좋아하는 것이 무탈하다. 그렇게 명심하고, 누군가에게 호감이 가더라도 절대 들키지 않도록 마음의 문을 단단히 걸어 잠갔다.

"저기, 여기서 뭐 하시는 거예요?"

병실 안으로 펜라이트의 작은 불빛이 들이비침과 동시에 입구에서 그렇게 말하는 목소리가 들려왔다. 누구의 목소리인지는 금세 알아차렸다. 입사 2년 차인 노구치 마미였다. 이즈미는 황급히 의자에서 일어나 목소리가 들린 쪽까지 걸어갔다.

"아, 미안. 노구치 씨 맞지?"

복도를 향해 말을 건네자, 노구치가 손에 든 펜라이트의 동그란 불빛이 이즈미의 가슴께에 닿았다.

"어, 혹시 야다 씨세요?"

"응, 맞아."

"야다 씨, 마쓰바라 선생님 송별회에 가신 거……."

"갔었어. 중간에 빠져나왔고. 그리고 집 가는 길에 사사모토 씨 뵈러 잠깐 들른 거야. 아, 이분은 사사모토 씨 동생분. 실은 동생분하고도 아는 사이라서."

이즈미의 설명에 노구치는 곧바로 상황을 파악해주었다. "미안해, 이런 시간에"라며 이즈미가 양손을 모으자, "아뇨, 아뇨" 하고 얼른 발길을 돌려 복도로 되돌아갔다. 들키면 여러모로 성가신 동료도 있는데, 그녀라면 이대로 모른 체해줄 것이다.

"진짜 괜찮은 거냐? 면회 시간, 꽤 많이 지났는데."

교헤이가 필요 이상으로 절절매기에 무심코 웃음이 났다. 고등학생 때는 교칙 따위 눈 하나 깜짝 안 하고 어기는 타입이었는데.

"뭐, 조금씩은 눈감아주는 편이니까. 갈 때는 직원용 출입구로 나가면 되고."

물론 면회 시간은 지키는 것이 맞다. 그러나 병동에는 위독한 환자도 있고, 그런 병실에는 가족이 묵는 경우도 있다. 더러 면회 시간이 지나고서야 일을 마치는 사람도 있다. 각자의 형편을 배려해 다소 융통성을 발휘하는 것은 나쁜 일이 아니라고 이즈미는 생각한다.

교헤이가 불쑥 일어서더니 자판기에서 커피를 사 오겠다고 말했다. "뭐 좀 마실래?" 하고 물어 오기에 "따뜻한 밀크티"라고 대답했다.

"그럼, 잠깐 다녀올게."

교헤이가 일어서자 멈춰 있던 실내의 공기도 움직였다. 건강한 사람이 내뿜는 열이 병실의 온도를 높였다. 교헤이가 말하는 '이런 데'에서 오래 일하는 사이, 이즈미는 건강한 사람의 열을 감지할 수 있게 되었다. 질병이 일으키는 쇠한 열과 건강한 육체가 내뿜는 말간 열은 사뭇 다르다.

병실을 나가는 교헤이를 눈으로 배웅하고, 도로 의자에 앉아 잠든 료가의 얼굴을 바라보았다. 침대 주변의 연녹색 커튼은 젖혀놓았다. 다른 환자도 없으므로 창문도 연 채로 놔두어 료가에게 봄의 밤바람이 가닿게 했다.

소리를 낸 탓일까. 뒤를 돌아보니 료가가 두 눈을 뜨고 있었다. 흐리멍덩한 눈으로 창가에 선 이즈미를 보고 있었다.

"미안, 깨워버렸네."

"아니야, 조금 전부터 일어나 있었어."

"앗, 그래? 언제부터?"

"모로타 얘기가 나왔을 때쯤."

료가가 미소 지으며, 기어오르듯 천천히 몸을 일으켰다. 허리 뒤에 베개를 대어주자 "고마워"하며 희미하게 웃었다.

"몸은 좀 어때? 교헤이 군이 수프 먹었다던데, 구역감은 가라앉았어?"

"……그냥 그래. 뭘 먹으면 위에서 목으로 고형물이 역류하는 느낌이 들어. 아, 이제 위 통증은 거의 없긴 해. 그나마 메뉴가 바뀌고부터는 조금씩 먹을 수 있게 된 것 같아."

"그렇구나. 무리하지는 않되, 진토제가 잘 듣는 동안에 좋아하는 음식을 좀 먹어도 괜찮을 듯싶어."

병원의 영양과는 식사가 어려운 환자를 위해 특별한 병원식을 제공하고 있다. 포타주 등의 스프, 과일이나 과즙 주스, 우동, 카레라이스, 아이스크림……. 영양의 균형 따윈 일단 제쳐두고, 좌우간 맛있는 음식을 제공하기 위해 고안 중인 것이다.

"그러고 보니 이제 곧 생일이네? 4월 5일. 진료차트 보고 기억해뒀거든. 그때도 아직 입원 중이면 내가 케이크 사 올게. 교헤이 군 것까지 두 개."

"나는 4월 5일인데, 교헤이는 아니야."

"응? 왜? 쌍둥이잖아."

"그게…… 실은 쌍둥이가 아니야. 오해하고 있는 사람도 많은데, 교헤이는 3월생이라서 실제로는 11개월 차이 나는 형제야."

"앗, 정말?"

이란성 쌍둥이인 줄로만 알았으므로 놀라웠다. 머릿속으로 임신 기간을 계산해보니 확실히 불가능한 일은 아니었다.

"그랬구나. 다들 사사모토 트윈스라고 불렀으니까 이날 이때까지 쌍둥이인 줄로만 알았는데."

이즈미의 말에 료가는 "응, 우리도 굳이 정정하지 않았고"라며 고개를 가볍게 끄덕이고는, 어둠 속으로 얼굴을 돌려 빈 침대를 바라보았다. 이즈미로선 두 사람이 쌍둥이가 아니었다는 사실이 무척 신선한 화제였지만, 료가는 그다지 흥미가 없어 보였으므로 그 이야기는 거기서 끊겨버렸다.

"저기 말이야…… 너한테 좀 물어보고 싶은 게 있어."

"뭔데?"

"음, 너는 병원에서 오래 일했으니까 지금껏 수많은 환자들을 돌봐왔잖아. 그중에는 나처럼 항암제 치료를 받으면서 입퇴원을 반복한 사람도 있었겠지? 그런 사람들은 매일 무슨 생각을 하며 지냈을까 싶어서."

료가의 눈빛이 너무나도 진지해, 이즈미는 순간 말문이 막혔다.

"미안, 이상한 걸 물어봐서."

위암 투병 중인 사람의 블로그를 읽어보기도 했는데, 그것이 과연 진심이 맞는지 의문스러울 때가 있다. 야다라면 환자에게서 직접, 거짓 없는 속마음을 듣고 있지 않을까 싶었다고 료가는 말했다.

"불안, 공포, 후회……. 이 세 가지를 말하는 환자들이 많은 것 같아. 물론 저마다 희망과 용기를 가지고 투병하지만, 이 세 가지 감정은 항상 환자들을 따라다니는 듯한 느낌이야."

료가는 어둠 속에 시선을 준 채 "내 후회라 하면…… 전화 걸 상대가 없다는 사실이군" 하고 중얼거렸다.

"무슨 말이야?"

"처음 암 선고를 받았을 때, 누구한테 전화해서 곧장 말할 수가 없었거든. 얘기하고 나서 편해지고 싶었어. 근데 그럴 사람이 한 명도 없어서 결국 교헤이한테 했어."

"교헤이 군은 안 돼?"

"안 되는 건 아닌데, 떨어져 사는 가족한테는 걱정 끼치고 싶지 않으니까."

"그렇구나. 그렇긴 하지. 나도 진짜로 힘든 일은 엄마한테 말하기 어렵더라고."

둘이서 눈앞의 어둠을 바라보고 있는데,

"야다 씨, 잠깐 괜찮으세요?"

하며 노구치가 다가왔다. 꽤나 당황했는지 목소리가 드높았다.

"무슨 일인데?"

"잠깐, 와주셨으면 해요."

눈가가 떨리는 노구치의 뒤를 따라 간호사실로 향했다. 환자가 위급 상황에라도 처한 것일까. 하지만 술을 마신 자신은 지금 무엇도 도울 수 없다.

그곳만 형광등이 휘황히 밝혀진 간호사실에 도착하자 "지금 경찰한테 전화가 왔는데요……" 하고 노구치가 긴장한 표정으로 이야기를 시작했다. 메모지를 든 손을 떨며 경찰에게서 들은 이야기를 이즈미에게 선달했다. 오늘 오후 여덟 시 45분에 미토 씨가 사망했다. 철도 건널목에 뛰어들어 자살한 것이었다. 자택에 유서가 있었고, 유서에는 우리 병원의 이름이 적혀 있었다. 내용 중에는 '야다'라는 인물의 이름이 있었고…….

이즈미가 사는 맨션은 병원 앞 역에서 지하철 다섯 정거장인 동네에 있다. 도쿄로 나온 지 얼마 안 되었을 무렵은 병원에서 도보 10분 거리인 기숙사에 살았는데, 마쓰바라와 사귀게 되면서 이사했다. 기숙사를 나와 곧바로 찾은 낡은 맨션은 방이 두 개라 그럭저럭 넓은 편이지만, 집세 역시 이전보다 두 배는 더 내고 있다.

오후 열한 시까지 영업하는 역 앞 마트에서 아침 식사용 빵과 달걀을 산 뒤 맨션까지 걸었다. 취기는 완전히 가셔서 지금은 머리도 마음도 차게 식어 있었다.

엘리베이터를 타고 자신의 집이 있는 4층으로 올라갔다. 위층을 향하고 있음에도 몸이 땅바닥으로 가라앉는 듯한 감각은 피로가 한계에 다다랐을 때 느껴지는 것이었다. 이럴 때는 아무 생각 없이 바로 씻고 잠들어야 한다. "피곤한데 잠을 못 자면 끝장이야"라고 입사 1년 차일 때 선배 간호사가 말했다. 그런데 그렇게 일러준 선배는 머지않아 수면제를 손에서 놓지 못하게 되었고, 몸이 망가진 채 우울증을 이유로 병원을 관두고 말았다. 간호사는 안정된 직업이라고 여겨지기 쉬운데, 높은 이직률을 생각하면 꼭 그렇지도 않다. 매일매일 축적되는 피로를 어떻게 원상태로 되돌려야 할까. 이따금 해일처럼 덮쳐 오는 허무감을 어떻게 흘려보내야 할까. 스스로를 재정비하는 방법은 사람마다 다르지만, 이즈미는 홀로 조용한 시간을 보내는 것으로 닳아 해진 신경을 회복해왔다.

엘리베이터에서 내려 다른 집 창문으로 새어 나오는 불빛에 의지해 통로를 걸었다. 그때, 이즈미의 집 앞에 사람이 서 있는 게 보였다. 반사적으로 제자리에 멈춰 서서 어둠 속을 응시했다. 아주 잠깐, 죽은 미토가 자신을 만나러 온 것인가 싶어 뒷걸음질을 쳤다.

길쭉한 사람의 형상이 이쪽을 향했다.

"마쓰바라 선생님?"

한 발, 두 발 다가가니 사람의 얼굴이 뚜렷해졌다. 비즈니스 백을 든 마쓰바라가 이즈미를 보고 한쪽 손을 들었다. 무연憮然한 표정을 하고 있지만 기분이 언짢은 것은 아님을 이즈미는 알고 있었다. 자신의 마음을 잘 전달할 수 없을 때, 마쓰바라는 곧잘 이런 표정을 지어 보이곤 했다.

"왔어? 늦었네."

"어디 좀 들렀다 오느라고요."

"어디?"

"그냥…… 볼일이 있어서요. 그보다 어쩐 일이에요?"

"아니, 얘기 좀 할까 해서. 네가 그렇게 가버렸으니까."

어떻게 해야 할지 망설이다, "들어올래요?" 하고 열쇠를 돌려 문을 열었다.

"들어가도…… 될까."

"딱히 상관없어요. 지저분하긴 하지만."

일도 인간관계도 빈틈없이 소화해서 눈치채기 어렵지만, 마쓰바라는 본래 뭘 하든 어설픈 사람이다. 그런데 그 어설픈 부분을 필사적으로 포장하고, 결국은 포장에 성공하고 만다는 점이 그를 불행하게 한다고 이즈미는 늘 생각해왔다. 그래서 결혼 생활 역시 순탄치 않았던 것 아닐까. 뭐, 나와는 상관없는 일이지만.

"들어와요."

"실례 좀 할게."

서먹한 느낌으로 마쓰바라가 이즈미를 따라 들어왔다.

교제하던 2년 전과 집 내부는 무엇 하나 달라진 게 없으나, 마쓰바라는 처음 와본 곳인 양 긴장하고 있었다.

"앉아요. 차 정도는 내올게요."

이즈미는 코트를 벗고 부엌에 서서 물을 끓였다. 마쓰바라가 좋아하는 캐모마일과 구기자 잎을 블렌드한 허브티를 우릴 생각이었다. 커피포트에서 물이 끓는 동안 컵을 준비하고 있는데,

"미토 미쓰오 씨 얘기, 들었어."

하고 등 뒤에서 목소리가 들려왔다.

"……노구치 씨한테 연락받았어요?"

"응. 뭔가…… 안타깝네."

자택에 유서는 있었지만 미토 씨는 마지막 순간까지 망설였으리라고 마쓰바라가 말했다. 병원으로 갈지, 죽음을 선택할지. 건널목 바로 앞에 미토 씨의 짐이 놓여 있었던 모양이다. 미토 씨가 죽음 직전까지 손에 들고 있던 보스턴백 안에는 잠옷이며 면도기, 슬리퍼, 뚜껑이 딸린 찻종 등 입원에 필요한 물건 일습이 들어 있었다. 어쩌면 아침에 집을 나와 건널목을 지날 때까지의 대략 반나절 동안, 미토 씨는 내내 망설이고 있었을지 모른다고 마쓰바라가 조용한 목소리로 말했다.

"미토 씨 유서에 제 이름이 쓰여 있었대요."

"네 이름? 네 이름이 왜……."

"그렇게나 격려해줬는데 미안하다는, 사죄의 말이었대요. 힘내지 못하는 자신을 용서해달라는……."

힘을 내봅시다. 미토 씨가 목표를 이루실 수 있도록 저희도 힘껏 도울 테니까요——. 자신의 그 말이 미토를 몰아붙인 것인가 생각하면 온몸에서 힘이 빠져나갔다.

"저, 이 일이 적성에 안 맞나 봐요."

"무슨 소리야."

"두 번째거든요……. 담당 환자가 자살한 거, 이번이 두 번째예요."

"그건…… 우연이겠지. 아무도 네 탓이라고는……."

"저…… 이제 그만두고 싶어요."

병원을 그만두고 싶다. 그 한마디를 입 밖에 내자 묘한 현실감이 뒤따르며 머릿속에 울렸다. 만일 내가 일하는 곳이 최첨단 의료 서비스를 제공하는 대학병원이 아니었더라면, 다른 곳에서 만났더라면, 나는 미토 씨에게 다른 말을 해줄 수 있지 않았을까.

"무슨 소릴 하는 거야. 너는 우리 병동에 특히 더 애정이 많잖아. 그래서 부서 이동 면담도 계속 거부해왔다고, 수간호사에게 들은 적이 있어."

"제가 부서 이동 면담을 거부한 건, 마쓰바라 선생님보다 먼저 병동을 나가고 싶지 않았기 때문이에요. 그러니 지금은 이동해도 상관없고, 병원을 관둔다 해도 상관없어요."

그저 오기였을 뿐이라며 이즈미는 웃었다. 오기가 아니라 심술이었는지도 모른다고.

"이 얘긴 이제 됐어요. 그만하죠. 이참에 선생님한테 하고 싶은 말이 있는데요."

"뭔데?"

"가라쓰 교수님이 했던 말이요. 미키 씨 얘기."

"아아, 때 되면 시신 기증을 권유하라던 거."

"시신 기증은 나쁜 게 아니죠. 그치만 저희 쪽에서 미키 씨에게 적극적으로 권유하는 건 아니라고 봐요. 미키 씨는 선생님을 믿고 열심히 치료받고 있어요. 노력하게끔 만들고 있는 건 저희잖아요. 그런데 대뜸 사다리를 걷어차는 것이나 다름없는 행위는 절대로 하지 말아주세요."

"노력하는 건 본인의 의사야. 노력하게 만든다니, 그런 식으로 생각하지 않는 게 좋아."

완치가 어려운 환자를 어디까지 치료할지, 그 선을 긋는 일은 의사에게도 어렵다. 자신들 간호사 역시 '더 일찍 호스피스 병동을 권유할 걸' 하며 후회한 일이 지금껏 몇 번이고 있었고, 결국은 정답을 찾아낼 수 없었다.

대화를 가로막듯 커피포트가 얼빠진 소리를 낸 순간,

"부임하는 병원에, 너도 같이 오지 않겠어?"

마쓰바라가 의자에서 일어나 느닷없이 말했다.

"……무슨 소리예요."

"부임하는 병원은 소화기 전문의가 나 하나라더군. 주위에는 온통 산밖에 없고, 매년 겨울에는 2미터가 넘는 눈이 쌓인대. 설마 내가 그런 데서 일할 날이 오리라곤 생각도 못 했는데."

"살다 보면 그런 일도 있는 거죠. 이벤트라고 생각하고 즐기는 수밖에 없잖아요."

"너라면…… 너와 함께라면 즐길 수 있을 것 같아. 어떤 곳에서든 보람을 찾을 수 있을 것 같고. 나랑 같이 가는 게 어때?"

이즈미는 마쓰바라에게서 등을 돌려 부엌 싱크대로 향했다. 마음이 기우뚱기우뚱 흔들리는 것은 미토 씨 일이 있었기 때문이라며 스스로를 타일렀다. 이즈미는 아무 말 없이 커피포트의 뜨거운 물을 유리로 된 찻주전자에 따랐다. 찻잎에서 구수한 향이 풍겨 왔다.

"아내하고는 헤어졌어. 별거 중이었는데, 반년 전에 정식으로 이혼했지."

주전자와 컵을 쟁반 위에 올려놓고 뒤를 돌았다가, 바로 뒤에 서 있던 마쓰바라의 가슴에 부딪혔다. 주전자 안의 허브티가 넘쳐흘러 쟁반을 적셨다.

"너와 헤어진 일을 후회하고 있어."

"……차 끓였으니까 앉아요."

점잖은 몸짓으로 컵을 입으로 가져가는 마쓰바라를 보고 있으니, 그는 '뭐든지 다 주어져 온 사람'이라는 게 절실히 와닿았다. 기대를 저버리지 않는 우수한 재능으로 부모가 베푸는 것들을 무리 없이 받아들이고, 좌절하는 일 없이 인생을 살아왔다. 자신이 바라기 이전에 알아서 주어지므로 무언갈 갖고 싶어 할 필요가 없었던 것이다. 일방적인 이별을 당하고도 마쓰바라를 진심으로 싫어하지 못하는 이유는 그의 그런 불완전함을 이해하고 있기 때문이리라.

"다시 시작할 수 있을까?"

허브티를 비우고 나자 마쓰바라가 같은 권유를 했다. 마쓰바라의 성실한 어조는 이즈미의 안에 있던 앙금을 풀어나갔다.

"너에겐 정말이지 큰 잘못을 했어."

홍차에 각설탕을 떨어뜨린 듯, 한 조각의 단맛으로 인해 과거의 쓴맛이 엷어져 갔다.

"그래도, 이제야 겨우 내게는 네가 필요하다는 걸 깨달았어. 물론 대답은 지금 바로 하지 않아도 돼. 조금 생각해봐 줄 수 있겠어?"

아주 오랜 시간 그를 향해 있던 날 선 감정이, 거짓말처럼 사라져감을 이즈미는 느끼고 있었다.

*

주초의 근무는 주간晝間 근무로 시작했다. 오전 여덟 시 반부터 오후 다섯 시 15분까지. 아침 인수인계로 료가의 담당임을 알았을 때는 속으로 작게 환호성을 질렀다. 담당 환자라면 수시로 가볼 수 있다.

"안녕하세요. 아침 바이탈 사인 좀 측정할게요."

혈압계와 청진기, 산소포화도 측정기 등을 실은 카트를 밀며 료가가 있는 4인실로 들어갔다. 다른 환자들은 이미 일어나 있었고, 연녹색 커튼이 닫혀 있는 건 그의 침대뿐이었다.

"료가 군, 좋은 아침. 커튼 열게."

대답이 없었다. 아직 자고 있나 싶어 천천히 커튼을 젖혔는데 료가의 모습이 보이지 않았다. 일어난 자리 그대로 발치에 이불이 구겨져 있었다. 화장실에 갔나 싶어 카트를 병실에 둔 채 남자 화장실로 향했다. 때마침 화장실을 나오는 환자가 있어 "안에 사람 있나요?" 하고 묻자, 초로의 환자는 의아한 듯 "아무도 없어요"라고 일러주었다.

이렇게 아침 일찍부터 어딜 간 것일까. 갈 곳이라 해도 1층에 있는 매점 정도밖에 떠오르지 않았다. 지금 당장 찾으러 가고 싶은 마음을 억누르고, 이즈미는 우선 다른 담당 환자의 바이탈 사인을 측정하러 갔다. 다른 환자들을 다 돌고 날 즈음에는 침대로 돌아와 있겠거니 생각했다.

"료가 군?"

담당 환자의 바이탈 사인 측정을 마치고 다시 병실로 돌아왔을 때는 한 시간 가까이 지나 있었다. 50개인 병동 침대는 오늘도 거의 다 차 있었고, 간호사는 혼자서 일곱 명의 환자를 담당해야 했다. 아침 인사를 주고받으며 바이탈 사인을 측정하다 보면 어김없이 이 정도의 시간이 소요되곤 한다.

이제는 아무렴 병실로 돌아와 있겠지. 그렇게 대수롭지 않게 생각했는데, 아까 본 것과 똑같은 모습으로 이불이 발치에 구겨진 채 침대는 비어 있었다.

열 시에 간 조직검사를 받는 환자를 처치실로 데려가

는 업무가 예정되어 있었지만 노구치에게 부탁하기로 했다. 그녀는 오늘 일손이 부족한 상황을 커버하는 역할을 맡고 있었다. 료가의 모습이 보이지 않는다고 하자 수간호사에게도 보고해두겠다고 말해주었다.

담화실에도 료가가 없다는 걸 확인하고, 이즈미는 계단을 통해 6층에서 1층까지 내려갔다. 매점에는 이미 손님이 많았고, 그 사이에서 료가의 모습을 찾았다. 입구 근처에 서서 가게 안을 오른쪽에서 왼쪽으로 살펴보고, 또 한 번 왼쪽에서 오른쪽으로 확인했다. 그다지 넓은 가게는 아니므로 료가가 있다면 눈에 띌 터였다.

담화실에도, 매점에도 없다면 어디로 간 것이란 말인가.

이런 곳에 있을 리는 없다고 생각하면서도 병원 안의 카페와 식당까지 들여다보았지만 역시나 보이지 않았다. 료가를 찾으러 돌아다니는 사이, 과거의 쓰라린 사건과 미토의 일이 아득히 겹쳐지며 이즈미의 가슴을 압박해 왔다.

아직 햇병아리인 신참 간호사였을 무렵, 담당 환자가 병실에서 사라졌다. 간암이 재발해 고주파 열 치료술을 받기 위해 입원 중이던 40대 남성 환자였다. 담당 환자의 행방을 알 수 없게 되자 이즈미는 당시의 수간호사로부터 호된 질책을 받았고, 울면서 병원 안을 찾아 헤맸다.

혹시 집으로 돌아간 것은 아닐까. 그렇게 생각해 자택에도 연락을 취했지만 찾을 수 없었다. 끝내 경찰에 신고하려 했을 때, 경찰 쪽에서 병원으로 전화를 걸어왔다. 지금 막, 한 남성이 투신자살을 했다고. 환자복 차림인 것으로 미루어 그쪽에 입원 중이던 환자가 아니냐고.

이즈미는 수간호사와 함께 병원에서 차로 5분 거리에 있는 경찰서로 달려갔다. 경찰서의 영안실에서 확인한 시신은 원래의 얼굴 형체가 남아 있지 않아, 이 사람이 자신의 담당 환자라는 확신이 들지 않았다. 그러나 투신한 장소에 가지런히 놓여 있었다던 감색 펠트 슬리퍼는 낯이 익었다. 캐릭터 그림이 프린트되어 있기에 남자 것치곤 상당히 귀여운 슬리퍼네, 라는 생각을 했었으니까……. 슬리퍼? 맞다, 왜 눈치채지 못했을까. 아침 일찍 병실로 갔을 때 료가의 침대 밑에는 슬리퍼가 놓여 있었다. 마트에서 팔 법한, 남성의 발에는 조금 작을 것 같은 연지색 슬리퍼.

이즈미는 엘리베이터를 타고 6층으로 올라가 다시금 료가의 병실로 돌아왔다. 그리고 아무도 없는 침대 바로 옆에 놓인 작은 로커를 열었다. 역시나. 신발이 없었다. 그가 집에서 신고 온 오렌지색 등산화가 사라져 있었다.

료가는 밖으로 나간 것이었다.

이즈미는 정문을 통해 병원 밖으로 나와, 파란불이 되기를 기다리다 병원 앞 횡단보도를 건넜다. 큰길을 끼고 맞은편에 있는 편의점으로 향했다. 병원 밖은 찾아야 할 범위가 무한하지만, 지금의 료가가 걸어서 갈 만한 장소라 하면 선택지가 그렇게까지 많지는 않을 터였다.

편의점 입구에 서자 간호복이 눈에 띄는지 카운터 안의 점원과 손님들의 시선이 이즈미에게로 모였다. 노골적인 시선을 무시하며 이즈미는 가게 안을 훑어보았다. 료가의 모습은 없었다. 그 대신 빵이 진열된 선반 앞에서 마쓰바라의 얼굴을 찾아냈다. 눈을 휘둥그레 뜬 그 얼굴에 대고 가볍게 고개를 숙였다.

가게를 나와 횡단보도 앞에서 신호를 기다리는 동안, 주머니에서 휴대전화를 꺼내어 떨리는 손끝으로 교헤이의 번호를 눌렀다. 일하는 중일지도 모른다고 생각하면서도 휴대전화를 귀에 댄 채 초조한 마음으로 연결음을 듣고 있었다. 이내 "네, 사사모토입니다" 하는 내리누른 목소리가 들려왔다.

"아, 교헤이 군? 나 야다야. 실은 료가 군이 아침부터 병실에 없어서……."

이즈미가 사정을 이야기하자 교헤이는 곧바로 "집에 간 거 아냐?" 하고 말했다.

"왜? 지금 입원 중이잖아."

집에 갔을 리는 없다. 료가는 치료받기 싫다고 도망칠 사람이 아니며, 자신들에게 민폐를 끼칠 만한 일은 하지 않을 터다.

"그럼 산책이라도 하고 있는 거 아냐? 저번에 병문안 갔을 때, 근처에 벚꽃이 예쁜 공원이 있다고 했거든."

"공원이라면, 어디?"

"글쎄, 이름까진 못 들었는데…… 그 근처에선 제일 넓은 공원이라 그랬어."

교헤이의 말투로 보아 크게 걱정하고 있는 것 같진 않았다. 그것이 일반적인 사람의 반응인가 싶어 마음을 고쳐먹었다. 진정하자, 진정해, 하며 가슴에 손을 대었다. 교헤이의 말대로 잠깐 기분 전환을 하러 외출했을 뿐인지도 몰랐다.

생각과는 달리 공원에는 아침부터 많은 사람들이 모여 있었다. 조깅하는 사람이며 개를 산책시키는 사람, 단체로 라디오 체조를 하는 사람들까지. 그 사이에서 이즈미는 눈을 부릅뜨고 료가의 모습을 찾았다. 한차례 탁 트인 광장을 둘러보고는 자갈길을 밟으며 안쪽 숲을 향해 걸었다. 느티나무와 녹나무 등 키 큰 나무들 틈새로 들이비친 아침의 엷은 햇빛이, 땅 위에 어슴푸레 닿아 있었다.

"료가 군."

남들 눈을 의식하지 않고 그의 이름을 큰 소리로 불렀다. 휴대전화로 시간을 확인해보니 벌써 열 시 반이 지나 있었다. 아닌 게 아니라 슬슬 병동으로 돌아가지 않으면 오늘 업무에 지장이 생길 것이었다.

"료가 군. 사사모토 료가 씨."

그의 이름을 거듭 부르며 흐릿한 하늘을 올려다보았다. 일기 예보에서는 오늘 저녁부터 밤까지 비가 내린다고 했다. 이 부근의 벚꽃도 오늘 밤이면 대부분 져버릴 터였다.

여기서도 찾지 못하면 일단 병원으로 돌아가야겠다. 이미 돌아와 있을지도 모른다. 그렇게 마음먹고, 잰걸음으로 길을 재촉하며 자갈길을 무작정 걷고 있을 때였다. 가지를 커다랗게 뻗은 벚나무 아래, 이쪽을 등지고 서 있는 누군가가 눈에 들어왔다.

"료가 군?"

말을 건네자 벚꽃을 올려다보고 있던 등이 들썩이더니 천천히 뒤를 돌았다. 료가가 어리둥절한 표정으로 이즈미를 쳐다보았다.

"여기 있었구나."

마음이 놓여 목소리가 떨렸다.

"뭐 하는 거야…… 걱정되게."

이즈미는 발밑에 떨어진 벚꽃잎을 밟으며 가까이 다가갔다.

"이쪽으로 오지 말아줘."

격한 어조에 무심코 주위를 둘러보았다. 그 말이 료가의 입에서 나왔다고는 생각되지 않았기 때문이다. 그러나 자신들 외에 다른 사람은 없었다.

"어…… 왜?"

머금고 있던 미소를 지우고 그 자리에 멈춰 서자,

"혼자 있고 싶어."

이즈미의 눈을 똑바로 쳐다보며 료가가 말했다.

"그래도……."

"벚꽃을 보고 있어."

"……꽃구경?"

나무 그림자가 드리운 어둑한 눈이 마음에 걸려, 이즈미는 한 걸음 앞으로 발을 내디뎠다. 그리고 조금씩 거리를 좁혀갔다.

"야다, 미안하지만 나는 혼자서 벚꽃을 보러 온 거야."

굵은 나무줄기에 한쪽 손을 댄 채 료가가 고개를 젓고 있었다. 이즈미가 다가오는 것을 온몸으로 거부하고 있음을 알 수 있었다.

"뭐…… 그건 알겠는데, 그래도 이렇게 말없이 병실을 나가면……."

"벚꽃을 보는 건, 이게 마지막일지도 모르잖아?"

"무슨 소릴 하는 거야? 마지막일 리가 없잖아. 그렇게 비관적인 말을 하다니, 료가 군답지 않아."

이즈미가 말하자 료가는 웃었다. 당장에라도 울음을 터뜨릴 듯한, 애처로운 웃음이었다.

"너는 내 재발 가능성이 50퍼센트란 거 알아? 이렇게 힘든 치료를 받고도 나을 확률이 절반이라니……. 나는 살아남는 절반 쪽에 들 수 있을까."

료가의 직설적인 물음에 심장 박동이 빨라졌다. 환자가 남은 수명을 물어 오는 일이 처음은 아님에도 숨이 막혔다. 서로를 강렬한 눈으로 마주 본 채 입을 다물고 있었다. 먼저 눈을 피한 것은 료가였다. 바람에 흩어지는 벚꽃을 바라보더니, 이내 눈이 부신 듯 눈을 가늘게 뜨고 하늘을 올려다보았다.

얼마의 침묵이 흘렀을까.

료가가 다시 이즈미에게로 시선을 돌리곤, "사실, 훨씬 전부터 깨닫고 있었어" 하고 말해 왔다.

"응?"

"병실에서 너랑 교헤이가 그랬지. 지금으로부터 대략

1년 3개월 뒤, 내년 7월쯤이면 내 치료도 일단락될 거라고."

"아……."

"그렇게…… 쉽게 될까. 이렇게 고통스러운 치료를 앞으로 1년도 넘게 계속하고, 그런데도 재발하면?"

료가의 얼굴이 그 어느 때보다도 창백해 보였다.

"그치만, 하는 수밖에 없잖아. 료가 군도 그럴 생각으로 입원한 거잖아. 살기 위해서."

"맞아. 근데 가끔가다, 어차피 죽을 거라면 이렇게 힘든 치료를 받을 필요도 없지 않나 싶을 때가 있어. 할 수 있는 게 아무것도 없거든. 부작용 때문에 죽은 사람처럼 누워만 있고, 그저 시간만이 흘러가. 나한테는 귀중한 시간이……."

"네가 어떤 마음인진 알아."

"아니, 모를 거야. 비록 네가 이제껏 몇백 명의 환자를 돌봐왔을지언정, 앞으로 몇천 명의 환자를 마주할지언정 이 고통은 절대로 알 수 없어. 알 수 있을 리가 없어. ……안다는 말은 듣고 싶지 않아."

세찬 바람이 불어와 가지와 잎이 흔들렸다. 연분홍색 꽃잎이 일제히 흩날려 료가와 이즈미에게로 소리 없이 쏟아져 내렸다.

"난 왜 알 수 없는데?"

"너는 병에 걸린 게 아니니까."

"뭐야 그게."

자신 또한 뜻하지 않게 말투가 쌀쌀맞아졌다.

"나도…… 우리도 온 힘을 다하고 있어. 의무, 타성惰性, 오기……. 수많은 감정을 끌어안고 매일매일, 그야말로 몇천 명이나 되는 환자들을 간호해왔다고. 조금이라도 고통을 덜어줄 수 있도록 필사적으로. 피로가 쌓인 몸을 질질 끌면서 출근할 때도 있어. 연속으로 주어지는 업무를 죽을힘을 다해 처리하고, 숨 돌릴 겨를조차 없는 날도 있고. 그런데도 환자의 고통을 완전히 없애줄 수는 없는 노릇이고, 열심히 치료받아온 사람이 죽는 경우도 있고, 스스로 목숨을 끊는 사람도 있고……. 하지만 우울해할 새도 없이 또다시 침상을 정리하고 새 환자를 맞아들이지. 정말 하루하루가 너무 빠듯해. 여유 따윈 어디에도 없어. 그런데도 말야, 나는 늘 생각해. 이 환자의 병이 나아지길, 하고. 그 기도만큼은 빼놓지 않고 꼭 해. 왜냐면 할 수 있는 일이 그것밖에 없으니까. 기도하고, 격려하고. 그것 말고 내가 할 수 있는 일이 뭐가 있겠어?"

료가가 아무런 대꾸도 하지 않는 것을 틈타 쓸데없는 감정까지 토해내고 말았다. 쉬지 않고 소리친 탓인지, 숨이 차올라 왼쪽 가슴이 아팠다. 료가는 허를 찔린 얼굴을 하고 이즈미를 바라보고 있었다.

"나 이제 가볼게. 다른 직원들이 걱정하니까, 점심까지는 돌아왔으면 해."

료가를 남겨두고 이즈미는 빠른 걸음으로 왔던 길을 되돌아갔다.

딱 한 번 뒤를 돌아보았을 때, 료가는 가까운 벤치에 앉아 벚꽃을 올려다보고 있었다.

*

수액 줄을 단 채 침대에서 잠든 료가의 얼굴을 보고 있는데, 누군가 병실로 들어왔다.

"사사모토 씨는 진정이 좀 됐어?"

정장 차림이라 순간 알아보지 못했지만, 이내 목소리와 걸음걸이로 마쓰바라임을 알아차렸다.

"네. 혈압도 돌아왔고, 지금은 자고 있어요."

료가가 구급차에 실려 온 건, 공원에서 헤어진 지 한 시간쯤 뒤의 일이었다. 공원 벤치에서 의식을 잃어가던 그를 지나가던 여성이 도와주었고, 손목에 감고 있던 네임밴드로 인해 이 병원으로 이송되어 왔다.

"죄송해요. 제 탓이에요."

"아니야, 신경 쓰지 않아도 돼. 너는 사사모토 씨를 찾으러 갔고, 찾아냈잖아. 병원으로 돌아가도록 설득하기도 했고. 나머지는 그의 책임이지."

"근데 설마 의식을 잃을 줄은……."

"본인이 제일 놀랐겠지."

"선생님, 사사모토 씨가 쓰러진 건 항암제 부작용 때문인가요?"

"의식을 잃은 건 혈압이 급격히 낮아진 탓일 거야. 부작용으로 졸음이 올 수도 있지만, 그보다 거의 아무것도 먹지 않고 급격하게 움직인 탓 아닐까."

"그럼 항암제의 양을 줄이거나 중단할 필요는 없나요?"

"그건 문제없어."

안심이 되어 눈에 눈물이 맺혔다. 옆에서 수액 주입 속도를 확인하던 마쓰바라가 그런 이즈미를 의아한 듯 바라보았다.

"네가 그렇게 당황해하는 모습, 처음 봤어."

구급차로 이송된 료가를 처치하러 온 것은 비번이던 마쓰바라였다.

"사사모토 씨를 병원 밖에 두고 돌아온 제 판단 미스니까요.”

“미스랄 건 없어. 그보다, 언제나 냉정한 네가 평정을 잃은 모습이 새로웠어. 뭐랄까, 전근을 앞두고 좋은 구경을 한 기분이었지.”

칭찬을 하는 것인지 흠을 잡는 것인지 알 수 없는 말투로 마쓰바라는 작게 웃었다.

“사사모토 씨는, 어떤 사람이지?”

마쓰바라가 가까이 있던 둥근 의자를 끌어당겨 앉았다.

“네?”

“동창이라며? 너희들.”

“사사모토 씨는…… 정말 좋은 사람이에요. 누구에게나 자상하고요.”

그것은 고등학교 3학년 축제 전날, 조회 시간에 생긴 일이었다. 축제 집행위원장이었던 이즈미는 교단에 서서,

“누구, 오늘 방과 후에 무대 배경 칠하는 것 좀 도와주지 않을래? 마지막 장면의 벚꽃 배경이 아직 덜 됐거든.”

하고 반 아이들 모두에게 물었다. 이즈미가 다니던 고등학교의 축제는 매년 11월에 개최되는데, 입시를 앞둔 3학년들은 사실상 축제에 신경 쓸 처지가 아니었다.

“뭐야, 마지막 장면 배경 아직 안 됐어? 내일이 공연이잖아. 집행위원장, 여태 뭘 하고 있었던 거야.”

남학생 하나가 자못 귀찮다는 듯 소리쳤다. 그러자 "맞아. 애당초 이렇게 바쁜 시기에 왜 연극 같은 걸 하고 있어야 하냐? 선생님한테 항의하고 와, 야다"라며 점차 불만의 목소리가 높아졌고, 입시 공부의 스트레스를 발산하는 양 교실 안이 비난으로 들끓었다.

"그런 소리 해봐야 소용없어. 축제가 이맘때인 건 다들 알고 있던 사실이고. 연극에 출연하는 사람들은 여름 방학에도 나와서 연습했단 말야. 배경 칠하는 것쯤은 도와줄 수 있잖아."

이즈미의 호소는 차츰 울먹이는 목소리로 변해갔다. 자신 또한 발 벗고 나서서 집행위원장을 맡은 건 아니었다. 아무도 하고 싶어 하지 않기에 반 분위기가 무거워지고, 험악해지는 게 싫어 손을 들었을 뿐이다. 이즈미 역시 간호대 입시를 코앞에 두고 있었다.

"입후보로 집행위원장이 된 거잖아. 그랬으면 마지막까지 알아서 책임져야지."

"맞아. 고등학교 시절의 마지막 추억 만들기는 여유 있는 사람이 하면 되잖아."

"배경 같은 건 딱히 없어도 상관없고."

심한 말을 내던지는 건 일부 남학생들뿐이었지만, 이즈미는 반 아이들보다 조금 높은 교단 위에서 필사적으로 눈물을 참으며 입술을 깨물고 있었다.

공연할 연극의 제목은 『꽃 피우는 할아버지*』를 모티브로 한 '이거 놔, 할아버지**'였다. 그러나 원작과는 딴판으로 착한 할아버지와 못된 할아버지 사이에 분쟁이 발발하고, 착한 할아버지의 애견 시로가 죽임을 당하면서 그의 처절한 복수극이 펼쳐진다는 각본이었다. 착한 할아버지 역은 도쿄에 있는 대학에 추천 입학이 결정된 야구부 수재, 모로타. 못된 할아버지 역은 성우가 되기 위해 상경하겠다던 와카바야시. 그리고 시로 역은 고향에 있는 전문대로 진학하는 료가. 스토리 따윈 없다고 봐도 무방하며, 착한 할아버지와 못된 할아버지의 강렬한 캐릭터와 화려한 전투 신에만 주력해 웃음을 자아내는 연극이었다.

"누구, 협력해줄 사람 없어?"

소란스러운 남자애들을 본체만체하며 이즈미는 거듭 소리쳤다. 그러다 '더 이상은 안 되겠다. 혼자 하는 수밖에 없겠어' 하고 체념하려던 때, "내가 도울게" 하며 시

---

* 일본의 전래동화로, 착한 할아버지와 욕심 많은 이웃집 할아버지가 신비한 힘을 가진 개를 매개로 전자는 복을 받고 후자는 벌을 받는다는, 우리나라의 『흥부와 놀부』와 같은 이야기.

** 『꽃 피우는 할아버지』와 '이거 놔, 할아버지'를 일본어로 각각 '하나사카지이상', '하나상카, 지이상'이라고 한다. 발음의 유사성을 이용한 언어유희.

로 역의 료가가 교실 끄트머리에서 손을 들어주었다. 머리를 긁적이는 듯한 어중간한 위치에서 손을 멈추곤 "내가 남을게"라며 이즈미의 눈을 보고 끄덕였다. 그 순간 불평만 해대던 남자애들이 "결정, 결정. 료가, 잘 부탁해" 하며 일제히 의자에서 일어났고, 귀에 거슬리는 소리를 남긴 채 교실을 빠져나갔다. 결국 그날 남아준 사람은 료가 혼자였다. 친한 여자애들도 "미안, 학원 가야 해서"라며 거들어주지 않았다.

방과 후, 이즈미와 료가는 교실에 남아 기다란 흰색 천에 그려진 벚나무 가지에 분홍색 물감으로 꽃을 그려나갔다. 하지만 학교 문이 닫히는 일곱 시까지 만개한 벚꽃을 전부 다 그릴 수는 없었고, 가로 3미터, 세로 5미터 크기의 하얀 천이 반 정도 메워졌을 때 이즈미는 손을 놓았다. 그리고 한쪽 뺨에 분홍색 물감을 묻힌 료가를 향해 "고마워"라며 고개를 숙이고, 도와준 답례로 식당 자판기에서 커피우유를 사주었다.

"만개는 아니고 반개지만, 이 정도면 됐지 뭐."

바닥에 어질러진 물감과 붓을 정리하며 이즈미가 누구에게랄 것 없이 혼잣말하자, 말없이 빨대를 물고 있던 료가가 커피우유를 죽 빨아올리곤,

"내가 집에서 해 올게."

하며 신중한 손놀림으로 천을 말기 시작했다. 마지막 장면은 만개한 벚꽃이 아니면 의미가 없지. 반개한 벚꽃으로는 시로도 신이 안 날 테니까. 그렇게 말하며 천을 집으로 들고 가려는 것이었다.

"료가 군 혼자 하게 할 순 없어."

"괜찮아."

"그럼 나도 같이 그리게 해줄래?"

이즈미는 료가를 따라 그의 집에까지 들어앉았고, 밤늦도록 둘이서 작업을 이어갔다. 도중에 빨간색과 흰색 물감이 떨어져 료가의 어머니가 "분홍색 자투리 천은 있는데"라며 천으로 꽃잎을 만들어주었다. 머지않아 어머니뿐 아니라 할머니까지 거들게 되었고, 밤 열두 시가 넘을 무렵 가까스로 배경을 완성할 수 있었다. 만듦새가 너무나도 훌륭해, 당시의 담임 선생님은 축제가 끝나고도 그 배경을 교실 뒷벽에 장식해주었다. 그리고 졸업식 날, 반 아이들 모두가 벚나무를 배경으로 기념사진을 찍었다. 진학하는 학생과 취직하는 학생, 고향에 남는 학생과 다른 곳으로 가는 학생 모두가, 멀리서 보면 진짜보다 더 진짜 같은 벚꽃을 등지고 흐뭇하게 웃고 있었다.

"저, 우리 병원에서 사사모토 씨와 15년 만에 재회했을 때, 왠지 모르게 무척 밝은 기분이 들었어요. 다시 만난 순간부터 그리움이 밀려왔고요."

고향의 풍경이 떠오른 이유가 처음에는 그저 동창을 만나서인 줄 알았다. 그러나 그때 마음에 떠올랐던 것은, 둘이 함께 그렸던 벚꽃 풍경이었는지도 모른다.

"나는 남중, 남고를 나와서, 그런 드라마틱한 일화는 전무하군."

말없이 이즈미의 이야기를 듣고 있던 마쓰바라가 그렇게 말하며 살짝 웃고는, "전에 한 얘기 말인데, 생각해봤어?" 하고 이즈미를 똑바로 쳐다보았다. 마쓰바라가 갑작스레 찾아온 그날 밤 이후로 이즈미의 마음은 흔들리고 있었다. 하지만 지금은 주저 없이 대답할 수 있었다.

"선생님을 따라가진 않을 거예요. 이 병원에서 좀 더 일하려고요. 사사모토 씨의 치료가 안정될 때까지는 도움을 주고 싶거든요."

마쓰바라는 의외라는 듯 눈을 크게 뜨고는,

"그렇다면 사사모토 씨의 치료 4사이클이 끝나고 나서는 어때? 5사이클부터는 입원할 필요도 없으니까."

하고 말해 왔다.

"말씀은 고맙지만, 언제 어느 타이밍이든 제가 선생님 곁으로 가는 일은 없어요."

자신은 이별하고 난 2년 사이 달라졌다고 생각한다.

당신 또한 적잖이 달라졌으리라. 달라진 사람들끼리 예전으로 돌아가려 한들 뜻대로 되지 않을 것이다. 이즈미가 그렇게 전하자, 마쓰바라는 미간을 모으고 무언가 생각에 잠긴 듯한 표정을 지어 보였다.

"선생님을 좋아했던 예전의 마음을, 지금의 마음이 넘어설 것 같지도 않고요."

이즈미가 그렇게 말하자 마쓰바라는 속마음을 읽으려는 듯 강렬한 눈으로 바라보았다. 그런 그에게서 시선을 떼고, 깊게 잠든 채 규칙적인 호흡을 되풀이하는 료가의 얼굴을 바라보았다.

"예전의 마음을 넘어설 수 없다라. ……과연 지금 건 좀 상처네."

"많이 생각해보고 내린 결론이에요."

"알겠어. 확실히 말해줘서 고마워."

"뭘요. 저야말로 감사해요. 비번이신데 사사모토 씨를 봐주셔서요."

"사사모토 씨는 내 환자니 당연한걸. 그보다 너는, 사사모토 씨를……."

마쓰바라가 그렇게 이야기하려는 도중 말을 끊더니, "이제 가볼게" 하고 발치에 놓여 있던 가방을 들어 올렸다.

"저기, 선생님. 죄송했어요."

"더는 사과하지 말아줘. 내가 비참해지잖아."

등을 돌린 채로 마쓰바라가 멈춰 섰다.

"아뇨, 그게 아니라."

이제는 만날 일이 없을지도 모른다. 몇 년 뒤 그가 이 병원으로 되돌아올 때, 자신이 이곳에 남아 있으리란 보장은 없다.

"저, 실은 선생님이 어디 먼 곳에 있는 병원으로 이동했으면, 되도록이면 무지무지 추운 지역으로 갔으면 하고 기도한 적이 있거든요. 그래서 진짜로 그렇게 된 게 죄송하달까요……."

스물여덟 살부터 서른한 살까지의 3년간, 진심으로 좋아했던 사람이다. 마지막에는 제대로 된 작별 인사를 해두고 싶었다.

"그건…… 너무한데. 갑자기 이동하게 돼서 이상하다 싶었거든. 특별히 잘못한 것도 없는데."

뒤를 돌아본 마쓰바라는 미간을 찌푸린 채 난처한 얼굴을 하고 있었다.

"그치만, 또 기도할게요. 선생님이 1년이라도 빨리 도쿄로 돌아오시길."

"뭐, 괜찮겠지. 거기는 생선도 맛있대고 온천도 많다니까."

그럼 이만, 하고 한쪽 손을 들더니 마쓰바라는 다시 앞을 향해 걷기 시작했다. 병원에서의 이별은 환자하고만 하는 것이 아니구나. 이즈미는 그 등을 바라보며 생각했다.

주간 근무 종료 시간인 오후 다섯 시 15분이 지나자마자 이즈미는 료가의 병실로 향했다. 야간 근무를 하는 간호사에게 인계도 마쳤고, 간호일지 작성도 끝냈다. 백의를 입고 있어도 이제부터는 개인 시간이었다.

"료가 군, 일어났어?"

병실을 들여다보니 료가가 두 눈을 뜬 채 천장을 바라보고 있었다.

침대에서 여섯 시간 가까이 자고 있었다고 말하자 료가는 믿기 어렵다는 양 눈을 휘둥그레 뜨고는 작게 한숨을 내쉬었다.

"지금 쓰는 약은 의식이 몽롱해지는 부작용이 있거든. 그러니까 설사 가까운 곳일지라도, 앞으론 무단 외출을 삼가도록 해."

조금 딱딱한 어조로 말하자 료가가 순순히 "미안" 하고 대답했다.

슬슬 석양빛이 짙어져 가기에 창문 커튼을 걷었다. 이렇게 해두면 병실 전체가 오렌지색으로 물들어 소소한 위안을 주는 것이다.

“야다, 일은?”

“오늘은 이제 끝이야.”

복도 쪽에서 석식을 실은 배식차 소리가 들려와 이즈미는 병실 입구로 받으러 갔다. 배식차를 밀고 있던 베테랑 간호조무사가 “자, 사사모토 씨 거죠?” 하며 우동이 얹힌 쟁반을 건네주었다. 이즈미는 침대에 딸린 접이식 식탁을 꺼내어 “따뜻한 우동이 왔어” 하고 살며시 올려놓았다.

“맛있다.”

료가는 젓가락으로 우동을 한 가닥씩 집어 빨대를 빨 듯 입안에 넣고는 어금니로 천천히 짓씹었다. 그 모습은 온순한 초식동물이 풀을 뜯는 모습과 닮아 있었다.

“자면서 꿈을 꿨어.”

시간을 들여 비워낸 그릇을 료가가 상두대 위에 올려두었다.

“어떤 꿈?”

“설산 꿈. 예전에, 나랑 교헤이가 중학교 3학년일 때 설산에서 둘이 조난을 당한 적이 있거든. 그때 일이 꿈에 나왔어.”

“앗, 그러고 보면 그때 오카야마에서 뉴스가 됐었지.

무서웠겠다.”

“교헤이하고 둘이 설산에 남겨졌을 때, 나는 잠시 죽음을 각오했었어. 아니, 물론 살아서 돌아갈 생각이었지만, ‘만약 여기서 죽는다면’ 하는 생각도 진지하게 했었어. 죽느냐 사느냐. 내가 살아남을 확률은 50퍼센트라고 생각했던 거야.”

이즈미는 시선을 떨구어 료가의 발 언저리를 바라보았다. 이불 끝자락에 드러난 맨발의 발가락 끝. 료가의 발가락은 좌우 다섯 발가락 모두 하얗게 변색되어 있다. 그 사실을 알게 된 건 그가 이 병원에 처음 입원한 때였다.

“료가 군 발가락, 왜 그런 걸까 싶었어. 옴이라기엔 하얘진 부위가 너무 균일하고 변형도 있길래. 그 흉터가 혹시 동상 흉터야?”

“응. 절단까지는 안 가서 다행이었어.”

구조가 30분만 더 늦었더라면 괴사했을 것이다. 그렇게 의사에게 들었을 때는 짐짓 등줄기가 서늘했다며 료가가 쓴웃음을 지었다.

“다행이다, 구조돼서…….”

손을 뻗어 료가의 발을 만졌다. 피부가 하얘서 부드러울 줄 알았는데 의외로 딱딱했다.

“동상 흉터는 이렇구나.”

걷거나 뛰는 데 지장은 없을까. 발이 차면 통증이 도지지는 않을까 생각하며 이즈미는 흉터를 바라보았다.

"이제껏 내 발을 남한테 보여주는 게 싫었어. 개구리 같고 징그러우니까."

"개구리?"

"고등학교 때 누가 그랬거든. 네 발가락, 개구리 같다고. 확실히 개구리 빨판처럼 생기긴 했지."

"무슨 그런 심한 말을."

"그래서 지금껏 남들 앞에서 맨발로 있기를 꺼려왔어. 옆에 누가 있을 때는 내 방에서도 양말을 안 벗었고. 근데 지금은 이까짓 흉터, 뭐 하러 여태 숨겨왔나 싶어. 위 수술 자국에 비하면 아무것도 아닌데."

료가가 스웨트셔츠 옷자락에 손을 넣고는 손끝으로 수술 흉터를 따라갔다. 이즈미도 알고 있는 그 흉터는 명치에서 아랫배까지 자를 댄 것처럼 세로로 반듯하게 그어져 있다. 병을 앓은 후로 체중이 몇 킬로그램 줄긴 했으나, 그의 몸에는 여전히 근육도 붙어 있고 피부도 비교적 매끄러웠다. 생기 있는 몸에 깊은 상처가 생겨 서글플 듯했다.

"실례되는 말이라면 미안한데, 너한테는 흉터를 보여줘도 아무렇지가 않아. 발 흉터도, 수술 자국도."

"음…… 작은 흉터는 누구에게나 있고, 살다 보면 이곳저곳이 상하잖아. 다들 마찬가지야. 태어난 그대로의 몸과 마음일 수는 없지."

료가가 눈을 내리깔고 고개를 끄덕였다.

"아까는 미안했어. ……그렇게 심하게 말해서."

"'안다는 말은 듣고 싶지 않아'라고 한 거?"

"정말…… 미안해. 괜한 화풀이라니, 최악이야."

"괜찮아, 괜찮아. 료가 군 영역에 억지로 들어가려 했던 내 잘못이야."

짧게 깎은 머리와 흰 목덜미가 어린 남자애처럼 보여, 이즈미는 료가의 고독함을 생각했다. 암으로부터 침범당한다는 것은 얼마나 막막하고 무서울까. 또 괴로울까. 다가오는 죽음을 헤아리는 것만으로도 이성을 잃을 것이 틀림없다. 자신이라면 극심한 공포에 울부짖고 말지도 모른다. 하지만 이 사람은 가만히 삭이는 것이다. 누구에게도 상처 주지 않고, 외로이 울며 그 공포를 견뎌낸다.

가족에게는 말할 수 없는, 그런 종류의 괴로움이 있다. 자신 역시 그랬다. 매일매일의 삶으로 벅찬 엄마에게 그 이상의 부담을 지울 수 없다고, 더 마음고생 하게 할 수는 없다고 생각해왔다. 그래서 엄마에게 고민을 털어놓은 적은 한 번도 없었다.

나약한 소리를 입 밖에 내지 않는 사람은 언제나 홀로 싸우고 있다.

"나랑 료가 군은 남이니까, 불평이든 뭐든 다 얘기해도 괜찮아. 어머님이나 교헤이 군 앞에서 못 울겠음 내 앞에서 울면 돼. 우리는 그냥 동창이잖아."

그냥 동창……. 고등학생일 적, 어떤 때에도 온화하고 누구에게나 친절한 료가를 보고 있는 게 좋았다. 특별히 눈에 띄는 구석은 없었다. 당번도 아닌데 소각로까지 쓰레기를 들고 가거나, 수조 청소를 하거나, 잘 열리지 않는 창문의 미닫이를 손보거나. 본인 외의 누구도 알아차리지 못할, 생활 기록부에 기재되지 않는 일들을 도맡곤 했다. 반 남자애들이 서로에게 욕을 퍼붓고 있으면, 조금 떨어진 곳에서 자기가 상처 입은 듯한 얼굴을 하고 바라보고 있었다. 그리고 나중에 말싸움에서 진 아이의 곁으로 슬그머니 다가가 실없는 말을 건네는, 그런 사람이었다.

료가의 자상함이 오직 자신에게로 향했던 그날. 둘이 학교에 남아 벚꽃 배경을 그렸던 방과 후. 학교에서 그의 집으로 가던 길, 실은 "널 좋아해"라고 말하고 싶었던 기억이 떠올랐다. 1학년 때부터 쭉 좋아해왔다고 고백하면 어떻게 될까 하고……. 만일 그 무렵의 자신에게 조금 더 자신감이 있었더라면, 남에게 '예쁘다'는 말을 들음 직한 여자애였다면, 망설임 없이 마음을 입 밖에 내었을 것이다.

그랬더라면 졸업 후에도 어디선가 만남을 이어가고 있었을지 모른다.

그러나 지금은, 자신이 그저 동창이어서 다행이라는 생각을 하고 있었다. 가족에게는 드러낼 수 없는 료가의 고통을 어떤 형태로든 좋으니 받아주고 싶었다. 동창으로서라도, 간호사여서라도 좋다. 그의 '전화 걸 상대'가 되었으면 하고 바랐다.

"항암제 치료가 일단락되면, 오카야마로 돌아갈 생각이야."

료가가 창문 쪽으로 눈길을 주며 툭 내뱉었다. 어느샌가 창밖이 오렌지색 저녁놀로 물들어 있었고, 키가 큰 빌딩들이 산등성이처럼 보였다. 일단락된다는 건 언제를 말하는 것일까. 치료를 포기할 생각인 건가.

동요를 감추며,

"갑자기 왜?"

하고 료가의 옆얼굴을 바라보았다.

"오늘 벚꽃을 보다가 생각했어. 귀중한 시간을 들여 확률이 반반인 치료를 받는 거라면, 내가 좋아하는 곳에서 그러고 싶다고."

초등학교 소풍 때 등산한 와슈 산. 세토 대교를 달리는 특급 열차 난푸에서 내려다보이는 비취색 바다. 그 바다에 점점이 떠 있는 시와쿠 제도……. 료가의 입에서 이즈미도 익히 아는 고향의 풍경들이 흘러나왔다. 도쿄도 나쁘지 않지만 역시 고향의 풍경이 제일 좋으니까, 라며 료가는 웃었다. 그 웃는 얼굴을 보고, 곁에 있고 싶다는 생각을 했다. 잔잔한 강인함으로 병과 맞서는 료가의 곁에 있고 싶었다. 조금 전 마쓰바라가 못다 한 말이 머릿속에 떠올랐다. 아무래도 나는 이 사람을 좋아하는지도 모르겠다. 첫사랑의 연장선이 아닌, 서른세 살이 된 료가를 사랑하는지도 모르겠다.

피곤했는지 료가의 눈꺼풀이 점점 무거워지더니 이내 스르르 감겨버렸다. 색색 규칙적인 숨소리가 들려왔다.

“오카야마로 돌아갈 때는, 나도 같이 데리고 가줄래?”

조약돌이 바다에 가라앉듯 찬찬히 잠에 빠져드는 료가의 귓가에 이즈미는 속삭였다. 어느덧 병실에도 석양빛이 비쳐 들어 카펫에 얼룩무늬가 져 있었다.

이즈미가 몸을 움직이자, 병실을 가득 채운 오렌지색 공기가 잔물결처럼 아련히 너울거렸다.

4
장

수업 시작종이 울리기 5분 전, 교헤이는 운동장으로 나왔다. 오늘은 멀리뛰기 기록을 재기 위해 운동장 모래판 앞에서 집합하도록 일러둔 날이었다. 모래판은 운동장 왼편 안쪽에 있으므로 출석부를 겨드랑이에 끼고 반달음질로 뛰어갔다.

"출석 부른다. 이름 불리면 손 들고 대답해라."

땅바닥에 앉은 1학년 3반과 4반 남학생 마흔다섯 명 앞에서 굵직한 목소리를 냈다. 고등학생쯤 되면 학생이라곤 해도 남자애들은 이미 자신과 체격이 엇비슷하다. 조금이라도 빈틈을 보이면 얕잡아 보고 덤벼들기 때문에, 교헤이는 지금처럼 늘 쏘아보는 표정을 짓고 있다.

"아사이, 이노우에, 에노모토……."

빠르게 호명하면서, 흰 선이 두 줄 들어간 녹색 체육복 바지를 입은 학생들 한 명 한 명의 얼굴을 확인해나갔다. 여름 방학이 끝난 9월은 학생들의 마음이 해이해지는 시기이기도 하다. 머리카락을 염색했다거나, 얼굴이 변했다거나. 교헤이는 학생들의 모습을 평소보다 신중하게 살펴보았다.

"……야모토, 와다. 결석은 3반의 가지야 쇼스케뿐이군."

모든 학생의 호명을 끝냈을 때, 몇 명의 남학생들 사이에서 박장대소가 터져 나왔다. 무슨 일인가 싶어 고개를 들자, 3반의 아사이 미쓰야가 학교 건물 쪽을 가리키며 배를 부여잡고 깔깔대고 있었다. 또 이 녀석인가. 아사이는 입학 당시부터 여러모로 눈에 띄었던 학생으로, 사람을 깔보는 듯한 태도가 거슬리곤 했었다.

"뭐야, 아사이. 뭐가 그렇게 웃겨?"

수업 시작종이 울리기 시작했다. 종소리를 들으며 아사이가 손가락질하는 방향으로 시선을 옮기자, 운동장 끄트머리에서부터 달려오고 있는 남학생의 모습이 보였다.

가지야 쇼스케…….

작은 몸집에 살이 포동포동하게 붙은 가지야가 목을 좌우로 흔들며 달려오고 있었다. 종소리가 끝나면 지각

처리가 되므로, 멀리서 봐도 초조해하고 있음을 알 수 있었다.

"너희들, 적당히 하고 입 다물어. 여기 봐."

아사이를 비롯해 주위에 있는 몇 명의 남학생들은 끈질기게 웃고 있었다. 지각하지 않으려고 온 힘을 다해 뛰는 모습이 우스운 모양인데, 아무리 그래도 짓궂은 정도가 지나쳤다.

"야, 이 끈질긴 놈들아. 여기 보라고 했잖아."

아사이와 주위의 학생들은 축구부 부원이었다. 이 학교는 공립임에도 불구하고 축구 명문으로 손꼽히는지라, 1학년인 학생도 축구부의 부원이라는 사실 하나로 위세를 부리곤 한다.

"몇 번 말해야 알아들을 거냐? 그만 입 다물라고."

교헤이의 주의를 무시하고 시끄럽게 웃어대는 아사이와 남학생들을 향해 더욱더 큰 소리를 냈다.

"근데 선생님, 저 못생긴 얼굴 좀 보세요. 너무 진심이라서 무섭다고요. 저렇게 느린 애가 제시간에 올 리 없잖아요. 저건 분명 우릴 웃기려는 거예요. 웃어줘야죠."

"너 귀먹었어? 입 다물라면 다물어."

교헤이는 아사이에게 다가가 체육복 목덜미를 붙잡고 강제로 일으켜 세웠다. 그 자리의 분위기가 급속도로 싸

늘해졌지만, 오늘따라 격앙된 감정을 억누를 수 없었다.

"적당히 하랬지. 사람 말이 말 같지 않아?"

시야 끝에 가지야의 모습을 두고, 교헤이는 아사이의 얼굴과 자신의 얼굴의 간격을 좁혔다. 체육복 목덜미를 세게 움켜쥔 채 아사이의 몸을 밀어내자 햇볕에 그을린 가느다란 목이 앞뒤로 흔들렸다. 아사이와 함께 웃고 있던 학생들의 경직된 얼굴이 교헤이를 응시하고 있었다.

"아사이, 넌 가지야의 기분을 모르겠냐? 안 될 것 같다고 생각하면서도, 그러면서도 죽을힘을 다해 뛰는 그 기분을 모르겠어?"

"모릅니다. 저는 항상 여유로워서요."

"그러냐? 그럼 넌 뛰는 법을 모르겠군."

교헤이는 주먹으로 가슴을 밀치듯 아사이를 냅다 내동댕이쳤다. 양손을 앞으로 뻗어 무언갈 붙잡으려는 모양새로 아사이가 엉덩방아를 찧으며 넘어졌다.

"알겠냐? 너희들도 잘 들어. 진심인 사람을 비웃는 녀석은, 자기 자신이 위태로울 때 못 버티고 나가떨어진다는 거다. 그런 녀석은 아무것도 될 수 없어."

땅바닥에 나자빠진 채 몸을 웅크리고 있는 아사이를 본체만체하며 교헤이는 목소리를 높였다. 가지야는 설마 자신 때문에 아사이가 야단을 맞을 줄은 몰랐던 모양인지, 둥근 어깨를 움츠리고 주위를 살피고 있었다.

“가지야, 넌 지각이다.”

“……네.”

“아사이, 언제까지 드러누워 있을 거야? 일어서, 수업 시작한다.”

화를 가라앉히며 교헤이가 다그쳤지만 아사이는 누운 채로 일어나려 하지 않았다. 교헤이가 또 한 번 “아사이, 일어서라고” 하고 말하자, 얼굴만 들어 올리고는 가느다랗게 곤두선 눈으로 교헤이를 노려보았다.

“뭐야? 불만 있으면 말해봐.”

체육복 등 부분을 움켜쥐고 끌어올리자, 교헤이를 노려보고 있던 가늘고 긴 눈에 두려움이 어렸다. 삐죽 내민 입술이 교활한 새의 부리와 같아서,

“할 말 있으면 해.”

이마와 이마를 맞대다시피 해 으름장을 놓자, 아사이는 눈에 서려 있던 빛을 지우고 머리를 숙이더니 볼에 튄 침을 닦았다.

“이 정도 가지고 겁먹을 거면 까불지 마.”

운동장 한구석이 얼어붙어 있었다. 학생들이 숨을 죽이고 교헤이를 보고 있었다. 평상시에는 큰소리를 쳐도 산만하기만 한 아이들의 시선이 올곧게 이쪽을 향해 있

었다.

"좋아, 지금부터 멀리뛰기 기록을 잴 거다. 기록 측정 방법을 설명할 테니 모래판 주위로 모여."

제자리에서 고개를 떨구고 있는 아사이를 흘끗 쳐다본 후, 교헤이는 평소와 다름없는 방식으로 학생들을 대했다. 너 나 할 것 없이 교헤이의 지시에 고분고분 따랐고, 말소리는 일절 들려오지 않았다.

거의 아무도 입을 열지 않는 채로, 무성 영화 같은 멀리뛰기 기록 측정이 시작되었다. 운동화가 모래를 긁는 소리와 기록을 알리는 목소리만이 반복되었다. 아사이의 모습을 찾아보니 전력을 다하지는 않아도 성실히 임하고 있었다. 아사이의 친구들도 묵묵히 뛰어오르며 기록을 측정하고 있었다. 오히려 4미터도 뛰지 못하는 가지야 쪽이 장난을 치는 것처럼 보였다.

그날 방과 후, 교장실의 검은 가죽 소파에 앉아 교헤이는 미야무라 교장을 마주하고 있었다. 교장실 문은 닫혀 있고, 방음 설비라도 되어 있는 양 4평 남짓의 방 안은 쥐 죽은 듯 고요했다.

"어쩌면 좋겠습니까, 사사모토 선생님?"

미야무라 교장이, 오늘만 해도 수차례 내뱉은 "어쩌면

좋겠습니까"를 입 밖에 냈다.

"어쩌면 좋겠냐고 물으셔도, 전 뭐라고 답해야 할지 모르겠는데요."

그리고 교헤이 역시 아까부터 같은 대답을 되풀이하고 있었다.

오늘 아침 1교시 때 아사이와 있었던 일을, 휴대전화로 녹화해 SNS에 올린 학생이 있었던 모양이다. 체육 수업 중 휴대전화를 소지해선 안 된다는 것은 너무도 당연한 일이지만, 스마트폰 중독인 학생 중에는 휴대전화를 고작 한 시간도 손에서 놓지 못하는 녀석도 있다. 그런 학생은 휴대전화를 바지 주머니에 숨긴 채 체육 수업을 듣는 것이다.

"이건 폭력 행사라는 주장도 나오고 있어요."

"그 주장은 어디서 나오고 있는 겁니까?"

미야무라 교장이 입을 다물더니 여봐란듯이 한숨을 내쉬었다.

같은 고등학교에서 일한 지 올해로 4년째인데, 이 사람은 언제나 이런 식이다. 세세한 일에 참견하지 않는다. 교사들을 신용하고 일임한다——. 그렇게 말하며 이 말수 적은 미야무라 교장을 지지하는 교사들도 적지 않다. 하지만 과연 그럴까. 교사의 자주성을 이끌어내고자 발언을 삼가고 있는 듯 보이지만, 실상은 일의 책임을 회피하고 있는 것이 아닐까. 종종 그런 느낌이 들 때가 있다.

"방금도 설명해드렸다시피, 전 아무 이유 없이 아사이란 학생을 야단친 게 아닙니다. 아사이가 제가 준 주의를 무시하고, 수업 중임에도 불구하고 웃음을 그치지 않았기 때문입니다."

그 동영상은 "뭐야? 불만 있으면 말해봐"라며 교헤이가 아사이의 체육복을 움켜쥐고 강제로 일으켜 세운 부분부터 시작되었다. 겨우 20초쯤 되는 영상으로, 앞뒤 상황은 하나도 찍혀 있지 않았다.

미야무라는 아까부터 표정 변화 없이 센터 테이블 위에 놓인 휴대전화와 교헤이의 얼굴을 번갈아 쳐다보고 있었다.

"아사이 미쓰야는 축구부예요."

얼마간 틈을 두고 난 후 미야무라 교장이 다시 입을 열었다.

"그렇죠. 축구부죠."

그래서 뭐가 어떻다는 것인가.

"전도유망한 선수라고 보고를 받은 바 있어요. 이번 여름 대회에서도 1학년 중에서는 유일하게 출전한 선수라고요. 오구라 씨가 중학생일 적부터 눈여겨보고 오랜 시간을 들여서, 선수를 노골적으로 모집할 수 없는 공립 학교의 핸디캡을 안고서 우리 고등학교에 입학시킨 선수라고 들었습니다만."

오구라란 축구부의 외부 코치를 말하는 것이었다. 축구부 외의 동아리는 전부 교내 교사가 지도하는데, 축구부만은 외부에서 코치를 고용하고 있다. 전직 J리그* 선수인가 뭔가로, 이 학교의 축구부는 오구라 왕국이나 다름없다.

"그렇다고 해서, 아사이를 특별 대우할 필요는 전혀 없다고 생각하는데요."

"맞습니다. 그것도 하나의 의견일 수 있죠. 그런데 이 동영상을 본 사람은 어떻게 느낄까요?"

석연치 않은 미야무라 교장의 말투에 교헤이는 속이 탔다. 실은 알고 있었다. 미야무라 교장은 교헤이에게서 "너무 지나쳤습니다"라는 말을 듣고 싶은 것이다. 교헤이 스스로가 반성하고, 아사이에게 사과했으면 싶을 것이다. 그리고 누구의 휴대전화인지는 모르지만 이 동영상을 삭제하도록 조치한다. 그렇게 일을 수습하고 싶다는 것 정도는 파악하고 있었다.

그럴까 보냐. 아무리 축구부가 특출나다고 한들 부원이

* 일본 프로 축구 리그.

라고 해서 후한 대접을 받는 일은 있을 수 없다. 외부 코치에게 우리 학교 학생의 생활 지도까지 맡길 수는 없다.

“전 오늘 한 지도가 딱히 문제 있다고 생각되지 않습니다. 교장 선생님, 이제 가봐도 되겠습니까? 야구부 연습이 시작돼서요.”

교헤이는 분연한 얼굴로 자리에서 일어섰다. 지금 당장 동아리 활동을 지도하고 조금 일찍 귀가하고 싶었다. 지금 본가에서는 료가가 재택 치료를 받고 있다.

“사사모토 선생님.”

“네?”

“이대로 동영상을 방치해두면, 나중에 일이 귀찮게 되지 않겠습니까?”

“귀찮게 되더라도 그건 그때 생각할 일이죠. 만약 동영상이 공론화되더라도 저는 떳떳하게 대응할 생각입니다.”

교헤이는 가볍게 고개를 숙이고 지나치게 고요한 교장실을 나왔다. 교장실을 나오니 그제야 갖가지 소리들이 귀에 들어오면서 마음이 진정되기 시작했다. 복도를 걸으며 자신이 긴장하고 있었음을 깨달았는데, 화난 마음 쪽이 더 컸기에 이제껏 알아채지 못했다.

*

"나 왔어."

본가 현관에서 운동화를 벗고 복도 안쪽에 있는 거실을 향해 말을 건넸다. 료가가 도쿄에서 돌아온 이후부터 집 안은 소독약 냄새로 가득했다. 교헤이는 안으로 들어오자마자 세면대로 갔다. 두 손을 꼼꼼히 씻은 다음 소독약을 발라 문질렀다.

"잘 있었냐?"

거실로 이어지는 문을 열자 료가는 안쪽 벽에 붙여놓은 의료용 침대에 잠들어 있었다.

발소리가 나지 않게 걸어가 거실 한가운데 놓인 소파에 앉았다. 소파는 엄마가 침대를 마주 보는 위치로 옮겨 두었다. 그래서 소파에 앉은 채로 침대 위에 있는 료가와 대화를 나눌 수 있었다.

료가가 도쿄에서 오카야마의 본가로 돌아온 것은 지난주, 8월 끝 무렵이었다.

"오카야마로 돌아가려고."

오봉 휴가가 한창일 때 료가에게서 그런 전화가 걸려왔다. 그러면서 정기 검진을 통해 림프절 전이가 새롭게 발견되었다는 사실도 함께 전했다. 앞으로 어떻게 할지, 본가로 돌아가서 차근차근 생각해보고 싶어. 그렇게 말하는 전화 너머의 료가는 침착했다. 도리어 교헤이 쪽이 동요해, 이야기 도중 몇 번이고 몇 번이고 목이 메었다.

휴대전화를 꺼내어 '오늘은 늦게 갈 거야'라고 아내 마사미에게 연락하고 있는데 료가가 눈을 떴다. 흰색 스웨트셔츠를 입고 있어서인지 창백한 얼굴이 한층 더 하얘 보였다.

"와 있었어?"

"어, 지금 막 왔어. 엄마는?"

"없으면 일하러 간 거겠지."

"그렇군. 배고파서 뭐 좀 얻어먹을까 했는데."

교헤이의 말에 료가는 "너는 맨날 배가 고프네. 옛날하고 똑같아" 하며 웃더니, 침대에 한쪽 손을 짚고 천천히 몸을 일으켰다.

엄마가 없는 집은 늘 고요하게 느껴졌다. 아무리 TV 음량을 크게 키운들, 게임 속 전자음이 울린들, 엄마가 없는 집은 어딘지 모르게 휑했다. 생전의 아빠나 형제 자신들이나, 집으로 돌아와 엄마의 모습이 보이지 않으면 꼭 "엄마는?" 하고 묻는 것이 예사였고, 그것은 지금도 마찬가지였다.

"나 오늘 교장실에 불려 갔어."

달리 할 말도 없었으므로 유쾌한 이야기는 아니지만

오늘 있었던 가장 큰 뉴스를 입 밖에 냈다.

"교장실에? 무슨 짓을 했길래."

아니나 다를까 료가가 몸을 앞으로 내밀며 물어 왔다.

"학생을 때렸어. 멱살 잡고 휘두르는 장면을 다른 학생이 촬영했대."

"바보냐?"

료가가 입을 크게 벌리고 웃기에, 가슴에 쌓여 있던 답답함이 조금 풀어졌다.

"바보라서 미안하다."

"왜 그런 건데."

"왜긴…… 말로 주의를 줘도 안 들으니까."

"학교는 괜찮아? 잘릴 일은 없어?"

"이 정도로 잘리진 않아. 때릴 것처럼 하긴 했지만 때린 건 아니니까."

"그렇다면 다행이고."

료가가 침대에서 내려와 소파 앞 탁자에 놓인 노트북을 펼쳤다. 이렇게 본가에서 시간을 보내고 있으니, 문득 지금이 오봉이라 료가가 귀성이라도 한 것처럼 느껴졌다.

"왜? 괜찮은 치료법 찾았어?"

교헤이는 등을 구부리고 노트북을 보고 있는 료가 옆에 앉았다.

"교헤이, 이거 어때 보여? 이 약이 암의 무한정 자가 복제능력을 소멸하고 정상세포로 되돌리는 작용을 하나 봐. 경성 위암*에도 사용한대."

료가가 열심히 검색 중인 것은 암을 대상으로 한, 이른바 미승인 약물이었다. 료가가 알아본 바로는 미국이나 유럽에서는 이미 허가가 났지만 일본에서는 승인되지 않은 암 치료제가 50가지도 넘는다고 한다. 료가는 그런 미승인된 신약 중에서 자신의 위암에 효과가 있음 직한 것을 찾고 있었다.

"지금 와서는 빼드렁니 이모가 고마워."

키보드를 두드리며 료가가 히죽 웃었다.

"빼드렁니 이모가 왜?"

빼드렁이 이모란 구라시키에 사는 엄마의 사촌 동생으로, 보험 회사에 다니고 있다. 일흔이 넘은 지금도 수완 좋은 보험설계사로 일하고 있으며, 형제가 마지막으로 만난 것은 4년 전 아빠의 장례식에서인데 할머니 집에는 왕왕 얼굴을 비추는 모양이다.

"빼드렁니 이모가 억지로 권유하는 바람에 취직하자마자 암 보험을 들었거든. 그 보험 덕에, 일을 쉬고 있는 지금도 경제적으로는 여유가 있으니까."

---

* 위 점막에서 시작되어 위벽의 근육층으로 퍼지는 위암.

"아아, 그렇군. 그러고 보면 나도 들었어, 암 보험. 그 이모의 권유는 누구도 피해갈 수 없으니까."

"그래도 고맙지. 지금은 들길 잘했다는 생각이야. 한 줄기 빛 같은 존재랄까."

재발했다고 해서 체념한 것은 아니다. 하루라도 빨리 일터로 복귀하고 싶다. 그렇게 말하는 료가의 옆얼굴을 보고 고개를 끄덕이며, 오늘 아침 있었던 일을 떠올리고 있었다. 지각하지 않겠다고 필사적으로 뛰어온 가지야 쇼스케를 말이다. 제시간에 올 리 없다. 그 자리에 있던 모두가 그렇게 생각하고 있었다. 수업 시작종은 이제 몇 초 뒤면 끝날 것이었다. 하지만 집합 장소인 모래판과 가지야의 거리는 50미터 가까이 떨어져 있었다.

가지야 쇼스케는 지각이군. 저 녀석이 뛰는 속도로는 제시간에 올 수 없어. 실은 교헤이 역시 마음속으로 그렇게 생각하고 있었다. 그런데 가지야가 체면 따위 신경 쓰지 않고 필사적으로 달려오는 모습을 보고 있으니 저도 모르게 '뛰어', '힘을 내' 하고 응원하는 마음이 생겼다. 어떻게든 될 것이다, 제시간에 올 수 있다, 포기하지 마라, 하고.

그래서였는지도 모른다. 아사이와 주위 남학생들의 웃음소리가 신경에 거슬렸다. 네가 가지야라면 어떨 것 같은가? 만일 네가 가지야의 입장이라면, 어떻게든 제시간에 가고자 전력을 다해 뛰지 않겠는가?

자지러지게 웃어대는 아사이의 모습을 보니 자신의 바람 또한 비웃음당한 기분이 들었던 것이다.

자신이 그런 식으로 가지야를 감싼 것은, 아사이를 향한 분노가 치민 것은, 머릿속에 죽을힘을 다해 치료에 맞서는 료가의 모습이 있었기 때문인지도 모른다.

노트북 키보드를 두드리는 소리가 방 안에 울리던 중, 현관 초인종 소리가 났다. 얼굴을 든 료가에게 "내가 나갔다 올게"라고 말한 뒤 거실을 나와 현관 쪽으로 걸어갔다.

"네."

현관의 미닫이문을 열어 밖을 내다보자 처음 보는 여성이 서 있었다. 나이는 엄마와 동년배이거나 조금 어린 정도일까. 묵직해 보이는 검은색 배낭을 메고 등산객 같은 분위기를 풍기고 있었다.

"죄송해요, 엄마가 지금 외출 중이셔서."

엄마의 친구인 듯한 여성에게 공손한 태도로 대했다. 위협적인 얼굴을 한 낯선 남자가 등장해서인지, 여성은 조금 놀란 표정으로 교헤이를 올려다보고 있었다.

"저, 방문 간호사 미치히라예요. 오늘 오후 일곱 시 약속 때문에 왔는데요."

"아, 그렇군요. 감사합니다. 안으로 들어오세요."

"저기…… 너, 혹시 교헤이 군이니?"

유니폼으로 보이는 에메랄드색 폴로셔츠에 카키색 치노 팬츠를 매치한 그 여성이 교헤이의 코언저리로 집게 손가락을 들이밀었다.

"네, 교헤이인데요."

"어쩜, 어머머, 맞네. 진짜 많이 컸다. 그래그래 야구, 아깝게도 고시엔은 못 갔지만 그래도 너무 잘했어. 지역 대회 결승전 때는 나도 머스캣 스타디움*으로 응원하러 갔었거든. 여기가 본가지, 참. 교헤이 군이 있어도 이상할 게 없구나."

엄청난 기세에 교헤이는 저도 모르게 뒷걸음질을 쳤다. 대체 누구지. 아는 간호사라고는 야다 정도밖에 떠오르지 않았다.

"저기……."

"나 기억 안 나니? 옛날에 초등학교 뒤에 있는 고지마 의원에서 일했잖아. 애들은 밋짱이라고 불렀고."

고지마 소아과의원이라면 잘 알고 있었다. 초등학생 때까지는 감기에 걸리면 늘 그 병원에서 달콤한 시럽 약

---

* 1995년에 건설된 일본 오카야마 현 구라시키 시市의 야구장을 일컫는 애칭으로, 정식 명칭은 '오카야마 현 구라시키 스포츠 공원 야구장'.

을 받았는데, 그것이 상당히 맛있었던 기억이 있다. 하지만 눈앞에 선 미치히라는 사람은 까맣게 잊고 있었다.

"아, 일단 들어오세요."

"고마워."

걷기 편해 보이는 감색 스니커즈를 현관 바닥에 벗고는 미치히라가 익숙한 모습으로 집으로 들어왔다. 이 집에 익숙해서라기보다 방문 간호사 일이 오래되었기 때문이리라. 아무런 위화감 없이 집 안 공기에 섞여 들어왔다.

"교헤이 군은 지금 뭐 하고 있어?"

"여기서 체육 선생님 하고 있어요."

"결혼은? 료가 군이랑 똑같이 아직 독신이니?"

"아뇨, 아내하고 딸이 둘 있어요."

"그래? 애아빠구나."

미치히라는 스스럼없이 이야기하며 복도를 걸어갔다. 그러다 거실로 이어지는 문 앞에 멈춰 서더니,

"그나저나, 지금도 료가 군이랑 똑 닮았네."

진심에서 우러난 말투로 이야기하며 교헤이의 얼굴을 바라보았다.

"도코 씨가 너를 처음 의원에 데리고 왔을 때는 얼마나 놀랐는지 몰라. 둘이 너무 닮아서, 료가 군이 쌍둥이였냐고 물었을 정도였지. 어른이 된 지금도 역시나 똑 닮았

어."

서글서글한 미치히라의 미소에 당황해하고 있는데 "안녕하세요" 하며 문이 열렸고, 안에서 료가가 얼굴을 내밀었다.

"어머 료가 군, 일어나 있었어? 지난번에는 자고 있더니."

"미치히라 씨 목소리에 깼어요. 그건 그렇고, 어제부터 허리가 아픈데요."

"허리? 왜 그럴까. 잠깐 좀 보자."

미치히라의 얼굴에서 웃음기가 가셨고, 교헤이와 주고받던 대화는 깡그리 잊은 듯 간호사의 얼굴이 되었다. 료가가 스웨트팬츠를 벗기 시작하기에 교헤이는 등을 돌려 복도로 나왔다. 그대로 현관을 통해 밖으로 나가 정원으로 갔다.

운동장 흙으로 더러워진 운동화 앞코를 바라보면서 천천히 정원을 걸었다. 그러고 보면 본가의 정원을 걷는 것이 몇 년 만인지 몰랐다. 부지는 그다지 넓지 않지만, 할아버지가 정원사였기 때문인지 엄마는 정원 가꾸기를 좋아했다. 자신들이 어릴 적부터 집 정원은 언제나 선명한 빛깔의 화초들로 가득했다. 지금도 분홍색, 하얀색 코스모스가 마당 한구석을 환하게 비추고 있었다.

"잡초를 뽑는 일하고 똑같아."

형제가 초등학생일 무렵이었을까. 엄마가 문득 그런 말을 했던 것이 떠올랐다. 잡초는 눈에 보였을 때 뽑아두는 게 좋단다. 그러면 정원은 늘 깨끗하게 유지되지. 잡초를 그냥 내버려 두면, 정원은 어느샌가 풀에 집어삼켜지고 말아. 잡초를 뽑겠다는 마음도 시들해져 가고, 잡초가 만연한 정원이 당연해지지. 급기야는 잡초가 잡초로 보이지 않게 돼.

"하루하루를 정성껏 살아간다는 건, 잡초를 뽑는 일하고 똑같아. 잡초가 모든 정원庭에 자라나는 것처럼 가정家庭이라는 정원에도 자라나거든. 그래서 엄마는 매일 이렇게 잡초를 뽑는 거야. 가족 모두의 마음에 언제나 깨끗한 정원이 있게끔."

엄마는 어떤 때에든 열심인 사람이었다. 다정한 사람이었다. 교복 만드는 봉제 공장에서 일하며 가족들을 위해 집을 가꾸고, 아무리 바빠도 자신의 손으로 요리를 해주었다. 나쁜 짓이라고는 무엇 하나 한 적이 없는 사람인데, 단 하나뿐인 아들이 암에 걸리다니…….

교헤이는 그 자리에 쭈그리고 앉아 흙에 손가락을 박아 넣으며 잡초 뿌리를 뽑았다. 엄마는 지금 어떤 마음일까. 눈에 보이는 잡초들을 뽑고 있다 보니 공연히 분한 마음이 들었고, 흙이 손톱 사이를 파고드는 것에도 아랑곳하지 않고 닥치는 대로 뽑아냈다. 네까짓 게 뭐라고. 우리 집 소중한 정원에 자라나고 난리야. 뚜둑뚜둑 잡초가 뜯기는 소리에 정신이 팔린 채, 이름도 모르는 풀을 연신 뽑아나갔다.

"그럼 내일모레 보자. 무슨 일 생기면 언제든 연락 주고."

현관 쪽에서 미치히라의 목소리가 났기에 뽑은 잡초를 양손에 든 채 앞뜰로 갔다.

"아, 참. 나중에 너희를 위한 서프라이즈가 있을 거야."

미치히라가 치노 팬츠 주머니에서 오토바이 열쇠를 꺼내며 교헤이와 료가의 얼굴을 번갈아 쳐다보았다.

"뭔가요, 서프라이즈란 게?"

료가가 묻자,

"그걸 말하면 서프라이즈가 아니지."

하며 얼버무렸다.

"그렇긴 하지만, 서프라이즈가 있을 거라고 말씀하신 시점에서 이미 서프라이즈가 아니잖아요. 그렇지, 교헤이?"

"깜짝 놀란 뒤에 용기가 나는 서프라이즈야. 그럼 다음

주에 봐. 무슨 일 있음 연락해."

기대치를 한껏 높이고는 미치히라가 담장 가까이 세워 둔 오토바이에 올라타 되돌아갔다. 교헤이와 료가는 도로까지 나와 미치히라를 배웅했고, 오토바이가 길모퉁이를 돎과 동시에 눈을 맞추었다.

"너 뭐 해?"

"뭐 하긴, 잡초 뽑고 있었는데."

"왜?"

"……그냥. 눈에 보이길래."

수상쩍어하는 료가의 시선에서 벗어나, 손에 들고 있던 잡초를 뒤뜰에 있는 플라스틱 양동이에 버리러 갔다. 집 안으로 들어가자 료가가 하얀 종이상자에서 병에 든 주스를 꺼내어 "이거 봐" 하며 교헤이에게 보여주었다.

"아, 그거 우에쿠사 농원 청포도 주스지?"

우에쿠사 농원은 엄마의 지인이 하는 포도 농가다. 엄마는 형제 중 한 명이 감기에 걸려 학교를 쉬면 이 청포도 주스를 사 오곤 했다.

"응. 이 나이에 우에쿠사 씨네 주스를 다시 마실 줄이야. 최근 10년 이상은, 음료 하면 커피나 맥주로 정해져 있었으니까."

부엌으로 가보니 료가가 선반에서 컵을 꺼내어 주스를

따르고 있었다. 그러고는 빨대로 주스를 찔끔찔끔 빨아 올리며 자못 맛있다는 얼굴을 하고 마셨다. "그러게"라고 대꾸하고, 교헤이는 냉장고를 열어 캔에 든 발포주를 꺼냈다가 도로 집어넣었다. 료가에게 무슨 일이 생기면 자신이 대처해야 하기 때문이었다. 더구나 이따가 차를 끌고 집에 가야 하므로 술을 마실 수는 없었다.

료가가 식탁 앞에 앉아 있었으므로 교헤이도 슬그머니 의자에 앉았다. 신기하게도 어린 시절부터 앉아온 자신의 자리에 앉게 된다. 료가와 교헤이는 마주 보고 앉고 료가는 아빠 옆, 교헤이는 엄마 옆이 지정석이었다. 교헤이 쪽이 손이 많이 가기에 엄마가 그렇게 앉혔던 모양이다.

눈앞에서는 료가가 찬찬히 시간을 들여 주스를 마시고 있었다. 차가운 음료를 마시거나 한꺼번에 많은 양을 먹을 수가 없다고 들었다. 겉으로 보기에는 아무것도 달라진 게 없지만, 료가의 위는 3분의 1밖에 남아 있지 않았다.

대화가 끊겼다. 거실에 있는 TV라도 켤까 싶어 일어서자 "배고프면 뭐라도 만들어줄까?" 하고 료가가 말했다.

"그래, 부탁할게. 점심에 도시락 먹고 아무것도 안 먹어서."

료가가 주스를 비우고 일어서서 조리대로 향했다. 엄

마가 항상 채소를 사서 보관해두는 바구니 안을 들여다보고 냉장고 문을 열더니 "소고기 감자조림 괜찮아?" 하고 물어 왔다.

"배가 찰 만한 거면 뭐든 좋아. 그보다 너, 요리할 줄 아냐?"

"당연하지. 주방에 일손이 부족할 때는 나도 거들었거든."

료가는 수돗물로 손을 씻은 다음 바구니 안에서 감자를 꺼내어 씻기 시작했다.

"엄마 올 때까지 기다려도 되는데."

문득 아픈 사람에게 요리를 부탁한다는 데 죄책감이 들어 말하자,

"퇴근하고 오면 피곤할 텐데, 나이도 먹을 만큼 먹은 아저씨 둘한테 밥까지 차려달라기도 미안하잖아. 나는 온종일 집에만 있으니까 이 정도는 해야지."

하고 료가가 고개를 저었다. 교헤이는 "그렇네" 하며 수긍하고는, 흥얼흥얼 콧노래를 부르며 감자 칼을 쥐는 료가의 뒷모습을 바라보고 있었다.

"그나저나 너, 미치히라 씨가 누군지 기억하고 있었어? 고지마 의원에 있던 간호사래."

미치히라의 이야기를 하자 료가는 감자 칼을 든 채 돌

아보았다.

“아니, 처음에는 몰랐어.”

“그치? 우리가 고지마 의원을 다닌 것도 기껏해야 열 두 살까지일 테니. 벌써 20년도 더 된 얘기야.”

그런데도 미치히라가 자신을 기억하고 있던 쪽이 기적에 가까웠다.

“근데 듣고 보면 어렴풋이 기억나긴 해. 밋짱이라고 불리던 간호사가 있었던 것 같아.”

“진짜? 난 전혀 모르겠는데.”

“뭐, 내가 너보다 11개월 먼저 태어났으니까. 네가 태어난 날에 나는 이미 걷고 있었어. 걸음마가 빨랐대.”

우쭐거리듯 말하더니, 료가는 눈 깜짝할 새에 감자 여섯 개의 껍질을 벗겨 잽싼 손놀림으로 싹을 제거해갔다. 조리기 전 전자레인지에 돌리면 잘 익는다며 바닥이 깊은 그릇에 담아 랩을 씌웠다.

“료가, 넌…….”

말하다 말고 입을 다물었다.

“응?”

땡 소리를 낸 전자레인지에서 그릇을 꺼내던 료가가 이쪽을 돌아보았다.

“아니, 아무것도 아냐.”

료가, 넌 날 낳은 사람의 얼굴을 기억해?

나보다 11개월 더 오래된 기억이 있을 거 아냐.

그렇게 말하려다 관두었다. 이 이야기는 두 번 다시 하지 말자. 그렇게 료가와 정했으니까.

"그러고 보니 미치히라 씨가, 지금도 나랑 네가 똑 닮았다고 그러더라."

교헤이도 조리대 쪽으로 가 료가 옆에 나란히 섰다. 료가는 냄비에 소 힘줄을 넣고 소고기를 볶고 있었다. 고기의 색깔이 바뀌었을 즈음 얇게 썬 양파를 넣고 익숙한 손놀림으로 휘저었다. 기름이 튀었고, 육즙 냄새가 진동했다.

"아무리 봐도 지금은 그렇게까진 안 닮았는데. 체격도 너무 다르잖아."

"그러게. 얼굴 생김새를 말하는 거겠지만. 그건 그렇고 냄새 좋다. 배고파."

냄비 안에 든 고기를 보는 체하며 은근슬쩍 료가의 옆얼굴로 눈길을 주었다. 가스레인지의 파란 불꽃을 쳐다보는 진지한 료가의 표정이, 그날의 일을 떠올리게 했다.

"너는 어떻게 하고 싶어?"

그렇게 운을 뗀 료가는 그해 봄, 막 열여섯 살이 된 참이었다. 물론 교헤이 역시 료가와 마찬가지로 고등학교 1학년이었다. 교헤이와 료가는 자신들의 방에서 무릎을 꿇고 마주 앉아 있었다. 산모수첩을 카펫 위에 올려둔 채, 진지한 표정으로 얼굴을 맞대고 있었다.

그 산모수첩은 자신의 집이 아닌 엄마의 본가에서 발견한 것이었다. 엄마 심부름으로, 완성된 할아버지의 유카타*를 가지고 할머니 집에 들렀을 때 우연히 목격한 것이었다.

그날, 교헤이는 꾀를 부려 현관이 아닌 뒤뜰을 통해 할머니 집으로 들어갔다. 귤나무 사이를 누비며 안채로 다가가자 정원 너머로 할머니의 모습이 보였다. 할머니는 툇마루가 있는 부쓰마**에서 홀로 무릎을 꿇고 있었다. 교헤이는 저도 모르게 발을 멈추었다. 불단을 앞에 두고 할머니가 눈물을 흘리고 있었기 때문이다.

할머니……?

할머니는 가슴에 조그마한 책 같은 것을 두 손으로 포개고, 무릎을 꿇은 채 몸을 앞으로 기울이고 있었다.

"할머니."

몇 번인가 말을 걸었으나 귀가 어두워져 가던 할머니

---

* 홑겹의 기모노.

** 불단이나 위패를 안치한 방.

곁까지는 닿지 않았다. 교헤이는 한동안 귤나무 그림자에서, 흐느껴 우는 할머니와 피어오르는 선향의 연기를 꼼짝 않고 바라보고 있었다.

이윽고 할머니는 정신을 가다듬듯 앞치마 소매로 눈을 비비더니 천천히 몸을 일으켰다. 할머니가 부쓰마를 나감과 동시에 교헤이는 발소리를 죽여 정원을 가로질렀다. 그리고 툇마루에 올라 부쓰마로 들어갔다.

왜 그런 짓을 했을까……. 하지만 어째서인지 심장이 쿵쾅거려 못 본 체할 수 없었다.

불단 아래쪽에 있는 작은 서랍을 슬쩍 앞으로 당겼다. 할머니가 가슴에 품고 있던 무언갈 그 서랍 안에 넣는 모습을 교헤이는 지켜보고 있었던 것이다.

서랍 안에는 경전이랄지, 구불구불한 글씨로 불경 같은 것이 적힌 책자가 들어 있었다. 교헤이는 그보다 더 아래쪽을 살폈다. 경전 아래엔 상자에 든 선향이 있었고, 그 상자로 감춰놓다시피 한 낡은 '산모수첩'이 들어 있었다.

이거다. 틀림없다. 방금 할머니가 들고 있던 것은 이 수첩임이 분명하다.

주저 없이 손에 들어 펼쳐보았다. '사사모토 교헤이'. 그곳에는 자신의 이름이 있었다. 뭐야, 내 산모수첩이잖아. 체중 1890그램. 신장 42.0센티미터. 볼펜 글씨로 교헤이의 출생 당시 키와 몸무게가 적혀 있었다. 미숙아였다고는 들었지만 그 점을 감안하더라도 상당히 작았다. 나 참, 할머니는 이걸 보고서 울고 있던 거야? 하여간 노인네는 못 말린다니까. 지금은 이렇게나 많이 컸는데. 맥이 빠져 순식간에 흥미를 잃었고 그대로 수첩을 다시 서랍 안에 돌려놓으려 한 순간, 덜컥했다. 그렇다, 덜컥. 누군가 자신의 머리를 움켜잡고 억지로 목을 구부린 듯한 그런 감각.

엄마의 이름이 달랐다.

엄마의 이름은 사사모토 도코여야 했다.

그런데 그 수첩에는 '사사모토 오토'라고 적혀 있었다.

처음에는 그저 실수인가 싶었다. 산부인과 의사나 조산사가 잘못 적은 것일지도 모른다고. 하지만 차례차례 페이지를 넘기는 사이 이건 '사사모토 오토'의 기록임이 틀림없음을 확신했다. 사사모토 오토라는 여자가 남자아이를 낳고, 길렀던 기록. 우습게도 처음 몇 초 동안은 이 세상에 '사사모토 교헤이'라는 이름의 아이가 또 한 명 있는 것인가 생각했다. 사사모토 오토라는 여자가 낳은, 자신과는 다른 사사모토 교헤이가.

그러나 뚜껑에 '사사모토 오토'라고 적힌, 성냥 크기의 작은 상자를 발견했을 때 모든 것이 확실해지고 말았다.

그 작은 오동나무 상자에는 건조된 나무뿌리 같은 것이 들어 있었다. 그리고 상자 안에 딸려 있던 조그마한 화지和紙*에는 '장남 교헤이의 탯줄'이라고, 금방이라도 지워져 버릴 것처럼 검은색 매직으로 쓰여 있었다.

유카타를 툇마루에 두었다. 산모수첩을 챙겨 할머니 얼굴도 보지 않고 뒤뜰을 통해 뛰쳐나왔다. 집으로 돌아가는 길, 교헤이는 같은 야구부에 학년 중 성적이 가장 좋은 모로타의 집을 찾아가 '어떻게 하면 자신의 출생을 알 수 있는지' 물었다. 모로타는 선뜻 '그러려면 호적 등본을 보면 된다'고 말했고, 관공서에서 호적 등본 떼는 법을 찾아 종이에 적어주었다.

호적에는 교헤이가 사사모토 오토의 장남이라는 사실은 적혀 있지 않았다. 조금…… 아니, 무척이나 안심했다. 그러나 며칠이 지나고 또다시 모로타의 집을 찾아갔다. 그러고는 '가령 원래는 양자이지만 호적에는 그 사실이 남지 않는 경우가 있는지' 질문했다. "왜 그래, 무슨 일 있어?" 하고 모로타가 걱정스러운 듯 묻기에 "우리 사촌형이 여러모로 고민이 좀 많아서"라며 둘러대자, 그는 친절하게도 변호사인 아버지에게 전화를 걸어주었다. 모로타와 비슷한 정도로 친절한 그 아버지는, 새로 생긴 양자

* 일본식 종이.

결연의 형태로 '특별양자결연*'이라는 제도가 있음을 알려 주었다. 이 제도로는 호적을 확인하는 것만으론 양자라는 사실을 알 수 없다. 다만 쇼와 63년1988년에 시행된 새로운 제도이므로 적용된 인원수는 적다고도 말했다.

"너희 사촌 형이 몇 살이야? 우리가 쇼와 62년1987년생이니까, 만약 우리랑 동갑이거나 우리보다 연상이라면 그 제도는 간발의 차로 활용할 수 없어. 너무 지나친 생각이라고 얘기해줘."

하고 모로타는 마음을 써주었지만, 빠른 연생인 교헤이는 쇼와 63년 3월생이었다**.

나는 부모님의 친자식이 아니다.

그렇게 확신했을 때는 몸 안의 힘이 빠져나가는 듯한, 발아래에 있는 땅이 사라져버린 듯한 그런 감각이었다. 이제껏 믿어온 모든 것들이 허구 같았고, 사사모토 교헤이라는 자신의 이름마저 작위적으로 느껴졌다.

그로부터 며칠이 지난 일요일, 낚시를 하고 돌아온 료가에게 교헤이는 할머니 집에서 들고나온 산모수첩을 보여주었다. 누군가에게 털어놓지 않고 혼자서 끌어안고

* 양자와 친부모와의 관계를 종료시키고, 양자를 양부모의 친자와 동일하게 취급하도록 하는 일본의 입양 제도.

** 일본은 1월 1일에서 4월 1일 사이에 태어난 사람을 빠른 연생으로 친다.

있을 만한 사실이 아니었기 때문이다. 그런데 그 이야기를 할 상대는 료가 이외엔 생각할 수 없었다.

교헤이가 내민 산모수첩을 본 료가는 얼마간 입을 다물고 있었다. 그러더니 이내,

"너는 어떻게 하고 싶어?"

하고 물어 왔다. 다정한 어조였다.

교헤이는 '이 이야기는 엄마 아빠에겐 하고 싶지 않다'고 대답했다. '할머니나 할아버지에게도 자신이 산모수첩을 봐버렸다는 말을 하고 싶지 않다. 지금 이대로의 가족으로 있고 싶다'고.

료가는 교헤이의 말에 고개를 끄덕이고는, 자신도 그러는 편이 좋을 것 같다고 진지한 얼굴로 말했다. 그렇게 둘은 '이 이야기는 두 번 다시 하지 말자'고 정한 뒤 산모수첩을 할머니 집 불단 서랍에 돌려놓았고, 이날 이때까지 무엇 하나 달라진 것 없는 생활을 보내온 것이었다.

다만, 지금의 부모님이 친부모가 아니라면 진짜 부모는 어디에 있는 것일까. 사사모토 오토의 행방을 알고 싶은 마음만은 억누를 수 없었다. 그래서 료가에게도 말하지 않고 외가 쪽 친척 집을 찾아간 적이 있었다. 보험설계사로 일하는 엄마의 사촌 동생, 빼드렁니 이모가 사는 구라시키를 혼자서 찾아갔다. 빼드렁니 이모는 집에 수

시로 드나드는 것치곤 엄마와 그렇게까지 돈독한 사이는 아니었다. 그런 이모라면 숨김없이 이야기해주리라 생각했고, 그 예감은 들어맞았다. 이모가 알고 있는 사실은 그리 많지 않았지만, 그럼에도 교헤이가 궁금해했던 사실 중 몇 가지는 들을 수 있었다.

교헤이를 낳은 사사모토 오토는 엄마의 쌍둥이 여동생이며, 아버지는 불명.

사사모토 오토란 사람이 더는 이 세상에 없다는 사실을 알았을 때만 교헤이의 눈에서 눈물이 흘러내렸다.

"소고기 감자조림 다 됐어."

료가가 냄비를 식탁으로 날랐다.

"벌써 다 됐어? 아직 15분밖에 안 됐잖아. 더 안 조려도 돼?"

"이게 압력 냄비라서, 이렇게 말해도 모르겠구나. 압력 냄비를 쓰면 찜 요리도 순식간에 완성되거든."

료가가 깊은 접시에 소고기 감자조림을 담았다. 조린 국물의 매콤달콤한 향이 더할 나위 없이 좋았다.

"그렇게 많이 먹어도 괜찮냐?"

조금씩 나눠서 먹을 거야, 라는 것치고 료가는 자신의 그릇에 꽤 많은 양의 소고기 감자조림을 푸고 있었다. 감자는 둘째치고 고기의 양이 엄청났다. 교헤이보다도 많은 정도였다.

"요즘 들어 괜히 고기가 먹고 싶어. 도쿄 병원에서 항암제 치료를 했을 때는 식욕이 전혀 없어서 아무것도 못 먹었거든? 근데 지금은 거짓말처럼 배가 고파. 그게 왠지 고맙달까."

"뭐, 그렇다면야……. 그래도 고기 먹고 나면 아프진 않아?"

"조금씩 먹으면 괜찮아. 너, 나가이 가후라고 알아?"

"우리 동창이야?"

"옛날 문호文豪 말이야. 나가이 가후는 위궤양으로 죽었다는데, 죽기 전날 먹은 게 돈가스 덮밥이었대."

여윈 몸에 흰 바탕의 유카타를 두른 문호. 해쓱한 얼굴을 한 그가, 죽기 전날 돈가스 덮밥을 먹는 광경을 머릿속에 그려보았다.

"문호 아니랄까 봐 호쾌豪快하네."

"응. 나도 그런 게 좋다고 생각해. 병에 걸렸다고 해서 병자처럼 살고 싶지는 않아."

젓가락을 든 손을 멈추고 아주 잠깐 료가의 얼굴을 바라보았다. 료가는 진지한 얼굴로 고개를 끄덕이더니, 어깨 힘을 쑥 빼고 표정을 풀었다.

"이런 말을 엄마한테는 좀체 못 하겠더라고. 그래서 교헤이, 너한테 부탁하고 싶어. 어려울 수 있는데, 내 병이 나을 거라고 생각해줬으면 좋겠어. 주위에 있는 모든 사람이 나를 배려해주거든. 말 한마디를 건넬 때든 언제든, 내가 더는 나을 가망이 없는 암 환자라는 생각으로 조심스럽고 신중하게. 근데 그런 배려를 받으면 내가 어떻게 행동해야 할지 모르겠어. 비웃을지도 모르지만, 나는 아직도 내 병이 나을 거라고 생각하거든. 진심으로 말이야. 그러니까…… 부탁할게."

부탁할게, 라고 말하는 료가의 목소리가 갈라져 있었다. 이대로 울음을 터뜨리려나 싶어 숨을 멈추었는데, 료가는 시선을 떨구기만 할 뿐 눈물은 보이지 않았다. 그러고 보면 할아버지가 돌아가신 날 외에 료가가 우는 모습을 본 적이 없었다.

"그런 부탁 안 해도, 난 네가 나을 거라고 믿고 있어. 너보다 더 그렇게 생각하고 있어."

"그래?"

"그래."

그러고 나서 둘은 묵묵히 소고기 감자조림을 먹었다. 교헤이가 싱크대에서 빈 접시를 닦고 있던 중 전화벨이 울렸다. 엄마였다.

"어머, 교헤이 와 있었니?"

"응. 지금 료가가 소고기 감자조림 해줘서 먹고 있었어."

"그랬구나. 엄마, 할머니 집 들렀다 가느라 평소보다 한 시간쯤 늦을 거야."

"알았어. 료가 바꿔줄까?"

"응, 바꿔줘."

수화기를 건네자 료가와 엄마는 얼마간 긴 이야기를 나누었다. 무슨 이야기를 하는지 궁금했지만 분명 실없는 대화일 터였다. 료가는 속이 깊어서, 엄마가 슬퍼할 만한 말은 입 밖에 내지 않는다.

"저기 교헤이, 지금 할머니 집에 좀 데려다줄래? 여기 오고 나서 할머니를 아직 한 번도 못 봤거든."

전화를 끊으며 료가가 교헤이를 돌아보았다. 할머니 집이든 어디든 가고 싶은 곳이라면 다 데려다줄게. 그렇게 호들갑을 떨까 했지만 괜한 배려는 하지 않기로 하고 "어, 알겠어"라고만 담백하게 대꾸한 뒤 주머니에서 차 키를 꺼냈다.

조수석에 료가를 태우고 논을 따라 난 지름길을 달렸다. 벼 베기를 끝낸 논에는 불놓기를 하고 난 검은 재가 남아 있어 어디선가 볏짚 타는 냄새가 났다. 밖은 어두웠고, 눈에 비치는 것이라곤 짙은 붉은색을 띤 꽃무릇 정도였다. 료가는 집을 나오고부터 내내 말이 없었는데, 속이 불편해서도 아니고 그저 창밖을 바라보고 있었다. 뭐가 들었는지, 감색 토트백을 소중하다는 듯 무릎 위에 올려놓고 있었다.

"역시 시골은 참 좋아."

수확이 끝난 논에 시선을 주며 료가가 나직이 중얼거렸다.

"낮은 산이 마을을 빙 둘러싸고 있어서, 왠지 모르게 보호를 받는 듯한 기분이야."

도쿄로 나오고 나서 고향의 어떤 점이 좋았는지를 확실히 알게 됐다며 료가가 웃었다.

"낮은 산이더라도 산은 무서워. 난 등산은 두 번 다시 하고 싶지 않아."

중학교 졸업식을 코앞에 둔 3월, 아빠와 료가와 셋이서 설산에 올랐다. 해발 1000미터 정도의, 어린아이도 너끈히 오를 수 있는 산이었다. 그런데 그 산에서 교헤이는 료가와 함께 조난을 당했다. 다행히 텐트는 가지고 있었다. 교헤이는 그야말로 무용지물이었지만, 료가가 설치 방법을 기억하고 있던 덕에 그날 밤은 텐트 안에서 보냈다. 등과 등을 딱 붙이고 둘이 한 침낭에 들어간 채로 말이다. 등에 느껴지는 료가의 체온은 사람이 내뿜는 에너지 그 자체였고, 꺾일 것만 같았던 교헤이의 마음을 그럭저럭 북돋아 주었다.

"료가."

교헤이는 지금껏 내내 묻고 싶었지만 도무지 할 수 없었던 이야기를 입 밖에 내려 했다.

"왜?"

"좀 물어보고 싶은 게 있는데."

언젠가 물어봐야겠다고 생각해왔는데, 그 언젠가는 지금밖에 없을 것 같은 기분이 들었다.

차는 논에 난 좁다란 길을 지나 큰길로 들어섰다. 눈앞에 운동장이 보였다. 소년 야구를 하던 때의 연습장이었다. 주말이면 자전거를 타고 이곳에 드나들었고, 연습 후에는 곧장 할머니 집으로 갔다. 할머니가 만든 저녁밥을 먹고, 목욕까지 마치고 포근한 기분으로 있을 때 엄마가 데리러 왔다. 그것이 거의 매주 주말마다 하던 일과였다. 그러고 보면 할머니는 늘 연습을 보러 왔었다. 보리차며 레몬 꿀절임이며, 여러 간식을 싸 들고 찾아오는 할머니는 어느새 명물 할머니라 불리며 고지마 파이터즈의 마스코트급 존재가 되어 있었다.

"할머니, 맨날 저 근처에 앉아 있었지."

같은 기억을 떠올리고 있었는지 료가가 펜스 바깥쪽의 나무 벤치를 가리켰다. 수돗가 바로 옆에 놓인 벤치가 할머니가 즐겨 앉는 자리였다.

"그랬지. 저기가 지정석이었고."

교헤이는 액셀에서 발을 떼어 속도를 늦췄다. 뒤에 오는 차량이 없었으므로 시속 20킬로미터로 서행하며 운동장 옆을 지나쳐 갔다. 이미 늦은 시간이라 그런지 운동장에 사람의 모습은 없었다.

"야, 료가. 네가 고등학교 때 야구를 관둔 건 발 때문이냐? 발가락을 다쳐서……."

설산에서 조난되었을 때 료가는 발에 동상을 입었다. 다행히 절단은 면했으나 발가락이 밀랍처럼 하얗게 변색된 데다 변형까지 되었다. 료가가 그렇게 된 것은 자신 탓이었다. 교헤이가 부주의하게 등산화를 적시고 만 나머지 료가가 자신의 것과 바꾸어주었기 때문이다. 교헤이가 고등학교와 대학에서 야구를 계속할 수 있었던 것도, 체육 선생님이 될 수 있었던 것도, 그날 료가가 자신을 구해주었기 때문이었다.

"아니. 야구는 이제 됐다고 생각해서 관뒀을 뿐이야. 다쳤든 아니든, 고등학교 가서도 야구를 계속할 마음은 없었어. ……혹시 네가 물어보고 싶다는 게 그거야?"

본심을 숨기는 기색도 없이 료가가 대답했다. 그렇게 잘하지도 못했고, 라며 웃고 있었다.

"미안. 발 다친 거, 실은 계속 신경 쓰였는데 내가 사과를 제대로 못 했어."

"무슨, 사과할 거 없다니까."

조난된 그날부터 내내 말하지 못했던 "미안"을, 20년 가까운 세월이 흘러서야 가까스로 입에 담을 수 있었다.

도로는 산기슭으로 이어져 있었다. 바로 근처에 강이 있었고, 강줄기를 따라 서쪽으로 나아가자 울창하게 우거진 잡목림이 보이기 시작했다. 료가는 창문을 열고 논두렁 가장자리의 화톳불을 바라보며 콧노래를 흥얼거리고 있었다. 오랜만에 하는 외출일 것이다. 즐거워 보였다. 종종 이렇게 밖으로 데리고 나가야겠군. 그렇게 생각하며 교헤이는 운전석 쪽 창문도 열어 바람이 통하게 했다.

"냄새 좋다."

"그냥 흙냄샌데. 그리고 논두렁 태우는 냄새가."

"마음이 차분해져."

료가가 그렇게 말하기에 교헤이는 더욱더 속도를 늦춰 유원지의 고카트와 비슷한 속도로 산골짜기 길을 달렸다. 즐거워하는 목소리를 듣고 있으니 짐짓 료가가 아프다는 사실을 잊어버릴 것만 같았다. 그런데 이처럼 단둘이 보내는 시간이 생긴 것은 료가가 아프고부터였고, 만일 이제까지 지내온 대로라면 예전 일을 사과할 기회 따위 평생토록 오지 않았을지도 모른다.

엄마 아빠가 진짜 부모가 아님을 알게 된 고등학교 1학년 여름을 기점으로 교헤이는 달라졌다. 간단히 말하면 부모님에게 감사하는 마음이 깊어졌다. 엄마와는 어느 정도 같은 핏줄이며 할머니 할아버지에게 있어서도 자신은 피를 이어받은 손자다. 그러나 아빠와의 혈연은 없다. 아빠의 유전자를 자신은 조금도 물려받지 않았다. 어릴 적부터 아빠는 인자한 사람이었지만, 사실을 알고 난 뒤에는 그가 인간으로서 지닌 그릇의 크기를 깨닫게 되었다.

나를 길러준 부모님을 위해 훌륭한 아들이 되어야겠다.

여름 방학 내내 고민했고, 오로지 생각했다. 그리고 그런 결론을 내렸다. 하지만 그러려면 뭘 어떻게 해야 하는지 몰라 지금까지 해온 것 이상으로 야구에 몰두했다. 자신이 할 수 있는 일은 그것밖에 없었던 것이다. 이 애를 맡길 잘했다, 키우길 잘했다고 생각될 수 있도록 애쓰는 수밖에 없었다.

그러기 전까지도 노력해오지 않은 것은 아니었으나,

이 일이 있고부터는 '야구 바보'라며 주위 사람들이 혀를 내두를 정도로 매일 연습에 빠져 지냈다. 재밌다든지, 이기고 싶다든지, 고시엔에 가고 싶다든지. 이제는 그런 마음 때문이 아니었고, 그저 자신의 가치는 야구에만 존재한다고 굳게 믿고 있었다.

다행인 건 노력하면 할수록 결과가 뒤따랐다는 것이다. 2학년에 나간 추계 대회에서 현縣 우승을 차지했을 때는 고시엔이 더 이상 꿈같은 이야기가 아니게 되었다. 양쪽 어깨에 지워지는 기대의 무게는 곧 스스로의 가치와 같이 여겨졌고, 그로 인해 한층 더 노력을 거듭했다.

엄마 아빠 모두 공식전은 물론 연습 경기에까지 응원하러 와주었다. 부모님에게 칭찬을 받으면 아들임을 인정받은 듯한 기분에 뿌듯했고, 료가와의 격차를 약간이나마 좁힌 것 같은 느낌을 받았다. 료가는 자신을 한결같이 응원해주었는데 이 무렵의 교헤이는 부모님의 눈을 자신에게로 돌릴 궁리만 하고 있었다.

그런데 성인이 되고, 자신 또한 두 딸을 둔 부모가 되고 나니 불현듯 이런 생각이 들었다. 부모님은 진심으로, 마음 깊은 곳에서 교헤이의 활약을 기뻐해주었을까. 교헤이가 빛을 받을수록 료가의 존재는 그림자로 내밀렸으니, 그런 아들을 측은하게 여기지는 않았을까 하는 생각이.

잡목림을 빠져나오자 할머니 집의 대나무 울타리가 보이기 시작했다. 이 대나무 울타리는 정원사였던 할아버지가 손수 만든 것으로, 정식 명칭은 겐닌지가키*라고 한다.

"할머니 집 오랜만이네. 반갑다, 저 울타리."

료가가 창문 밖으로 얼굴을 내밀고 들뜬 목소리를 냈다.

"그러게. 할아버지가 직접 만든 거."

"너 기억나? 저 겐닌지가키, 완성하기까지 엄청 오래 걸렸어. 대나무를 네 등분해서 빈틈없이 늘어놓고, 종려승棕櫚繩**으로 동여매고. 나는 정면만 하자고 했는데, 할아버지가 집 주위를 온통 둘러칠 거라고 고집을 부렸지."

듣고 보니 대나무 울타리를 만들 때 료가가 거들었던 것 같다. '같다'인 이유는 확실하게는 기억나지 않기 때문이다. 자신의 고등학교 생활은 오로지 야구뿐이었던지라 사실 야구 이외의 기억은 거의 남아 있지 않았다. 아침에 일어나면 아침 훈련을 가고, 수업 중에는 잠을 보충하고, 방과 후에는 또다시 연습을 이어갔다. 집으로 돌아와서는 달리기를 하러 나가 있었으므로 가족들이 뭘 하며 지내는지조차 모르는 나날이었다.

울타리 가까이 차를 대고 내리려는데, "이제는 알겠어"

* 일본 교토의 '겐닌지'라는 인물이 고안한 방식으로 엮은 대나무 울타리.

** 종려털로 꼰 줄.

하고 료가가 중얼거렸다. 들릴락 말락 하는 작은 목소리라 혼잣말인가 싶었지만 "뭐가?" 하며 뒤를 돌아보았다.

"할아버지, 이 울타리를 만든 다음 달에 돌아가셨잖아."

"그랬나."

"응. 완성한 날이 2005년 9월 13일이야. 그리고 할아버지가 돌아가신 게 그다음 달인 10월 15일. 우리 고3 때."

"기억력도 좋다."

"할아버지는 자기가 곧 죽는다는 걸 알고 있었던 거야. 그래서 그렇게 서두른 거였어."

대나무 자재를 취급하는 지인에게 연락해 대나무를 구매한 것이 7월. 그 후 한여름 무더위 속에서 작업에 몰두했고, 두 달에 걸쳐 완성했다. 여름 방학이라 자신도 조금은 거들었지만 자신이 한 일은 할아버지가 한 일의 절반도 되지 않는다며 료가가 울타리로 시선을 주었다.

"근데 할아버지는 심근경색으로 돌아가셨잖아. 그건 갑자기 일어나는 거 아냐?"

"할아버지는 두 번째였으니까."

"그랬어?"

"그해 봄에도 가벼운 심근경색을 일으켰잖아."

"그렇긴 한데, 그땐 나았잖아."

"아니야. 목숨은 건졌지만 그건 나은 게 아니야. 병원

간호사가 그랬어. 한 번 심근경색을 일으킨 사람이 재발하면 다음번에는 십중팔구 손쓸 방법이 없다고. 할아버지는 그걸 알고 서둘렀던 건지도 몰라."

"그게 왜 울타린데? 임종을 예감했다면, 좀 더, 그래, 할머니랑 온천 여행이라도 가든가, 엄마랑 같이 좋아하는 사찰 순례라도 하면서 보내야지. 겐닌지가키 같은 건 굳이 안 만들어도 되잖아."

교헤이는 말하면서 햇볕에 그을린 할아버지의 얼굴을 떠올리고 있었다. 기분이 좋고 나쁨과 상관없이 미간에 팬 주름 탓에 늘 화난 표정을 짓고 있는 사람이었다. 무언갈 물어봐도 쌀쌀맞은 대답만 돌아왔고, 장난을 치면 가차 없이 야단맞았다. 그래서 교헤이는 사실 할아버지를 할머니만큼 좋아하진 않았다.

"이 대나무 울타리는 할아버지 그 자체거든."

시간을 들여 천천히 차에서 내린 료가는 대나무 울타리에 손을 얹더니 한동안 가만히 멈춰 서 있었다.

"자기가 곧 이 세상에서 사라질 걸 알아서, 그래서 이 튼튼한 울타리를 만든 거야. 앞으로 살아갈 할머니를 보호하려고."

이제야 겨우 할아버지의 마음을 알았어, 하고 료가는 고개를 끄덕이며 대나무 울타리를 쓰다듬었다. 교헤이는 료가의 등 너머로 할아버지가 한 마지막 일을 바라보았다.

할아버지가 두 번째 심근경색으로 쓰러진 날, 교헤이와 료가는 고등학교에서 곧장 병원으로 달려갔다. 병원까지는 학교에서 도보로 약 20분 거리였으므로 자신과 마찬가지로 선생님으로부터 호출을 받은 료가와 함께 뛰어서 갔다. 한 번도 쉬지 않고 계속해서 뛰었고, 료가는 턱을 들고 괴로운 표정을 지으면서도 뒤처지지 않고 따라왔다.

"할아버지!"

숨을 헐떡이며 개인 병실로 뛰어들었을 때, 다행히도 할아버지는 아직 의식이 있었다.

"할아버지, 안 돼. 할머니를 두고 가면 안 돼!"

료가가 소리치자 할아버지의 턱이 미세하게 움직였다. 엄마가 차분한 손놀림으로 산소마스크를 벗겨,

"아빠, 료가랑 교헤이가 왔어요. 두 형제가 같이 와 있어요."

하고 할아버지의 귓가에 속삭였다.

마지막 남은 힘을 짜냈을 것이다. 할아버지가 고통스러운 듯 입을 떼고는 "……요" 하고 불렀다. 할아버지는 어릴 적부터 교헤이를 '교', 료가를 '료'라고 부르곤 했다. 두 사람 중 어느 쪽을 부른 것인지 확실치 않았지만

료가가 먼저 침대로 달려들어,

"뭐라고, 할아버지?"

손을 잡고 자신의 귀를 할아버지의 입술에 가져다 댔다. 할아버지가 료가의 귓가에 무슨 말을 내뱉는 모습을, 교헤이는 조금 떨어진 곳에서 바라보고 있었다.

"저기, 료가."

대나무 울타리에 손을 댄 채 현관으로 걸어가는 료가의 등에 대고 말을 붙였다.

"왜?"

"그때, 할아버지가 너한테 뭐라고 했어?"

"그때라니?"

"할아버지가 돌아가실 때, 너한테도 무슨 말을 했잖아. 할아버지, 나랑 너한테 마지막 말을 각각 남겼으니까."

"그렇게 오래된 얘길 뭣 하러. 벌써 16년도 더 된 일인데."

대나무와 대나무를 묶은 종려승이 느슨해져 있었는지 료가가 단단히 고쳐 맸다. 근육의 힘이 약해진 탓이리라. 줄을 묶기만 할 뿐인데도 어금니를 악물고 힘을 쏟아내고 있었다. 그렇지만 교헤이는 손을 대지 않았다. 이 대나무 울타리는 료가와 할아버지 둘이서 만든 것이니까.

"알려줘, 할아버지가 한 마지막 말."

"고맙다는 말을 들은 것뿐이야, 울타리 만들 때 도운 거……."

울타리가 완성되기 전까지 할머니 집 주위에 담장은 없었고, 가리개 대신 귤나무를 심어놓았을 뿐이었다. 그래서 길고양이가 들어오거나, 태풍 때는 어디선가 쓰레기통이며 비닐하우스 지붕 따위가 날아오거나 해서 정원이 더럽혀지곤 했었다. 할아버지는 그것이 내내 마음에 걸렸다고 한다.

"그리고, 잘 부탁한다고."

"부탁? 뭘?"

"너 말이야. 할아버지는 마지막까지 너를 걱정했어. 너는 할아버지를 닮아서 성질이 사나운 구석이 있다면서."

감색의 작업용 외투를 걸치고 툇마루에서 도구 손질을 하던 할아버지를 떠올려보았다. 무뚝뚝하고, 고집이 세고, 성미가 급하고. 하지만 이따금 슬픈 눈을 한 채 자신을 바라보곤 했다. 교헤이 안에서 죽은 딸의 모습을 찾고 있던 것일까. 그런 할아버지가 자신에게 남긴 마지막 말은 "엄마 아빠에게 감사하거라"였다.

료가의 옆에 서서 울타리를 따라 걷고 있는데 현관으로 사람이 나오는 게 보였다. 만날 때마다 쭈그러드는 할머니 도미가 울상을 하고 서 있었다.

"료짱……."

도미가 불안정한 걸음으로 료가에게 다가왔다. 그러고는 체중을 싣다시피 료가의 몸에 팔을 둘렀다.

"료짱, 료짱, 아아…… 료짱."

"할머니, 울 거 없어. 나는 멀쩡하니까. 할머니, 안으로 들어가자, 선물 있어."

불단에 모셔둔 할아버지 사진 앞에 손을 모은 후, 료가는 할머니와 마주 앉아 이야기를 시작했다. 토트백에 넣어 온 건 그림 양초 기념품으로, 가게 종업원들과 후쿠시마 현 아이즈로 여행을 갔을 때 사놓은 것이라고 한다. "하나하나 수작업으로 그린 거야." "이건 도라지꽃이고, 이건 벚꽃." 할머니는 양초의 그림을 설명하는 료가의 얼굴을 흐뭇하게 바라보더니, 짧게 깎은 머리를 만지며 "야구 할 적 같네" 하고 웃었다. 즐거워 보이는 둘을 부쓰마에 남겨두고, 교헤이는 엄마가 있는 거실로 자리를 옮겼다.

"교헤이, 고마워. 료가 데리고 와줘서."

탁자 앞에 앉아 있던 엄마가 발소리를 알아채고 얼굴을 들었다.

"응."

대답하면서 엄마가 앉은 맞은편 의자에 앉았다. 엄마

는 돋보기안경을 쓰고 무슨 책을 열심히 읽고 있었다. 손을 뻗어 책 표지를 확인하니 암 식이요법에 관한 것이었다. 요즘 들어 엄마는 이런 종류의 책만 사고 있었다.

"맞다. 오늘 미치히라 씬가 하는 간호사분이 집에 왔었어."

책장을 넘기던 엄마의 손이 멈추었고, 가는 목덜미에 힘이 들어갔다.

"참, 오늘 미치히라 씨 오시는 날이었지. 너도 만났니? 무슨 말 하시던?"

"아니, 아무 말 없었어. 나랑은 인사만 했고."

"그래……."

엄마가 어깨 힘을 빼며 시선을 다시 책으로 돌리는 것을 보고 교헤이는 탁자 위에 놓여 있던 센베이*에 손을 뻗었다. 어색한 침묵을 깨려고 큰 소리를 내며 센베이를 씹어 으깼다.

"아아, 근데 서프라이즈 어쩌고 하던데."

"서프라이즈가 뭐야?"

"놀라게 만든다고. 미치히라 씨가 나중에 우릴 놀라게 할 거래."

---

* 밀가루나 찹쌀가루, 달걀, 우유 따위를 묽게 반죽해 구워 만든 일본의 전통 과자.

"놀라게 만든다고……. 무슨 말일까."

"글쎄, 난 도통 모르겠는데."

엄마와 같이 고개를 갸웃하고 있는데 휴대전화 벨이 울렸다. 벨소리는 자신의 더플백에서 들려왔다.

화면을 본 순간 몸이 굳어졌다. 서프라이즈다. 그것도 다분히 좋지 않은.

"학교네."

걱정스러운 듯 교헤이를 쳐다보는 엄마에게 그 말만 남기고 복도로 나왔다. 담임을 맡은 반 학생이 문제라도 일으킨 것일까. 어쩌면 야구부 부원이……. 아니, 아니다. 아마도 오늘 아침 있었던 아사이 일일 것이다.

"네, 사사모토입니다."

격식 차린 목소리를 내자, 전화 너머에서 미야무라 교장이 귀에 거슬리는 새된 목소리로 "큰일이 났습니다"라며 이야기를 시작했다. 미야무라 교장이 지금 당장 학교로 오라기에 아주 잠시 틈을 두었다가 "알겠습니다" 하고 대답한 뒤 곧장 거실로 돌아갔다.

엄마에게 "잠깐 학교 좀 다녀올게. 다시 올 거니까 기다려"라고만 전하고 휴대전화와 차 키를 챙겨 잰걸음으로 현관을 향했다. 부쓰마 쪽에서 할머니와 료가의 정다운 말소리가 흘러왔다.

교장실 문을 열자 몇 시간 전 자신이 앉았던 소파에는 이미 다른 누군가가 앉아 있었다.

"기다리시게 해 죄송합니다. 사사모토입니다."

전화를 받은 지 10분 정도밖에 지나지 않았으나 기다리게 한 것은 맞다. 교헤이는 허리를 굽혀 인사했다.

"사사모토 선생님, 이쪽으로."

미야무라 교장이 자신의 옆자리를 권했다.

1인용 소파에 엉덩이를 붙이며 눈앞에 앉은 아사이 미쓰야의 얼굴을 정면으로 바라보았다. 학부모로 보이는 남녀가 아사이를 끼고 양옆에 앉아 있었다. 아버지는 퇴근을 하고 온 것인지 정장 차림에 넥타이를 맸고, 어머니 역시 직장에 다니는지 회색 바지 정장을 입고 있었다.

"그게, 드릴 말씀이란 오늘 1교시 수업 때 있었던 일인데요……. 사사모토 선생님이 아사이 미쓰야 군에게 한 행위 말입니다만, 그건 체벌이지 않냐고 학부모님께서 지적하셔서……."

교헤이는 곧바로 사태를 파악했다. 오늘 아침 있었던 일을 아사이가 부모님에게 이야기한 것이리라.

"오늘 아침의 일은 지도의 범주라고 생각합니다."

지도라는 단어를 입 밖에 냄과 동시에 고개를 숙이고

있던 아사이가 반항적인 눈으로 교헤이를 쳐다보았고, 학부모는 분노와 황당함이 뒤섞인 표정을 지었다.

"그게 지도라고? 오카야마의 고등학교는 지도를 그런 식으로 하는가 보지? 애가 땅바닥에 내동댕이쳐졌다고. 우리가 영상을 봐서 하는 얘기야. 그건 지도도 뭣도 아니고 체벌, 폭력이잖아."

아버지 쪽이 일어서더니 교헤이를 손가락질하며 대뜸 고함을 질렀다.

"그 영상은 저도 봤습니다만, 영상 앞의 상황은 찍혀 있지 않았습니다. 아사이 군은 한 학생이 필사적으로 뛰어오는 모습을 보며 비웃고 있었어요. 전 그만하라고 주의를 줬습니다. 수업도 시작한 상태였고요. 그런데 아사이 군은 그만두지 않았고, 주위 학생들을 끌어들여 학생 하나를 공격하고 있었습니다. 여러 번 말로 제지했지만 결국 멈추지 않았습니다. 그래서 영상에서 보신 바와 같은 상황이 된 겁니다. 그렇지, 아사이?"

조용한 목소리로 아사이에게 물었다. 아사이는 교헤이의 눈을 피해 센터 테이블 가장자리 쪽으로 시선을 옮겼다.

"아무리 그래도 그건 지나치잖아요. 우리 애, 상당히 무서워하고 있었다고요. 말로만 주의 주는 거면 몰라도,

학생 몸에 손을 댄 당신의 행위는 명백한 폭력 행사 아닌가요? 누구에게 물은들 그렇게 판단할 거예요."

머리핀처럼 가느다란 어머니의 눈이 아들과 판박이인 나머지, 순간 아사이 본인과 이야기하고 있는 듯한 착각에 빠졌다.

"그렇게라도 안 하면 아드님이 제 주의를 알아듣지 못했을 테니까요. 말만으로는 부족했기 때문입니다."

"그래도 교사라면 좀 다른 방식을 썼어야죠."

"교사니까 그 정도에서 그친 겁니다. 학부모님 머릿속에 중요한 사실이 빠져 있어요. 아사이 군은 아무 죄도 없는 학생을 업신여기고 비웃고 있었습니다. 비웃음당한 학생은 분했을 테고, 또 마음 아팠겠죠. 방금 학부모님께서 말씀하신 무섭다는 감정도 있었을지 모르고요. 남의 마음에 상처를 입히는 일종의 폭력 행위를, 아사이 군이 하고 있었어요. 그래서 전 그걸 깨닫도록 한 겁니다. 이건 지도예요."

평소의 자신이라면 이렇게까지 맞서지 않았을 것이다. 더 이른 단계에서 체념하고, 학부모에게 사죄하고, 아사이에게도 '지나쳤다'며 머리를 숙임으로써 소란을 잠재웠음이 분명하다. 그러는 이유는 단지 성가시기 때문이다. 자기 자식의 잘못을 털끝만큼도 의심하지 않는 부모는 무슨 이야기를 해도 납득하지 않는다. 교사로 있은 지도 12년째쯤 되면 체념해야 할 순간도 알게 된다. 자신에게는 아내와 두 딸이 있다. 가족과의 생활을 지키기 위해서라면 머리를 숙이는 일쯤은 아무것도 아니다. 그런데 오늘의 교헤이는 아사이를 그렇게 간단히 용서해선 안 된다고 생각하고 있었다. 다른 사람의 진심을 비웃는 녀석에게 머리를 숙일 수는 없었다.

"아사이 군이 지금 마음가짐 그대로 사회에 나가면 더욱 불미스러운 일이 벌어질 겁니다. 자신의 잘못을 상사에게 질책받으면, 그때도 또 폭력 행사라며 하소연하실 겁니까? 잘못한 건 나다. 그러니 혼나는 게 당연하다. 그런 사고방식을 배우지 않은 채 사회로 나가면, 쓴맛을 보게 되는 건 아사이 본인일 겁니다."

세상에는 자신의 잘못을 인정하지 않는 사람이 너무나도 많다. 자신에게 불리한 일이 생기면 곧바로 남의 탓으로 돌린다. '무서웠다', '상처받았다'고 하소연하면 누구든 피해자의 얼굴을 할 수 있다.

"프로 야구 선수가 안타를 치지 못하게 되면, 투수가 공을 던지지 못하게 되면 은퇴를 합니다. 장인이 좋은 물건을 만들지 못하게 되면 그 누구도 필요로 하지 않을 테고요. 의사가 병을 진단할 수 없게 되면 더는 환자 앞에서지 않길 바라잖습니까. 교사는 어떻죠? 교사가 하는 일은 사람을 육성하는 겁니다. 교사가 학생을 진심으로 지도하지 않게 되면 교사를 하는 의미가 없어요. 수업만 잘하는 교사는 교사가 아닙니다. 제 생각은 그렇습니다."

이 일을 시작하고 가장 놀랐던 점은 학생을 무시하는 교사가 존재한다는 것이었다. 한 고등학교에 부임했을 때, 학생들의 시험 성적이 좋지 않아 한탄하는 교헤이에게 교사 하나가 "이게 우리 학교 수준인걸요"라며 코웃음 친 적이 있었다. "공부도 운동도 못하는, 소위 밑바닥에 있는 열다섯 살짜리 애들을 두 손으로 건져 올려 모아 놓은 데가 여기예요. 사사모토 선생님, 우리 고등학교 표준 점수 알아요? 15년째 아무 노력도 없이 살아온 애들을 지금 와서 어쩌겠어요"라고 말하기에 아연실색했다.

50대 후반의 그 남교사는, 할 말을 잃고 있는 교헤이에게 참 친절하게도 "봐요" 하며 작년 진학 상황 일람을 들고 와 보여주었다. 보여주었다기보다 교헤이의 책상 위에 내팽개쳤다. 학년에서 가장 성적이 좋았던 여학생의 진학처를 가리키며 "전교 1등이 들어간 데가 이 대학이에요. 너무 형편없죠?"라며 히죽거리고 있었다. 대학에 체육 특기생으로 진학하는 학생 또한 없었으므로, 확실히 그 고등학교의 진학 실적은 우수한 중학생이 입학하고 싶어 할 만한 것은 아니었다. 그 교사는 "우리 고등학교 학생들은 무기력한 녀석들만 있으니까요" 하고 내뱉었다. 학생들의 의욕이 없으므로 교사들 역시 그 정도 수준으로만 일하면 된다고도.

아직 20대였던 교헤이는 그 당시엔 아무런 대꾸도 하지 않았다. 반론해봐야 소용없기도 했고, 눈앞에 있는 교사가 정말이지 짜증스러워 한시라도 빨리 그 자리를 벗어나고 싶었기 때문이다. 그러나 지금이라면 "밑바닥에 있는 건 네 놈이겠지" 하고 일침을 놓을 것이 틀림없다. 의욕 없는 학생을 노력할 수 있게 만드는 것이 교사 아니냐고. 그 교사는 3학년 담임을 맡고 있었는데, 봄 방학이 시작되면 학교에 단 한 번도 모습을 드러내지 않았다. 아직 합격 발표를 기다리는 학생이나 시험 본 대학이 전부 불합격되어 막막해하는 학생이 있었는데도 말이다.

"사사모토 선생님, 우선은 사과를 하심이……."

입을 다문 교헤이에게 미야무라 교장이 귀띔해 왔다. 보호자의 컴플레인은 곧이곧대로 받아들이고 사과한다. 그런 매뉴얼이 있었던 것도 같다. 하지만 교헤이는 미야무라 교장의 말을 무시했다.

"아사이, 넌 네 태도에 대해 어떻게 생각하냐?"

교헤이는 고개를 떨군 아사이에게 말을 걸었다.

"이봐, 그런 게 바로 폭력 행사라는 거야. '너는 어떻게 생각하냐'고 물으면서, 만약 반박하는 말을 하면 또 맞받아칠 거잖아. 시골 체육 선생은 이런 방식을 쓰는가 보지? 이 고등학교는 시대를 역행하고 있군. 더는 말이 안 통해. 더 윗사람, 현縣 교육위원회에 이야기하겠어."

아버지가 먼저 교장실을 나갔고 어머니와 아사이가 몇 초 늦게 몸을 일으켰다. 시골이라고 말하는 걸 보면 아마도 고향 사람은 아닌 모양이다. 전근 따위를 이유로 이곳에 오게 된 것일까.

아사이와 그의 부모가 교장실을 나가는 모습을 교헤이는 소파에 앉은 채 곁눈질로 보고 있었다. 무의식적으로 깊은 한숨이 새어 나왔고, 그 소리가 들렸는지 아사이가 힐끔 돌아보았다. 여유 있고 의기양양한 표정이었다.

교사라고 해서 모든 학생과 마음이 통할 수는 없다. 감독으로 있는 야구부의 부원조차도 모두가 교헤이를 따르는 것은 아니다. 지도 방식이 마음에 들지 않는다거나 감독과 맞지 않는다거나. 그런 이유로 그만둔 사람도 몇 명인가 있다.

아사이 일가의 뒤를 쫓아 미야무라 교장이 방을 나가자 교헤이는 소파 등받이에 체중을 실었다. 후우, 하고 다시 한번 깊은숨을 내뱉은 다음 휴대전화를 손에 들었다. 미야무라 교장이 언제 돌아올지 모르므로 시간을 때울 겸 '나가이 가후'를 검색해보았다. 료가가 말한 대로 유명한 작가답게 많은 정보가 검색되었는데, 사망 전날 돈가스 덮밥을 먹었다는 일화는 찾을 수 없었다. 그나저나 어지간히 자유분방하게 살았던 작가로군. 아니, 이래서 문호인 건가. 작가 약력과 『아메리카 설화』, 『프랑스 설화』, 『묵동기담』 등의 작품명을 멀거니 눈으로 좇던 중 사망한 연도가 눈에 들어왔다. 향년 79세. 뭐야, 싶었다. 이 시대로 치면 대왕생大往生이었다. 어쩐지 배신당한 듯한 기분이 들어 화면을 닫았다.

"나 왔어. 미안, 늦었지."

할머니 집으로 돌아간 건 오후 아홉 시가 넘어서였다. 아사이 일가를 따라 나간 미야무라 교장은 그로부터 30분 가까이 지난 뒤에야 되돌아왔다. 그가 교장실로 들어왔을 때 교헤이는 타이밍 나쁘게도 졸고 있는 참이었다. 아침부터 계속해서 이동했으니 말뚝잠을 잘 만도 했다.

"사사모토 선생님, 당분간 자택대기 하시길 바랍니다."

교장은 무표정한 채 교헤이에게 그 말만을 고했다. 자택대기에는 근신의 의미가 내포되어 있다는 것쯤은 알고 있었다.

"알겠습니다."

교헤이 역시 그 이상 아무 말도 하지 않았다. 변명도, 반론도 소용없다고 생각했다. 아마도 직원회의 따위에서 의논을 거친 다음 아사이의 부모가 어떻게 나오는지를 보고 교헤이의 처분을 결정할 것이다. 적어도 교헤이가 자신 있게 호소한 '교사로서 해야 할 일을 했다'는 주장을 교장은 털끝만큼도 받아들이고 있지 않았다.

들려오는 웃음소리에 부엌으로 들어가 보니 료가와 할머니와 엄마가 식탁 앞에 앉아 있었다. 셋은 할머니가 만든 밴댕이 감로자를 먹고 있었다.

"학교에서 호출했다며. 괜찮은 거야?"

료가가 초식동물처럼 두 어금니를 비벼 조심스럽게 씹으며 물었다.

"괜찮아, 괜찮아. 걱정 마."

자택대기라는 이름의 근신 처분을 받은 일은 이다음 료가에게만 슬쩍 이야기해야겠다고 생각했다. 지금 여기서 입 밖에 내면 엄마와 할머니가 "당장 사과하러 가"라며 소란을 피울 것이 뻔했다.

"그보다 료가 너, 밴댕이 같은 거 먹어도 괜찮냐? 소화 잘 안 될 텐데."

"괜찮아. 할머니 감로자는 흐물흐물하니까."

그럼 나도, 하며 교헤이는 딱 하나 비어 있는 자리에 앉았다. 할아버지의 지정석이었던 곳에 앉자 이상하게도 부쩍 나이를 먹은 듯한 느낌이 들었다. 할아버지는 여기서 이렇게 딸과 손자인 우리를 바라보고 있었던 것이다. 딸과 손자들이 자신의 집에서 식사를 하고, 웃음 짓는 모습을 보며 보내는 시간은 틀림없이 행복했으리라. 할아버지 인생의 마지막은 제법 근사한 것이었군, 하고 새삼스레 생각했다.

슬슬 돌아갈 즈음이 되자 "자고 가"라는 할머니의 입버릇이 나왔다. 자신들이 어릴 적, 엄마는 형제를 매일같이 할머니에게 맡겼는데 밤에는 반드시 집으로 데리고 갔다. 그것은 엄마 나름대로 정해놓은 일종의 선이었던 모양이다. 할아버지는 묵묵히 현관까지 배웅을 나왔지만 할머니는 언제나 헤어짐을 아쉬워했다. 내일이 되면 또 만날 수 있는데도 "자고 가"라며 붙잡았다.

"내일은 아침부터 일이 있어서 힘들어. 교헤이도 마사미가 기다리고 있고."

완곡하게 거절하는 엄마의 말도 예전과 거의 흡사했다. 할머니가 마치 금생今生의 작별과 같은 표정을 짓는 것 또한 변함이 없었기에 교헤이는 시간이 되감긴 듯한 기분이 들었다.

"할머니, 또 올게."

할머니에게 받은 감로자 용기를 가슴 앞으로 껴안고 료가가 웃었다.

"료짱."

할머니가 눈 한가득 눈물을 글썽인 채 한 걸음, 두 걸음 앞으로 나왔다. 손을 뻗어 료가를 만지려 했다. 료가가 용기를 복도에 내려놓고, 웃으면서 두 손을 뻗어 할머니의 손을 잡았다.

"할머니, 또 올 거야."

료가가 한 번 더 말하자 할머니는 까딱 고개를 끄덕이고는 "내일 와" 하며 료가의 손을 힘껏 움켜쥐었다.

료가와 엄마를 본가로 데려다주는 길, 차 안에서 이야기를 하는 사람은 엄마뿐이었다. 드문 일은 아니었다. 네 식구였을 때부터 대화의 8할은 엄마가 차지하고 있었으니까. 이야기의 내용은 대부분 공장에서 있었던 일이었다. "오늘은 지역 초등학생들이 회사 견학을 와서 엄마가 안내를 담당했어"라는 훈훈한 유의 이야기부터 "연수로 온 여자애가 야반도주를 했어"라는 뒤숭숭한 이야기, "공장장하고 여직원이 불륜을 저질러서" 하는 스캔들까지 각양각색이었다.

그런데 오늘은 내내 할머니 이야기를 하고 있었다.

"할머니, 시설로 들어가겠다고 고집을 피우시는 거 있지? 도우미분이 일주일에 네 번씩 와주시고 나도 거의 매일 드나드니까, 이대로 집에 있어도 아무 문제 없다는데도 시설에 넣어달라는 소리만 하셔. 료가한테도 설득해달라고 했는데 여간 완고한 게 아니라서……. 왜 그러시는지 몰라."

시설 이야기는 아빠가 입원했을 당시에도 거론된 적이 있었다. 그런데 할머니는 집을 떠나고 싶지 않다는 이유로 완강히 퇴짜를 놓았다. 엄마 역시 그 마음을 받아들였고, 오늘에 이르기까지 온 힘을 다해 보살펴왔다.

엄마의 이야기가 끊겼을 때, 료가가 피곤할 것 같다는 생각이 들어 라디오를 켰다. 라디오에서 잔잔한 클래식 음악이 흘러나오자 엄마는 작게 한숨을 내쉰 뒤 입을 닫았다.

자동차 불빛에만 의지해 잡목림 속을 나아갔다. 료가는 입을 다문 채, 창문을 열어 가을바람을 들이마시고 있었다.

본가에 도착해 먼저 차에서 내린 교헤이는 료가에게 손을 내밀었다. 어둠 속이라 얼굴빛까지는 알 수 없었지만 료가는 지친 기색으로 시트에 기대어 있었다. 할머니

앞이니 무리해서 씩씩한 척 행동했을 것이다.

"이영차."

소리 내며 료가를 조수석에서 일으켰다. 생각 이상으로 료가의 발에 힘이 들어가 있지 않아 제자리에서 휘청였다. 교헤이는 료가의 겨드랑이에 재빨리 손을 끼우고, 그 왼팔을 자신의 어깨에 둘러 체중을 싣게 했다.

"미안……."

"됐어. 못 걷겠으면 업어줄게."

작은 단독 주택이므로 문기둥에서 현관문까지는 고작 몇 미터밖에 되지 않는다. 업고서도 충분히 걸어갈 수 있었다. 하지만 료가는 고개를 내젓더니 현관으로 이어진 앞뜰을 좁은 보폭으로 걸었다. 잡초를 뽑아두길 잘했다는 생각이 들었다. 지금 느낌으로는 조그마한 물체에도 걸려 넘어질 듯싶었다.

앞질러 간 엄마가 현관문을 열고 있었다. 불안한 듯 이쪽을 쳐다보기에 "미치히라 씨한테 연락할까?" 하고 물어보았다. 그러나 료가가 "누워 있으면 금방 괜찮아져"라고 대답했으므로 곧장 거실 침대로 데려갔다.

슬슬 가봐야겠다고 생각하면서도 본가를 나오지 못하고 있는데 현관 초인종 소리가 났다. 시간은 열 시를 넘어가고 있었다. 이 시간에 누구지. 아주 잠깐 미야무라 교장의 얼굴이 머리를 스쳤지만 그 남자가 찾아온다면 교헤이의 집 쪽일 것이었다. 설마 본가로 찾아올 리는 없었다.

"내가 나갔다 올게."

거실 소파에 앉아 료가를 지켜보고 있는 엄마를 돌아보며 방을 나왔다. 아무래도 미치히라에게 연락하는 편이 좋을 듯했다. 료가는 침대에 누워서도 여전히 얕은 호흡을 되풀이하고 있었다.

"네, 누구세——."

현관 미닫이문을 열자 에메랄드색 폴로셔츠에 큼지막한 검정 배낭을 멘, 낯익은 얼굴이 달빛에 비쳐 있었다. 할 말을 잃은 교헤이는 입을 벌린 채로 밤늦게 나타난 뜻밖의 방문자를 마주 보았다.

"늦은 시간에 미안. 인사만이라도 할까 해서."

"너…… 너……. 왜 여기 있어?"

"왜라니, 미치히라 씨가 말씀 안 하셨어? 이다음부터 내가 료가 군을 담당하게 됐어."

어깨에 메고 있던 배낭을 발밑에 내려놓더니 야다가 배낭 주머니에서 손바닥만 한 명함 지갑을 꺼냈다. 어둠 아래, 익숙지 않은 손놀림으로 명함을 꺼내어 "앞으로 잘 부탁드려요" 하고 깍듯이 머리를 숙였다. 명함에는 '방문 간호사 야다 이즈미'라고 인쇄되어 있었다.

"근데 너, 도쿄 병원은?"

"8월을 끝으로 퇴직하고 왔어. 참, 참, 교헤이 군, 퇴직금 얼마나 나왔는지 알려줄까? 25만 엔이야, 25만 엔. 12년을 일했는데 겨우 그거야. 후회 없어."

오카야마 역 근처의 맨션을 빌려 사흘 전 이사를 마쳤다며 야다가 웃었다.

"여기서 살기로 한 거야?"

"응. 료가 군이 걱정되기도 했고, 마침 좋은 기회인 것 같아서 돌아왔어. 나도 새로운 일을 시작해볼까 싶어서."

이것이 미치히라가 말한 '깜짝 놀란 뒤에 용기가 나는' 서프라이즈로군. 미치히라의 말이 맞았다. 엄청난 용기가 솟아오르기 시작했다. 교헤이는 자신에 찬 표정으로 서 있는 옛 동창의 얼굴을 믿음직스럽게 바라보았다.

"료가 군한테도 인사해도 될까?"

"아, 어……. 지금 막 상태가 안 좋아졌어. 일단 안으로 들어와."

"그래? 그럼 잠깐 들어갈게."

실례합니다, 하는 또랑또랑한 목소리가 어스름한 복도에 울려 퍼졌다.

다시 현관문을 잠그고 뒤를 돌아보았다. 야다는 거실로 이어지는 문을 열고 있는 참이었다. 거실 쪽에서 엄마와 료가의 놀라는 목소리가 울려왔다.

형광등의 하얀 불빛이, 교헤이가 서 있는 곳으로까지 길고 가느다랗게 뻗어 나와 있었다.

5
장

다카나 유야가 오카야마 본가에 불쑥 나타난 것은 2월 중순을 넘길 무렵이었다.

"실례합니다. 여기가 사사모토 료가 씨 댁 맞나요?"

현관에서 한 남성의 외침이 들려왔다. 의료용 침대를 기어 나가보니 머리를 말쑥하게 자른 다카나가 생글거리는 웃음을 띠고 서 있었다.

"아, 점장님!"

눈이 마주치자 다카나가 그 자리에서 등허리를 폈다. '점장님'이라고 불리는 것이 오랜만인지라 료가는 어떤 얼굴을 해야 할지 몰랐다.

"죄송해요, 초인종이 어딨는지 몰라서. 제가 이런 단독주택은 잘 안 와봤거든요."

"아니야, 우리 집 초인종이 좀 헷갈려. 그건 그렇고 갑자기 어쩐 일이야."

치료 때문에 휴직한 뒤에도 다카나와는 종종 연락을 주고받았는데, 작년 8월에 본가로 돌아오고부터는 연락이 끊겼었다. 분명 '본가로 돌아가기로 했다'는 연락을 하면서 본가 주소를 가르쳐주긴 했지만, 자신들은 점장과 아르바이트생이라는 관계였으므로 거기서 연락이 끊겨도 이상할 게 없다고 생각했었다.

"일단 들어와. 지저분하지만."

"갑작스럽게 죄송해요. 실은 저, 다른 누구보다 점장님한테 제일 먼저 알려드리고 싶은 소식이 있어서요. 아, 이거 선물이에요. 점장님이 좋아하시는 도쿄바나나*. 식상하긴 하지만요."

고마워, 하며 다카나에게서 종이봉투를 건네받고 거실로 들어갔다. 지금 집에는 료가밖에 없지만 이제 한 시간 뒤면 엄마가 일을 마치고 돌아올 터였다.

다카나를 소파에 앉히고 료가는 부엌에 서서 물을 끓였다.

"근데 점장님, 몸은 좀 어떠세요?"

다카나는 료가의 몸 상태를 가장 먼저 알아채고 병원

---

* 일본 도쿄의 명물로, 노란 카스텔라 속에 바나나 향 커스터드 크림이 든 빵.

에 가도록 권해준 은인이었다. 위암이 발견된 사실도, 수술을 받은 사실도 이야기했으나 암이 림프절로 전이된 사실까지는 알리지 않았다. 괜한 걱정을 끼치고 싶지도 않았고, 그를 통해 다른 아르바이트생이 병세를 알게 되는 것 또한 원치 않았기 때문이다. 그래서 다카나는 지금도 료가가 가게로 돌아오리라 믿고 있다.

"뭐, 그냥 그래."

"그렇군요. 뭐, 서두를 필요는 없죠. 회복하시면 또 쉬지도 못하고 일하실 테니, 지금은 충분히 쉬어두세요."

"그래. 조급해하지 않고 제대로 치료받을 생각이야."

소파 앞 길쭉한 탁자에 다카나를 위해 끓인 뜨거운 커피를 두었다. 자신의 컵에는 주전자에 우려놓은 호지차를 따랐다.

"그나저나, 전하고 싶은 소식이 뭐야?"

의료용 침대에 앉아 다카나와 눈을 맞추자 이전보다 살이 빠진 듯한 느낌이었다. 아니, 살이 빠졌다기보다 다부져졌다고 해야 할까.

"그게, 실은 제가……."

하고 틈을 두더니, "대학 입시를 치렀어요"라고 쑥스러운 듯 말했다.

"엇, 대학?"

"네. 작년 3월에 고등학교를 졸업하고, 뭐, 나름대로 입시 공부라는 걸 열 달 정도 해봤거든요. 그리고 이번 달에 시험을 봤어요."

"붙었어?"

"네, 뭐. 아, 2부예요. 대학에도 1부랑 2부가 있어서, 2부는 야간 학과고요."

"그 정도는 나도 알아."

"2부긴 해도, 저한텐 대학 진학 같은 건 하늘의 별 따기였거든요……."

"대단하다, 너."

료가는 저도 모르게 침대에서 일어섰다.

"어…… 가, 감사합니다."

다카나도 덩달아 몸을 일으켰다.

"축하해."

료가가 오른손을 앞으로 내밀자 다카나가 큼지막한 손으로 꽉 움켜잡았다.

"점장님 덕분이에요."

"내가 뭘 했다고."

"아니에요. 점장님이 트라몬토에 채용해주신 덕분에 저는 야간 고등학교를 다닐 수 있었어요. 고등학교를 졸업한 덕에 대학 갈 생각도 하게 됐고요. 점장님을 만나지 않았더라면, 저는 아직도 그냥 고된 노동을 하면서 세월을 보내고 있었을 거예요."

"무슨, 오버하기는."

"아뇨, 진짜예요. 저, 그때…… 트라본토로 면접 보러 갔을 때 너무 힘들었거든요. 진짜 여기도 안 되면, 엄마도 여동생도 버리고 어디론가 멀리 내빼버리자는 생각이었어요."

발밑에 놓아둔 붉은 바탕의 더플백에서 다카나가 클리어 파일을 꺼냈다. 클리어 파일에 끼인 두툼한 종이를 다카나는 신중한 손놀림으로 빼내더니, "저, 이거" 하며 료가에게 건네 왔다.

질 좋은 그 종이에는 '합격 통지서'라는 글자와 대학 이름, '다카나 유야'라는 글자가 적혀 있었다. 료가는 얼마간 입을 다문 채 하얗게 빛나는 합격 통지서를 바라보았다.

처음 가게에 등장한 다카나의 첫인상은 솔직히 말해 가관이었다. 면접임에도 불구하고 목이 늘어난 티셔츠에 물 빠진 청바지를 입고, 아무렇게나 기른 곱슬머리를 검정 고무줄로 묶고 있었다. 얼굴은 반듯했지만, 비뚤어진 입매나 드문드문 어리는 공격적인 눈빛을 보면 도무지 음식점에서 일할 법한 외모는 아니었다. 면접 시간 5분

전에 도착했다는 점 하나를 제외하고는, 아무리 호의적으로 보아도 다카나에게 점수를 줄 만한 구석이 전혀 없었다.

그런데 티셔츠 밖으로 뻗은 다카나의 다부진 팔꿈치에서 또렷한 흉터를 발견한 순간, 료가는 일찌감치 끝낼 예정이던 면접 시간을 연장했다. 그리고 이야기를 듣던 중 다카나가 고교 야구 명문에서 투수로 있었던 사실을 알았다. 고등학교를 중퇴한 이유는 부상을 당하여 야구부에 있을 수 없게 된 탓이었다. 야구를 하지 못하게 된 내가 체육 특기생으로 입학한 고등학교를 다닐 수는 없다. 그렇게 생각하는 다카나의 심정이 무척 이해되었다.

채용을 결정한 자신의 판단이 틀리지 않았음은 다카나가 일을 시작한 지 일주일도 지나지 않아 알게 되었다. 홀을 맡기든 주방을 맡기든, 다카나는 아르바이트생 두 사람 몫을 해냈다. 어릴 적부터 엄격한 위계질서 속에 몸을 둔 탓인지 손님을 대하는 태도도 나쁘지 않았다. 머리를 다듬으라고 하면 다음 날에는 짧게 자르고 왔다. 돈이 없어 이발비를 절약하느라 곱슬머리를 기르고 있었다는 것은 나중에 안 사실이었다. 머리를 짧게 다듬고 웨이터 복장을 몸에 걸친 다카나는 체격도 좋아 볼품이 났다. 그가 가게에 출근하고부터 확실히 젊은 여자 손님도 늘었다. 가게 일을 시작하고 얼마 후 야간 고등학교에 다니기 시작했는데, 수업 시작 전과 방과 후에는 가게로 나와 바쁜 시간대를 맡아주었다. 인건비 절감을 위해 최소한의 직원으로 가게를 꾸리는 자신에게 있어 손이 부족할 때마다 두말없이 달려와 주는 다카나는 고마운 존재였다.

"너 진짜 대단하다. 미안, 어휘력이 달려서 아까부터 '대단하다'란 말밖에 못 하네."

"아니에요. 저, 점장님께 제일 먼저 알려드리고 싶었어요. 어떻게 감사의 마음을 전해야 할지 계속 생각했거든요."

"감사할 거 없어. 오히려 내가 고맙다고 하고 싶을 정도야."

다른 아르바이트생이 갑작스럽게 결근해 난처해하고 있으면, "저, 더 있을 수 있어요" 하고 꼬박 열 몇 시간을 일해주는 사람이었다. 장시간 노동은 법률 위반이라며 거절해도 "그럼 지금 퇴근 카드 찍고, 지금부터 일하는 만큼은 다른 날에 한 걸로 할게요"라고 말해 왔다. 다카나가 없으면 가게가 돌아가지 않는 상황이 몇 번이고 있었다.

"합격 축하해."

료가는 다시 한번 다카나의 손을 잡고 힘을 주었다.

"감사해요, 점장님."

다카나가 흐뭇하게 웃었다. 그러면서 합격 통지서를 도로 클리어 파일에 끼워 더플백에 넣더니, 하얀 비닐봉지를 꺼냈다. 봉지에서 감귤류의 향기가 풍겨 왔다.

"이거."

봉지 안에서 오렌지색의 동그란 과일이 등장했다.

"귤이군……."

"네, 드디어 열렸어요. 아직 딱딱하고 시긴 해도요."

가게에서 키우던 귤나무가 열매를 맺었다고 다카나가 말했다. 작년 1월 본사에서 온 점장은 아직 통상 업무 외에 다른 일을 맡을 만한 여유가 없어, 가게 안의 식물은 지금 다카나가 키우고 있다고 한다. 새 점장 이야기. 료가가 없는 동안 일을 그만둔 아르바이트생 이야기. 새로 늘어난 메뉴. 강렬한 캐릭터의 단골손님. 다카나의 입으로 트라몬토 이야기를 듣고 있으니, 멀어져 있던 자신의 거처가 단숨에 가까이 다가온 듯 느껴졌다. 되돌아가고 싶었다. 바쁜 나날이었지만, 여기는 내 가게라는 마음으로 소중히 지켜온 그곳으로 되돌아가고 싶었다. 희망과 자신감으로 가득한 다카나의 얼굴을 보고 있으니 건강하던 시절의 자신을 맹렬히 되찾고 싶어졌다.

다카나와 한 시간 가까이 대화에 열중하고 있던 참에,

"엄마 왔어. 료가, 일어났니? 병원 갈 시간이지?"

엄마가 일을 마치고 돌아왔다. 현관에서 목소리가 들려왔다.

"그럼 저는 슬슬 가볼게요."

"미안, 모처럼 와줬는데."

"아니에요. 무엇보다 점장님을 뵐 수 있어서, 대학 얘기도 할 수 있어서 진짜 기뻤어요."

"나도 그래. 오랜만에 봐서 좋았어."

오늘은 정말 즐거웠다. 자신이 번 돈으로 야간 고등학교를 졸업하고 대학 진학을 이뤄낸 다카나. 그 늠름함이 눈부셔 오랜만에 가슴이 환한 빛으로 부풀었다.

별생각 없이 거실로 이어지는 문을 연 엄마가 다카나의 모습에 눈을 휘둥그레 떴다. 교헤이가 와 있다고 생각했을 것이다. 원래도 짧은 허리를 몇 번이나 굽혀가며 엄마가 다카나에게 감사 인사를 전했다.

"그럼 점장님, 또 봬요."

"응, 또 보자. 대학 가서 열심히 하고."

현관까지 배웅하고 싶었지만, 진통제 옥시콘틴의 약효가 떨어졌는지 허리가 아파 일어설 수 없었다. 침대에 앉은 채로 손을 들자 다카나가 몇 번이고 뒤를 돌아보며 거실을 나갔다. 다카나를 보는 것은 이게 마지막일지도 모른다. 그런 생각을 하면서 듬직한 등을 눈으로 배웅했다. 엄마가 현관 앞까지 따라 나가 퇴근길에 근처 마트에서 사 온 딸기를 "선물로 가져가요" 하며 쥐여주고 있었다.

엄마와 둘이 택시를 타고 오카야마 시내에 있는 종합병원으로 갔다. 본가로 돌아온 지는 5개월 정도 되었는데, 한 달 주기로 병원에 다니고 있다. 기본적으로는 재택 치료를 받고 검사가 필요할 때는 종합병원에 가는 식이었다.

그런데 오늘은 검사 목적으로 온 것이 아니었다.

택시가 병원 정문 앞에 도착하자, 거의 떨쳐냈다고 생각한 위 통증이 느껴졌다. 병원에 대한 공포심, 혐오감 같은 것이 온몸에 스며 있는 나머지 숨이 막혀 오는 것이었다.

"너는 여기 앉아 있어."

정문을 지나면 로비가 있었다. 엄마는 의자에 앉아 있으라며 료가를 돌아보았다. 다카나를 앞에 두고 여느 때보다 쾌활하게 행동한 탓인지 몸이 나른했다. 엄마가 이야기한 대로 근처에 놓인 의자에 앉았다. 의자 등받이에 체중을 실은 채 베이지색 다운재킷을 껴입은 엄마가 접수 카운터로 향하는 모습을 바라보았다.

“료가, 걸을 수 있겠니? 종양내과 접수처는 2층에 있다고 그쪽으로 가라네.”

“알았어.”

대답하면서 안간힘을 다해 눈을 떴다. 어느샌가 눈꺼풀이 감겨 있었다. 항암제 TS-1의 부작용인지, 자신의 의지와는 전혀 상관없이 잠에 빠지곤 했다. 요즘 들어 근력 또한 눈에 띄게 약해졌다.

의자 등받이에 손을 짚으며 일어서려는데 두 발에 힘이 들어가지 않았다. 허리가 무거워 몸이 생각처럼 움직여주질 않았다. 엄마는 마음이 급한지 중앙 에스컬레이터 쪽으로 시선을 돌리고 있었기에 료가의 이변을 알아차리지 못했다.

하반신이 마취된 듯한 상태로 얼굴만 오른쪽 왼쪽으로 움직이고 있는데, 꼬리뼈 부근에 이제껏 느껴본 적 없는 강한 통증이 일었다. 저도 모르게 어금니를 악물고 눈을 질끈 감았다. 뭐지…… 이건……. 지금까지와는 차원이 다른 맹렬한 통증에 호흡이 얕아졌다. 그럼에도 이럭저럭 얼굴을 들고 의자 등받이를 밀쳐내다시피 해 일어섰다. 일단 허리를 펴니 통증이 조금 가라앉은 듯싶기도 했지만, 고작 그 정도의 동작만으로도 이마에 땀이 배어났다.

병을 앓은 후로, 지금껏 무의식적으로 해오던 동작들을 일일이 확인해가며 취하는 일이 늘었다. 지금도 그랬다. 오른발을 내민다. 왼발을 내민다. 료가는 머릿속으로 그렇게 말하며 걸어갔다. 잰걸음으로 나아가는 엄마를 필사적으로 쫓고 있는데 불현듯 몸이 가벼워졌다. 두둥실 몸이 공중에 뜨는 듯했다. 놀라서 고개를 돌리자,

"나 왔어."

햇볕에 그을린 교헤이의 얼굴이 시야 한가득 들어왔다. 몸이 가볍다고 느낀 것은 교헤이의 팔이 료가의 옆구리를 휘감은 탓이었다. 건장한 팔뚝이 체중을 받쳐주고 있었다.

"교헤이……."

"안 늦었네. 엄마는?"

"저기 있어. 에스컬레이터 쪽."

병원 1층에서 2층까지는 훤히 트여 있었다. 엄마는 중앙에 설치된 에스컬레이터 바로 아래 서 있었다. 에스컬레이터에 발을 올리려 하면서 이쪽을 돌아보고 있었다. 료가를 대신해 교헤이가 가볍게 손을 들자, 엄마가 양어깨의 힘을 빼고는 숨김없이 안도한 표정을 지어 보였다.

2층 접수처에 있던 여성이 안내해준 일실一室은 복도 끝에 자리한 작은 방이었다. 문을 여니 테이블과 네 개의

의자가 놓여 있고, 안쪽의 세로로 긴 창문으로 파란 하늘이 엿보였다. 이렇게 작은 방에도 창문이 있구나……. 그런 생각을 하면서 테이블 끄트머리를 잡고 몸을 지탱해 가까이 있던 의자에 앉았다.

"곧 있으면 담당자가 올 테니, 여기서 잠시 대기해주세요."

여성이 머리를 숙이고 방에서 나가자, 교헤이가 만세하듯 양손을 들어 올리며 크게 기지개를 켰다. 열이 많은 교헤이가 몸을 움직일 때마다 방의 공기 역시 크게 일렁였다.

"미안, 교헤이. 학교 조퇴하고 온 거지?"

난방은 되고 있는 듯했지만 인적이 없었던 실내는 냉랭했다. 몸 이곳저곳이 아파 왔다. 등과 허리, 꼬리뼈 부근. 몸무게가 8킬로그램이 빠져 살이 얇아진 탓인지 요즘 들어 부쩍 기온 변화에 취약해졌다. 자신의 몸을 믿을 수가 없어 어떤 동작을 취하든 공포심이 뒤따랐다.

"아냐, 수업은 하고 왔어. 뭐, 다음 업무들은 남아 있지만."

학생에게 부적절한 지도를 했다는 이유로 교헤이는 작년 9월부터 겨울 방학까지 3개월간 근신 처분을 받았다. 자세한 이야기는 듣지 못했는데, 교헤이의 지도에 대해

학부모로부터 항의가 있었던 모양이다. 그런데 결국 그 사건을 계기로 학급에 숨어 있던 일상적인 괴롭힘이 발각되었고, 교헤이의 행동에 공감하는 목소리가 여기저기서 터져 나오기 시작했다. 괴롭힘당하던 학생과 그의 부모 역시 교헤이를 옹호하기 위해 나서주었고, 무사히 학교에 복귀할 수 있었다. 다만 그 사건이 관련되어 있는지는 알 수 없으나 다음 달 3월을 끝으로 교헤이는 다른 학교로 이동하게 되었다.

"이동하는 건 상관없는데, 야구부를 떠나게 돼서 마음이 안 좋아. 춘계 대회를 코앞에 두고, 부원들한텐 미안하게 됐어."

교헤이가 야구부 이야기를 하고 있던 참에 문이 열렸다.

"오래 기다리셨죠."

목소리가 나는 쪽으로 얼굴을 돌리자 백의를 입은 쉰 살가량의 남성이 들어오는 게 보였다. 그 뒤를 감색 바지 정장을 입은, 머리를 어깨까지 기른 여성이 따라오고 있었다. 교헤이와 엄마는 즉각 몸을 일으켰지만 료가는 곧바로 움직일 수 없어 앉은 채로 머리를 숙였다.

남성은 "종양내과의 가키모토입니다"라며 고개인사를 했고, 정장 차림의 여성은 "임상연구 코디네이터 요시다라고 합니다"라고 자신을 소개했다. 여성은 야다의 간호대 동창이며, 몇 년 전까지는 도내 대학병원에서 일했다고 한다.

"본론으로 들어가, 임상시험에 대해 설명드리겠습니다."

인사도 하는 둥 마는 둥 하고 가키모토가 책상 위에 파란색 표지의 팸플릿을 펼쳤다. 엄마가 당황한 몸짓으로 무릎 위에 올려두었던 핸드백 안에서 돋보기안경을 꺼내어 썼다.

"임상시험에 참가하시려면 우선 저희 병원에서 사전 검사를 받으셔야 합니다. 그 결과가 병원에서 제시하는 조건과 일치하면, 그때 비로소 임상시험을 개시하게 됩니다. 임상시험 비용은 전액 제약회사가 부담하며, 약소하지만 사례금도 있습니다."

지금껏 수십 번도 넘게 반복해왔을 것이다. 가키모토가 막힘 없는 어조로 설명을 이어갔다. 옆에 앉은 교헤이가 미간에 주름을 잡은 채 팸플릿과 가키모토의 얼굴을 번갈아 쳐다보고 있었다.

"신약을 써보면 어떨까? 일본에서는 미승인인 신약, 료가 군도 전에 인터넷으로 찾아봤었잖아."

그 말을 꺼낸 것은 방문간호를 위해 온 야다였다. 일본에서는 미승인일지라도 해외에서는 이미 승인되어 효과를 인정받은 항암제가 몇 가진가 있다. 자신이 아는 진행성 위암 환자 중에도 미국으로 건너가 치료를 받고 진행을 멈춘 사람이 있다. 그 환자도 분명 료가와 마찬가지로 림프절로까지 전이된 상태였다고 야다는 말했다.

"다만, 해외에서 그 신약을 쓰려면 비용이 3천만 엔 정도 든대."

"3천만이라고?"

교헤이가 어처구니없다는 듯 중얼거리며 고개를 내저었다.

"나도 금액을 들었을 땐 말문이 막히더라."

야다는 그렇게 말하고 무언가 생각에 잠긴 듯한 표정을 짓더니, 신중한 어조로 "임상시험에 참가해보는 건 어떨까?" 하고 말했다. 간호대 시절 동창 중 임상연구 코디네이터로 일하는 애가 있는데 한번 연락해보겠다고 말이다. 그 이야기가 나온 것이 지금으로부터 한 달 전쯤의 일이었다.

"치료가 아니라는 게 무슨 말이죠?"

빠른 어조로 이어지는 가키모토의 설명을 교헤이의 목소리가 가로막았다.

이야기 도중 질문을 받아서인지 아주 잠시 가키모토의

표정이 어두워졌다.

"임상시험은 안전성과 유효성에 관한 객관적인 데이터를 얻기 위함이 목적이므로 치료라고는 할 수 없다는 뜻입니다."

"그래도 약은 병을 고치려고 쓰는 거잖아요."

"예, 최종 목적은요. 그렇지만 임상시험의 경우 미승인 신약을 사용하는 것이므로 어떤 부작용이 나타나는지 역시 미지수입니다. 따라서 확립된 기존의 치료와는 다른 것이죠."

불온한 분위기를 감지한 코디네이터가 "사사모토 씨, 만에 하나 부작용이 발생하더라도 그 보장 또한 제약회사 쪽이 책임지므로 염려하실 것 없습니다" 하고 중간에 끼어들었지만, 교헤이의 얼굴에 노골적인 불신감이 서려갔다.

"만에 하나라고만 해선……. 실제로 어느 정도의 확률로 부작용이 나타나는 겁니까? 개중에는 치명적인 부작용도 있을 거잖아요."

교헤이의 미간 주름이 깊어졌다.

"부작용이 없는 항암제는 없습니다."

코디네이터가 대답하기 전에 가키모토의 무미건조한 목소리가 되돌아왔다.

"결론은, 목숨을 위협하는 부작용도 있다는 겁니까?"

교헤이가 거듭 질문하자 짧은 몇 초 동안 방 안의 모든 소리가 사라졌다.

"어찌 됐든, 우선 사전 검사를 받아보지 않고서는 임상시험에 참가하실 수 있는지 어떤지도 알 수 없고요. 일단은 검사를 받아보시는 게 어떠세요? 임상시험에 참가하실 수 있게 되면, 그때 다시 고민해보셔도 되니까요."

분위기를 무마하려는 듯 코디네이터가 부드러운 미소를 띠었지만,

"일단은? 그때 다시? 우린 그렇게 태평한 소릴 하고 있을 시간이 없다고요."

교헤이는 얼굴을 찡그린 채 날 선 목소리를 내뱉어 코디네이터의 입을 다물게 했다.

"……실례를 범했습니다. '일단은'이라고 말씀드린 건 '되도록 빨리'라는 의미입니다. '그때 다시'는 '가장 적절한 타이밍에'라는 뜻으로……. 아무튼 오늘내일 중에라도 병원에서 사전 검사를 받아보시고……."

"선생님, 부작용에는 어떤 것들이 있죠?"

코디네이터 여성에서 가키모토로 시선을 옮기고 교헤이가 질문을 이어갔다. 가키모토는 표정 하나 바꾸지 않고 고개를 끄덕이더니,

"현재 국내에서 확인된 것으로는 대표적으로 설사, 구역감, 식욕 부진 등이 있습니다. 이 증상들은 대부분의 항암제로 인해 발생할 수 있는 부작용입니다. 그렇지만 임상시험에 사용하는 신약은, 이러한 부작용 외에 예측되지 않은 증상 또한 일으킬 것으로 생각됩니다. 물론 해외에서 수집된 데이터는 있습니다만, 일본인을 대상으로 한 데이터는 아직 불충분합니다. 임상연구 과정에 있으니까요."

하고 담담하게 말했다.

"임상연구?"

"임상시험은 사람을 대상으로 한 연구 분야입니다. 임상시험을 받는 환자분 중에는 플라세보를 복용하시는 경우도 있어…… 아아, 플라세보란 위약僞藥을 말하는 것으로, 일정 수의 환자분께는 효과도 부작용도 없는 플라세보를 복용하시게 해 임상시험 약물과 비교하는 일도 하고 있습니다."

가키모토를 응시하고 있던 교헤이가 벌떡 일어섰다. 그 큰 동작에 옆에서 몸을 긴장시키고 있던 엄마의 양어깨가 움찔하고 들썩였다.

"죄송합니다, 저희가 공부가 부족했습니다. 임상시험에 대해 좀 더 자세히 알아본 다음 다시 찾아뵙겠습니다.

오늘은 바쁘신 와중에 시간 내주셔서 정말 감사했습니다."

머리를 숙이며 교헤이가 한 손으로 료가의 팔을 붙잡고 다른 한 손으로 허리를 껴안다시피 해 일으켜 세웠다. 엄마는 교헤이의 가방을 들고 깊이 허리를 숙인 후 뒤따라왔다.

"저, 잠시만 기다려주세요. 아직 설명이, 저기요!"

등 뒤에 따라붙는 코디네이터의 당황한 목소리에도 개의치 않고, 교헤이는 료가를 단단히 부축해 복도를 거침없이 나아갔다.

교헤이의 차를 타고 집으로 돌아오니 대문 앞에 야다가 서 있었다. 교헤이가 집을 둘러친 블록 담장 가까이에 차를 세우자, 엔진 소리를 들은 야다가 얼굴을 들었다. 일을 마치고 곧장 온 것인지, 에메랄드그린 폴로셔츠 위에 하얀 다운 패딩을 걸친 야다는 여느 때의 검정 배낭을 메고 있었다.

"료가 군!"

야다의 얼굴을 보고, 병원에서의 상황을 그녀가 이미 알고 있음을 눈치챘다.

"요시다한테…… 코디네이터 요시다 씨한테 전화를 받

았어. 지금 병원 다녀온 거 맞지? 환자의 가족이 설명 도중 화를 내더니 환자를 데리고 돌아가 버렸다던데……. 어떻게 된 거야? 료가 군도 그러길 원한 거야? 의사의 설명이 아직 다 안 끝났는데 자리를 떴다잖아. 교헤이 군, 어떻게 된 건지 설명해줘."

집 앞 좁다란 도로에서 야다와 교헤이가 서로를 노려보고 있었다. 엄마는 안절부절못하는 기색으로,

"야다 씨, 일단은 안으로 들어가요. 도로에 서 있으면 위험하니까. 자, 교헤이도."

하고 두 사람을 집 안으로 들이려 했다. "교헤이, 들어가자"라고 료가가 말하자 교헤이는 말없이 몸을 돌려 현관을 향해 걷기 시작했고, 야다가 그 뒤를 따랐다.

불기운이 없는 집 안은 냉랭했다. 발끝으로 전해져 오는 바닥의 냉기에 명치 부근이 몹시 아팠다. 엄마가 거실의 석유난로를 켜주었지만, 너무나 추운 나머지 웃옷을 벗을 수가 없었다.

"가키모토인지 뭔지 하는 그 의사가 맘에 안 들었어."

왜 도중에 자리를 떴느냐는 야다의 물음에 교헤이가 대꾸했다.

"뭐가 마음에 안 드는데? 그런 건 교헤이 군의 주관이잖아. 어린애도 아니고, 마음에 드니 안 드니 하는 이유

로 도중에 자리를 뜨는 게 어딨어?"

부엌에 서 있던 엄마가 쟁반에 뜨거운 차를 날라 왔지만, 야다와 교헤이 모두 선 채로 말다툼을 하고 있었다. 료가는 의료용 침대에 앉아 엄마가 끓여준 차를 손에 들고 곱은 손끝을 데우고 있었다. 둘 사이에 끼어들 말이 떠오르지 않아 막막했다.

"그 의사는 못 믿겠어."

"뭐가? 무슨 근거로 그런 말을 하는 거야. 가키모토 선생님은 항암제 치료 임상연구를 오랜 시간 해온 의사라고 들었어. 유명한 의학 잡지에 논문도 발표했고, 학회에서도 권위가……."

"그런 게 아냐. 그 의사한테 료가의 목숨을 맡길 순 없어. 난 그런 생각이 들었다고. 직감이야."

교헤이가 큰 소리를 냈으므로 야다는 하려던 말을 목뒤로 삼켰다. 엄마가 "그렇게 소리 지르면 못써" 하고 꾸짖었지만, 교헤이의 치켜뜬 눈은 여전히 야다에게로 향해 있었다.

"직감이라니…… 무슨 직감? 교헤이 군은 의료인도 뭣도 아니잖아. 의료 지식도 없는 비전문가잖아."

"사람을 믿을 수 있느냐 없느냐에 지식은 필요 없어. 눈을 보고 얘길 해보면 알아. 의료인은 아니어도 난 교사야. 사람을 판단하는 일에 있어선 비전문가가 아니지. 그 의사는, 료가를 연구 대상으로밖에 보고 있지 않아. 쥐나 토끼랑 동급으로."

"하는 수 없잖아…… 임상시험은 그런 거니까……."

야다는 고개를 떨구고 두 손으로 얼굴을 감쌌다. 엄마가 등을 쓰다듬으며 부엌 쪽으로 데리고 갔다. 4인용 식탁의 의자들 중 한 의자에 야다를 앉히고 귓가에 무언갈 소곤거렸다.

무거운 침묵이 방 안을 가득 메우고 있었다.

교헤이의 분노. 야다의 낙담. 엄마의 당혹. 그것들을 불러일으키고 있는 것이 자신의 병이라는 생각을 하니 료가는 비참해서 견딜 수가 없었다. 내가 이런 병에 걸리지만 않았더라면, 가족과 친구에게 이토록 괴로움을 주는 일은 없었을 텐데. 폐를 끼치는 일은 없었을 텐데. 어떻게 해야 했던 걸까. 도쿄에서 조용히 죽어가야 했는지도 모른다. 병과 홀로 맞서는 공포를 감당하지 못한 자신이 새삼 부끄러웠다.

"그만해."

자신의 의사와 상관없이 입이 떨어졌다.

"나는, 엄마나 교헤이나 야다가 다투는 모습은 보고 싶지 않아. 싸움의 원인이 나라는 생각을 하면 정말로……

괴롭단 말이야."

저도 모르게 한숨이 새어 나오고 있었다. 몸 안에 잔뜩 쌓여 있던 어두운 감정이 모조리 밖으로 빠져나온 듯한, 크고 깊은 숨이었다. 가족과 친구가 자신을 위해 시간을 할애하고 있다. 마음고생을 하고 있다. 그러므로 이제껏 나약한 소리를 해서는 안 된다고 생각해왔다. 교헤이도 엄마도 야다도, 바쁜 나날 속에서 자신의 생활을 떠받치고 있는 것이다. 이제 혼자서는 병원에 가는 일조차 할 수 없게 된 자신을 위해서. 그러니 긍정적으로 생각해야 한다고 스스로를 북돋아 왔다. 그러나 자신 때문에 주위 사람들이 피폐해져 가는 모습을 보는 건 참을 수 없었다.

"나도, 임상시험은 하고 싶지 않다고 생각했어."

야다의 등을 향해 료가는 말했다.

"이제 남은 시간이 그리 많지 않다면…… 되도록 나 스스로가 납득할 수 있는 일에 시간을 쓰고 싶어. 나도 교헤이와 마찬가지로, 그 의사에게 목숨을 맡겨보자는 생각은 들지 않았어. 임상시험을 준비해준 야다나 요시다 씨한테는 미안하지만."

료가에게 암을 선고했던 마쓰바라 의사 역시 냉정한 사람이기는 했으나, 그럼에도 그의 눈에는 감정을 지닌 사람의 동요가 있었다. 그런 의사의 동요가 환자에게는 위안이 될 때가 있다. 그런데 가키모토가 보는 자신은 교헤이의 말대로 그저 연구 대상에 불과한 것처럼 느껴졌다. 그런 사람에게 앞으로 얼마 남지 않았을지 모르는 시간을 맡길 수는 없었다.

"……알았어."

야다가 자신의 팔을 잡고 있던 엄마의 손을 살며시 떼어내고는, 일어서서 료가를 돌아보았다.

"미안해, 감정적으로 굴어서. 아주머니, 죄송해요. 전 가족도 뭣도 아닌데, 자꾸 간섭하게 되네요."

바닥에 놓아둔 배낭을 어깨에 걸치더니 야다가 가볍게 고개를 숙였다. 그러고는 "다음 방문 때 봬요" 하고 현관을 향해 걸어갔다. 료가는 뼈가 삐걱대는 듯한 허리 통증을 느끼며 그 뒤를 쫓았다.

료가가 현관에 다다랐을 때 야다의 모습은 이미 없었다. 그래도 아직 따라잡을 수 있으리란 생각에 운동화를 대충 구겨 신고 밖으로 나갔다.

"료가, 너 그런 몸으로 어딜 가려고."

엄마가 당황한 기색으로 현관 앞까지 나왔지만,

"잠깐 나갔다 올게. 걱정 마."

하고 정원에 놓여 있던 자전거에 올라탔다. 이 몸으로 자전거를 탈 수 있을지 한순간 공포심이 스쳤지만 과감히 페달을 밟았다. 순간적으로 몸의 균형을 잃을 뻔했다. 이럭저럭 다시 균형을 잡고 오른발, 왼발, 힘을 실어 앞으로 나아갔다.

집 앞 도로를 달려 모퉁이를 돌자 야다의 뒷모습이 보였다. 외나무다리를 건너듯 불안정하게 료가는 자전거 페달을 밟아나갔다. 그러나 엉덩이가 안장에 부딪는 고통이 점차 거세지기 시작해, 료가는 페달 밟기를 포기하고 회전하는 타이어에 몸을 내맡긴 채 앞으로 나아갔다.

조금만 더 가면 야다를 따라잡는다. 그렇게 생각했을 때였다. 등뼈에서부터 허리에까지 묵직한 통증이 일었고, 료가는 안간힘을 다해 브레이크를 잡았다. 온몸에 소름이 끼치는 금속음이 주위에 울려 퍼졌다.

"료가 군!"

뒤를 돌아본 야다와 눈이 마주친 그 순간, 핸들이 왼쪽으로 크게 기울며 자전거에서 떨어지고 말았다. 평소의 익숙한 둔통이 아닌, 뜨겁고 얕은 충격이 좌반신에 일었다.

"료가 군! 괜찮아?"

울상을 하고 뛰어온 야다를 향해,

"역까지 바래다줄게."

하고 료가는 목소리를 짜냈다. 도로에 팽개쳐져 부축을 받고 일어서는 와중에 무슨 소릴 하는 건가 싶어 웃음이 났지만, 야다는 그런 료가를 심각한 얼굴로 바라보고 있었다.

"안 다쳤어? 걸을 수 있겠어?"

료가가 일어서자 야다가 걱정스러운 얼굴을 들이밀며 물었다. 료가는 "괜찮아. 끄떡없어"라고 웃으며 대꾸하고는 다시 한번,

"역까지 바래다줄게."

하고 말했다. 오른손으로 슬며시 허리 부근을 쓰다듬어보니 통증은 가라앉아 있었다. 이대로 조금만 더, 야다를 역에 바래다줄 때까지는 버텨줘, 하고 자신의 몸에게 일렀다.

야다는 잠시 생각에 잠긴 듯 료가를 바라보고 있다가, 중요한 일을 결정할 때와 같이 진중하게 끄덕이고는,

"고마워. 그럼 바래다줘."

하고 말해 왔다. 자전거는 내가 밀고 갈게, 하며 도로에 쓰러져 있던 바구니 달린 자전거를 휙 일으켜 세우더니 옆에 나란히 섰다.

"짐, 자전거 바구니에 실을래?"

료가는 야다가 멘 배낭을 가리켰다. 야다는 선선히 배낭을 벗어 바구니 안에 쑥 집어넣었다. 배낭의 무게로 자전거 앞 타이어가 살짝 주저앉은 것이 료가에게도 느껴

졌다. 방문 간호사가 환자의 일상을 떠받치는 무게였다.

"……아까는 미안했어."

무슨 말이라도 해야 하는데, 하고 대화 주제를 찾고 있던 참에 야다가 말을 꺼냈다.

"아니야, 기껏 소개해준 임상시험인데 우리야말로 미안하지. 네 친구한테도 면목이 없어."

"그런 건 신경 쓰지 마. ……솔직히 '왜?'라는 생각을 했는데, 료가 군하고 교헤이 군이 하는 말도 이해가 돼. 나는 그 자리에 없었으니까 추측에 지나지 않지만, 그 가키모토라는 의사가 설명을 제대로 못 한 것 같아. 가끔 있거든. 나쁜 사람은 아닌데 설명이 부족하다든지, 반대로 쓸데없는 소릴 하는 사람. 그보다 료가 군 앞에서 교헤이 군하고 실랑이한 거, 반성하고 있어. 싫잖아, 자기 때문에 주위 사람들이 싸우면."

긍정도 부정도 하지 않고 료가는 입을 다문 채 계속 걸었다. 야다가 말하는 '싫다'는 감정과는 조금 다르다. 상대방을 질책할 마음은 없다. 그저 감당하기 힘들 뿐이다. 전문대를 졸업하고 일을 시작한 이래, 누구에게도 폐 끼치지 않고 살아왔다는 자부심이 있었다. 자만할 만한 인생은 아닐지언정, 그럼에도 남들 하는 만큼은 하면서 살아왔다고 생각한다. 그런데 이제는 더 이상 남에게 기대지 않고서는 살아갈 수가 없다. 비유가 아니라 정말로 살아갈 수 없는 것이다. 지금의 감정을 말로 표현하자면 무엇일까. 덧없다. 참담하다. 처량하다. 이 셋을 합쳐도 여전히 부족할 만큼의 속절없음으로 료가의 마음은 가라앉아 있었다. 자신이 무력하다는 현실이 눈앞에 들이밀려 있다. 그럼에도, 이런 상태임에도 불구하고 아직껏 죽을 힘을 다해 찾고 있다. 자신이 할 수 있는 무언가가 남아 있지 않을까 하는 생각으로 그 무언가를 찾고 있다. 정면에서 바람이 불어와 얇고 가벼워진 몸이 날아갈 듯했다. 옆을 걷고 있는 야다는 바람 따위 느껴지지 않는다는 양 앞으로 나아가는데, 료가는 아랫배에 힘을 주고 바람을 견디었다.

"어, 우리 학교 교복이잖아?"

달그락달그락 자전거 바퀴가 돌아가는 소리를 듣고 있는데 야다의 목소리가 떨어졌다. 몇 분밖에 되지 않는 짧은 동안이지만 야다가 옆에 있다는 사실을 잊고 있었다. 요즘 들어 종종 있는 일이었다. 옆에 사람이 있는데도 그 존재를 잊어버리곤 했다. 때로는 누군가와 한창 대화를 나누는 도중 꾸벅꾸벅 조는 때마저 있었다. 약 때문일 수도 있지만, 이쪽 세상에 머무를 시간이 짧아지고 있어서인가 하는 생각이 들기도 한다.

"어…… 교복?"

"방금 지나간 애가 입고 있던 교복, 우리 고등학교 교복이야. 신기하다. 졸업한 지 15년도 더 됐는데 디자인이 그대로야."

야다의 시선을 더듬어 뒤를 돌아보니 회색 교복을 몸에 걸친 남녀가 사이좋게 달라붙어 있었다.

"그래 료가 군, 고등학교에 가보자."

"지금?"

"응. 밖에서 구경만이라도."

다니던 고등학교는 료가의 집에서 도보 15분 거리에 있다. 맞은편에는 초등학교가 서 있고 그 옆 부지에는 슈퍼마켓과 작은 상점들이 있어 나름대로 지역의 번화가와 같은 장소였다. 번화가라고는 하지만 최근 몇 년 사이 많은 가게가 셔터를 내렸고, 슈퍼마켓도 주인이 바뀌었는지 이름이 달라졌다.

"만약 료가 군 몸이 괜찮다면 말이지만."

"좋아. 가보자."

료가는 허리 통증을 염려하면서도 등을 곧게 폈다. 다음 모퉁이에서 오른쪽으로 꺾으면, 이 근방에서는 제일 가는 번화가가 보일 터였다.

"우와, 진짜 오랜만이다."

학교 건물의 하얀 벽이 눈에 들어오자마자 야다가 목소리를 높였다.

"료가 군은 몇 년 만이야?"

"나는 재작년 정월에 이 근처를 지나갔으니까, 2년 만인가."

"그렇구나. 그럼 이 감동을 함께 나누진 못하겠네."

자신은 졸업식 이래 처음이라며 야다가 눈을 가늘게 떴다. 고등학교를 졸업하자마자 오카야마를 떠났고, 그 후 본가에 온 횟수는 한쪽 손가락으로 꼽아도 충분할 정도다. 모교를 그리워하는 마음도 이제껏 한 번도 든 적이 없었으니까, 하며 야다가 기분 좋게 웃고 있었다.

"고마워."

"뭐가?"

"난 료가 군 덕분에 여기로 돌아올 수 있었어."

오카야마로 돌아와 재취업했다는 사실을 엄마에게 전하러 가자 엄마는 눈물을 글썽이며 기뻐했다. 엄마의 재혼 상대도 이제 와 다시 보니 별다를 것 없이 좋은 사람이었고, 자신이 부재했던 15년 동안 두 사람은 행복하게 지내고 있었음을 알았다. 이제야 겨우 엄마를 축복할 수 있는 마음이 생겼다고 야다가 말했다.

"있잖아, 안에 잠깐 들어가 볼래? 이대로 학생들 사이에 섞여 들어가면 안 들킬 것 같아."

때마침 하교 시간인지 정문에서 회색 교복을 입은 학생들이 줄줄이 나오고 있었다. 만일 누군가 불러 세우면, 졸업생이라고 솔직하게 말하면 되겠지…….

료가는 고개를 끄덕이고는 자전거를 미는 야다와 나란히 학교 부지 안으로 들어섰다. 아무런 위화감 없이 들어갈 수 있었던 건, 이 학교에 다니던 3년을 몸이 기억하고 있기 때문이었다. 주차장에 자전거를 세우고 썰렁한 공기가 가득한 학교 안을 걸었다.

"아아. 저 소리, 오랜만이다."

향기를 더듬는 듯한 표정으로 야다가 고개를 비스듬히 치켜들었다.

"음악실에서 들려오는 저 음색은 콘트라베이스랑 튜바야."

부지 안에 학교 건물은 두 동이 있고, 음악실은 내측동 3층 끝이었을 터다. 지금 서 있는 곳과는 멀리 떨어져 있어 료가의 귀에는 불협화음으로밖에 들리지 않았다.

"나는 소리의 차이를 모르겠는데."

동아리 활동이 시작되는 시간인지 이쪽저쪽에서 목소리가 들려왔지만 악기의 음색은 분간할 수 없었다.

"나는 매일같이 들었으니까. 미술실에서는 되게 잘 들

리거든."

고등학교 3년은 미술부가 전부였다. 공부도 운동도 그다지 열심히 했던 기억이 없는데 동아리 활동만은 쉬지 않고 했었다. 미대에 진학하겠다는 가당찮은 생각은 없었다. 단지 그림 그리는 것이 즐거웠을 뿐이라고 야다가 그리운 듯 미소 지었다.

"전부였다라. 그렇게 말할 만한 뭔가가 있다는 게 부럽네. 야다의 그림이라든지, 교헤이의 야구라든지."

교헤이도 야구를 하기 위해 고등학교에 다녔었다. 수업은 충전 시간과 같은 것으로, 방과 후까지 체력과 집중력을 온존해두었다가 동아리 활동 때 스위치를 켜는 나날을 보내고 있었다. 방과 후가 되면 되살아나는 학생이 료가의 고등학교에는 많았다.

느릿한 발걸음으로 학교 건물 주변을 걸었다. 스쳐 지나는 학생들을 보고 있자니 적잖은 거리감이 느껴지는 한편, 만일 지금 고등학생으로 돌아가라고 한다면 교복 무리에 쉬이 녹아들 수 있을 듯한 기분도 들었다. 사실 나는 아직 고등학생이고, 졸업하고 나서의 16년은 기나긴 꿈. 병이든 뭐든 전부 다 나쁜 꿈이라면……. 불현듯 그런 생각을 했다.

옆을 걷고 있는 야다가 콧노래를 흥얼거렸고, 금속 야

구 방망이가 경구硬球를 때리는 드높은 소리가 운동장에서 들려왔다. 운동장으로 이어지는 완만한 경사로를 걷는데 앞쪽에 조립식 체육 창고가 보였다. 창고는 최근에 개축했는지 새로운 모습이었고, 료가가 기억하는 작은 판잣집이 아니었다.

"료가 군, 왜 그래? 갑자기 아무 말도 안 하고."

"아, 미안. 그립고 해서."

야다에게는 그렇게 대답했지만 실은 그리워하고 있는 것이 아니었다. 저물녘까지의 몇 시간, 학생들이 가장 나다운 모습으로 있을 수 있는 시간에 고등학생인 자신은 어디에 있었으며, 무얼 하고 있었는지 생각해내려는 중이었다. 미술실에 있는 야다. 운동장에서 공을 쫓는 교헤이. 그런 모습들은 아주 간단히 떠올릴 수 있었다. 그런데 자신의 모습이 어디에도 없었다. 방과 후의 풍경 속에서 사사모토 료가를 찾으려 했지만, 숨은그림을 바라보고 있는 듯 좀처럼 나타나지 않았다. 운동장을 빙 둘러싸고 있는 저것은 벚나무였던가. 어느 나무든 제멋대로 자라난 탓에 가지의 일부가 펜스 밖으로 비어져 나온 것도 있었다. 그러고 보면 예전에 이 나무들 중 한 나무에 기어오른 적이 있었다. 고등학생이 나무 타기를 하다니, 생각해보면 우스운 이야기지만 분명 올랐던 기억이 있다.

"료가 군은, 방과 후엔 맨날 교무실에 있었지."

료가의 마음을 읽기라도 한 듯 야다가 이야기를 꺼냈다. 소중한 물건이 보이지 않아 두리번두리번 주위를 둘러보고 있는 어린아이에게 "이거 찾지?" 하고 호주머니에서 꺼내는 것처럼.

"교무실에? 내가?"

"응. 나, 료가 군이 교무실에 있는 모습 자주 봤거든."

6교시 수업이 끝나면 선생님이 말을 붙이곤 했다. 국어의 야마기와 선생님. 화학의 이케다 선생님. 체육의 사카모토 선생님. 선생님과 함께 교무실로 가는 료가를 종종 보았다고 야다가 말했다. 나쁜 짓을 할성싶지도 않은 료가가 왜 교무실로 불려가는 것인지 이상하게 여겼는데, 선생님의 일을 거들고 있는 모습을 보고 납득이 갔다며 야다는 웃었다.

"맞다. 듣고 보니, 방과 후에는 학교에 남아서 이런저런 일들을 했던 것 같아."

불필요해진 도서실의 책을 종이상자에 채워 넣는 작업이라든지, 과학 실험실에 두기 위한 DNA 모형을 조립하는 일이라든지. 교사가 지시하는 대로 "네, 네" 하며 손을 움직였던 것 같다.

"그렇구나……."

"왜, 뭐가?"

"나, 교정에 있는 나무에 오른 적이 있거든."

그것은 체육의 사카모토 선생님으로부터 나뭇가지에 걸린 배드민턴 공을 꺼내어달라고 부탁받은 것이었다. 나무를 흔들어보기도, 빗자루를 써보기도 했지만 별 소용이 없었다. 결국에는 나무에 기어올라 직접 손으로 꺼냈다. 셔틀콕이라 불리는 배드민턴 공을 잡았던, 진짜 새를 잡은 듯한 폭신한 감촉이 손바닥에 되살아났다. 그러고 보니 그런 일이 있었다.

"위험해라."

"떨어졌으면 크게 다쳤을 거야."

운동부에도 문화부에도 소속되어 있지 않고 하물며 학생회 활동을 하거나 학원을 다니는 것도 아닌 료가는, 교사들에게 있어 심부름을 시키기 편한 존재였을 것이다. 생물의 고스게 선생님은 월말이 되면 송사리 수조를 닦아달라고 했고 먹이를 사 오라고 시킨 적도 있었다. 성가시기는 했으나 수업 때와는 다른, 평소보다 훨씬 소탈한 선생님들을 마주하는 일은 그 나름대로 재미있었다.

"근데 야다, 용케 기억하고 있네. 방과 후가 되면 내가 교무실에 있었다는 거."

"그야, 료가 군은 눈에 띄지 않는 곳에서 눈에 띄었거든."

"무슨 의미야?"

"남들 앞에서 뭔갈 하는 건 아니었지만, 남들이 없는 곳에서 활약하는 사람이었던 것 같아."

"잔심부름꾼이었다는 말이군."

"그게 아니고, 리모컨 5번 버튼에 난 돌기 같은 느낌? 기준점 같은."

"뭐야 그게."

"왜, TV 리모컨 같은 데 보면 5번 부분에 작은 돌기가 나 있는 거 몰라? 눈이 불편한 사람도 거기가 5번이라는 걸 알고 조작이 가능하게끔. 그리고 어두울 때도 알아차릴 수 있게끔 말야. 유니버설 디자인*이라고 하는 것 같더라고. 료가 군은, 어려울 때 저절로 찾게 되는 사람이야."

"그래?"

"그렇다니까. 나만 그런 게 아냐. 다들 의지했었어."

료가는 교정이며 학교 건물에 두루 시선을 주었다. 야다와 이야기하는 사이, 숨은그림 속에 감춰져 있던 자신의 모습을 찾아냈다.

---

* 성별이나 연령, 국적, 장애의 유무에 상관없이 누구나 손쉽게 이용할 수 있는 보편적인 디자인.

"료가 군도 그렇지만, 료가 군네 가족들은 정말 다정해. 나도 간호사로 일한 지 오래됐는데, 료가 군네만큼 서로를 배려하는 가족은 거의 못 봤거든. 피를 나눈 형제자매인데도 서로의 마음을 도려내는 말을 아무렇지 않게 내뱉는 사람도 있었고. 솔직히 '가족이란 대체 뭘까' 하는 생각이 들곤 해."

다들 자기 멋대로라며 야다가 입을 삐죽거렸다. "요즘 세상엔 자기만 생각하는 사람들이 너무 많아. 지금껏 파탄 난 가족 관계를 얼마나 많이 봐왔는지 몰라" 하고 야다가 얼굴을 찡그렸다.

야다의 푸념을 들으며, 료가는 앙상한 벚나무들을 바라보고 있었다. 이제 한 달만 지나면 벚꽃이 교정을 분홍색으로 물들일 텐데, 그 무렵 나는 과연 어디에 있을까. 벚꽃을 보면서 아름답다는 생각을 할 수 있을까……. 문득 가슴이 세게 조여 와,

"나랑 교헤이는…… 사실 형제가 아니야."

쥐어 짜내듯 그 말을 내뱉었다. 야다의 얼굴에서 웃음기가 가셨다.

"응? 그게 무슨……."

"교헤이는 우리 엄마의 여동생이 낳은 아이고…… 걔가 세 살일 때 우리 집에 맡겨졌어."

“어머님의 여동생이 낳은 아이…… 라는 건, 사촌이란 뜻이야? 어, 그치만 두 사람 되게 닮았는데.”

“쌍둥이였거든. 엄마랑 이모가 쌍둥이 자매였어.”

교헤이가 집에 왔을 때, 료가는 이제 막 네 살이 된 참이었다.

모친의 죽음을 이해하지 못한 채 갑작스레 친척 집으로 오게 된 교헤이는 “엄마, 엄마” 하며 밤새도록 울부짖었다. 자신의 눈물로 목이 멘 채 연신 흐느껴 우는 교헤이를 곁에서 지켜보며, 자신도 슬픈 마음이 들어 눈물을 쏟았다. 오늘부터 교짱은 우리 집 애란다. 다 함께 교짱을 키우는 거야. 너는 교짱의 형이니까 잘 대해주렴. 엄마는 울다 지쳐 잠든 교헤이의 땀을 수건으로 닦으며 그렇게 말했다.

“교헤이는 꼬맹이일 때부터 보통이 아니었어. 펑펑 울었던 건 우리 집으로 온 날 밤까지만이고, 다음 날부터는 밥도 잘 먹고 내 옆에 깔린 이불에서 울지도 않고 잘 잤거든. 우리 집에 처음 왔을 때는 그렇게나 연약해져 있었는데, 걔는 점점 강해져 갔지. 교헤이 본인이 양자임을 알게 된 건 우리가 고1일 때였어. 하지만 아무것도 바뀌지 않았어. 교헤이가 자신의 의사로 아무것도 바꾸지 않았어.”

"교헤이 군의 의사란 게 무슨 말이야?"

"우리 가족의 끈끈함은 객관적으로 보기엔 평범하지 않다고 생각해. 근데 그건, 부모님과 우리 형제가 각자 그렇게 되기를 바라왔기 때문이야. 번듯이 가족이 되자고 말이야. 그래서 교헤이는 자기가 양자란 걸 알고도 부모님한테는 아무 말도 하지 않았어. 지금까지와 같이 있기로 마음먹은 거지."

"료가 군, 왜 나한테 이런 중요한 얘길 해주는 거야?"

"왜일까……. 우리 가족 일을, 네가 알았으면 하는 마음이 생겼어."

겉으로는 당연해 보이는 네 가족. 하지만 저마다 당연하지 않은 마음을 지니고 한 지붕 아래 살아왔다. 자신이 사라져버리기 전에 그 사실을 누군가에게 이야기해두고 싶었다.

새하얀 유니폼을 입고 두 줄로 늘어선 야구부원들이 눈앞을 달려 나갔다. 스파이크가 지면을 파고들어 모래먼지가 일어났다. 흙냄새가 반가웠다. 등 뒤의 학교 건물에서는 악기 소리가 들려왔다. 개인별 기초 연습이 끝났는지 합주가 시작되었고, 굵직이 한 다발이 된 박력 있는 음색이 바람을 타고 흘러왔다.

"그럼 나도 비밀 하나 얘기해줄까?"

후욱, 하고 숨을 깊이 들이마신 야다가 장난기 어린 시선을 보내왔다.

"나 있지, 고등학교 3년 내내 료가 군을 좋아했어. 근데 고백은 못 했어. 이유는 단순 명쾌하게 내가 예쁘지 않았으니까. 자신이 없었거든."

그래서 졸업 전 축제 준비로 료가와 연극 배경을 만들었을 때는 정말로 기뻤다며 야다가 어깨를 움츠렸다.

"하교 시간 직전까지 교실에 단둘이 남아 있고, 또 료가 군네 집까지 가고. 그렇게 멋진 일이 나 같은 사람한테 일어나다니 기적이라고 생각했어. 그 하루는, 내 청춘이었어."

료가의 머릿속에 파란 하늘을 향해 가지를 뻗은 벚나무가 떠올랐다. 그랬다. 분명 그런 일이 있었다. 분홍 물감으로 꽃잎을 그리고, 빨간 물감과 하얀 물감을 다 쓰고 나서는 엄마에게 분홍색 천을 받아 꽃잎을 만들었던 것이다. 자신의 인생에 그런 눈부신 하루가 있었음을 료가는 지금 생각해냈다.

"나도 그래."

"응?"

"너랑 엄마랑 할머니랑 같이 한밤중이 되도록 작업했었지."

"맞아, 맞아."

"네가 나를 그렇게 생각해줬다는 건 몰랐지만, 그날은 정말로 즐거웠어. 나한테 있어서도 청춘이었어."

야다가 두 눈을 휘둥그레 뜨고 놀란 얼굴을 했다. 료가는 시선을 피하지 않고 미소로 되받았다. 도쿄의 대학병원에서 우연히 재회한 날부터 오늘까지의 날들이 되살아나기 시작했다. 가족에게는 내보일 수 없는 무겁고, 어둡고, 둘 곳 없는 마음을 야다는 받아들여 주었다. 그런 야다의 존재에 얼마나 큰 힘을 얻어왔는지 모른다. 언젠가 이 마음을 말로 분명하게 표현해야겠다는 생각을 하고 있었다.

"나는 네가 옆에 있어줘서……."

그 말을 꺼냈을 때, 발밑으로 경구가 굴러왔다.

주워주려고 운동장 흙 위에 발을 딛고 무릎을 구부린 순간, 무디게 욱신거리고 있던 허리에 쐐기를 박는 듯한 격통이 일었다. 순간적으로 양 무릎의 힘이 빠져 그 자리에 쓰러졌다.

온몸에서 땀이 솟고 숨이 거칠어져 갔으나 옆에 있는 야다는 료가의 상태를 감지하지 못했다. 목소리도 나오지 않았다. 시간으로 따지면 몇 초에 불과했지만, 료가에게 있어서는 너무나도 긴 시간이 흐르고 있었다.

"료가 군? 왜 그래, 괜찮아? 료가 군!"

목소리를 짜내려 했지만 격심한 통증에 숨을 들이쉬는 것조차 불가능했다. 야다가 몸을 굽혀 얼굴을 들이밀었다.

"……소란 피우고 싶지 않아."

료가는 그 말만 내뱉고 두 눈을 질끈 감았다. 몰래 들어온 모교에서, 많은 학생들이 있는 앞에서 소동을 일으키고 싶지 않았다. 그런 료가의 마음이 전해졌는지, 야다가 귓가에 "알았어" 하고 대답하더니 휴대전화를 손에 들고 전화를 걸었다.

*

눈을 떠보니 집 침대에 가로누워 있었다. 창문에는 커튼이 쳐져 있어 지금이 몇 시인지 알 수 없었다.

야다와 고등학교를 찾아간 것도, 그곳에서 정신을 잃을 정도의 통증이 엄습한 것도, 그 후 병원으로 실려 간 것도 전부 꿈인가 싶었지만 그렇지 않은 모양이었다. 몸에서 흙냄새가 났다. 병에 걸리고 많은 기능이 쇠약해진 가운데 이상하게도 후각만은 예민했다.

곧바로 병원에서 검사를 받고, 암이 요추로 전이된 사

실을 알았다.

의사의 설명을 함께 듣고 있던 엄마는 그 자리에서 통곡했지만, 료가는 '마침내 거기까지 갔구나' 하고 빠른 진행 속도에 그저 아연실색할 뿐이었다. 뼈전이*가 발생했다고 해서 죽음이 당장 눈앞에 닥친 것은 아니다. 뼈전이를 발견한 후로 몇 년을 더 사는 사람도 있다. 한 해, 두 해, 혹은 더 오래. 료가에게 병세를 설명해준 의사는 자신의 환자 중에는 뼈전이가 판명되고도 6년 넘게 생존 중인 사람이 있다고 알려주었다. 약으로 통증을 계속 조절하면서 직장으로 복귀한 사람도 있다고. 그런 이야기를 들으니 여기서 끝이 아니라는 생각이 들었으나, 그럼에도 료가의 몸 안에 있는 모래시계는 지금까지 이상의 속도로 남은 시간을 떨어뜨리기 시작하고 있었다.

조심조심 몸을 비틀었다. 역시나 똑같은 통증이 꼬리뼈 부근에 일었다. 다만 낮에 느낀 만큼의 통증은 아니었다. 머리맡에 둔 스탠드의 스위치를 켜자 하얀빛이 방 안을 밝혔다.

침대 난간을 붙잡고 난간을 끌어당기다시피 해 몸을 일으켰다. 낮에 있었던 격통을 기억하기에 몸을 약간만 움직여도 이마에 진땀이 배었다. 그래도 생각보다는 순

* 암이 뼈로 전이되는 현상.

조롭게 침대 위에 앉을 수 있었다. 만일 통증이 심해질 것 같으면 모르핀을 지속적으로 피하주사하는 방법도 있다고 의사는 제안했다. 혈관에 바늘을 삽입해두고 펌프에 든 모르핀을 체내에 지속적으로 주입하면 통증이 한결 가라앉는다고 말이다. 하지만 그 처치를 받기 전, 료가에게는 아직 하고 싶은 일이 있었다. 몸을 자유로이 움직일 수 있는 동안, 무슨 일이 있어도 반드시…….

내복약이 효과가 있는지 발을 바닥에 내려놓아도 그다지 심한 통증은 없었고, 걸을 수는 있었다. 테이블 위에 놓인 휴대전화를 보고 시간을 확인하니 아침 다섯 시가 지난 참이었다. 어디선가 신문 배달을 하는 듯한 오토바이의 엔진 소리가 들려왔다.

료가는 발소리를 죽이고 2층으로 이어지는 계단을 올라갔다. 지금 2층을 쓰고 있는 사람은 엄마뿐으로, 부모님의 침실이었던 방에서 혼자 잠을 잔다.

료가는 옆방에서 자고 있는 엄마가 깨지 않도록 살며시 문을 열어, 일찍이 두 형제가 쓰던 방으로 들어갔다. 썰렁한 방에 불을 켠 다음 곧장 벽장으로 다가갔다. 엄마가 료가의 물건을 멋대로 처분하는 일은 없었으므로 그동안 모아온 모든 물건은 이 벽장 안에 채워져 있을 터였다.

신변 정리를 시작해야겠다고, 료가는 생각했다.

그런 결의를 다지게 할 만큼 허리에 느껴진 통증은 충격적이었다. 이대로 죽어도 이상하지 않다는 생각이 들 정도의 격통이었다. 할 수 있는 일이 한 가지, 또 한 가지 줄어가다 어느새 아무것도 할 수 없게 될 것이었다.

벽장 미닫이문을 왼쪽으로 밀자 오른쪽 절반이 드러났다. 하단에는 플라스틱 의류 수납장이 들어 있고, 그 안에는 이제껏 사 모은 만화책이며 낚시 전문지가 들어차 있었다. 아빠가 정기 구독하던 산악 잡지까지 고스란히 남아 있었다.

료가는 수납장의 투명한 서랍을 열어둔 채 그 옆에 자리를 잡고 앉았다. 그리고 방 귀퉁이에 잡지를 쌓아 올렸다. 이 수납장은 금세 비울 수 있을 듯했다. 잡지 다발은 끈으로 동여매 주말마다 근처를 돌아다니는 폐지 수거 트럭에 내놓으면 되었다.

벽장 오른쪽 하단, 전체에서 4분의 1을 차지하고 있던 수납장의 내용물을 비우니, 인생의 4분의 1을 강물에 흘려보낸 듯한 기분이 들었다. 이번에는 미닫이문을 오른쪽으로 밀어 왼쪽 하단에 무엇이 들어 있는지 확인했다. 앉은 채로 몸을 움직여 왼쪽 하단에 얼굴을 들이밀었다. 여기에는 수납장이 아닌 커다란 종이상자가 그대로 처박혀 있었다. 안에 뭐가 들어 있는지 전혀 기억나지 않았다.

뚜껑에 해당하는 부분을 잡고 묵직한 상자를 훅 끄집어 내자, 예리한 나이프에 찔린 듯한 통증이 허리에 일었다.

"아……."

그러나 저도 모르게 목소리가 새어 나온 긴 통증 탓이 아니었다. 종이상자 안에 그리운 물건들이 들어차 있기 때문이었다. 등산용 중형 배낭. 방한용 점퍼와 장갑. 휴대용 석유등과 카라비너*, 나이프 따위도 투명한 비닐봉지에 든 채 아무렇게나 처박혀 있었다. 용품 하나하나에 등산하던 때의 노고와 감동 같은 것이 깃들어 있는 데다 고가이기도 했으므로 여기 있는 것들은 차마 버릴 수 없었던 것이다. 아빠에게서 받은 것도 있고 용돈을 모아 산 것도 있었다. 하지만 어느 것이고 쉬이 손에 넣은 게 아니었다.

열다섯 살에 겨울 설산에서 조난된 직후, 교헤이는 가지고 있던 등산용품을 모조리 처분했다. 자신은 그렇게까지 철저하지 못했으나, 그럼에도 산에 대한 마음은 이 종이상자에 조난의 공포와 함께 봉인했던 것이다. 아빠만은 그 후로도 이따금 혼자 산에 오르곤 했는데, 겨울 산은 가지 않았다.

그리운 등산용품을 손에 들고, 이 용품을 사용해 산을

* 암벽 등반에 쓰이는 로프 연결용 금속 고리.

오르던 시절의 일을 떠올렸다. 아빠가 이끄는 대로, 정상을 향해 급사면을 올라가던 날의 일을. 아무리 긴 거리를 걸어도 젊고 건강한 육체는 버텨주었다. 순발력과 신체 능력으로는 교헤이를 따라갈 수 없었지만, 자신에게도 지구력만은 있었기에 지쳐서 주저앉은 동생에게 "힘내"라는 말을 건넬 때도 종종 있었다. 어쩌면 아빠는 그래서 우리에게 등산을 시켰던 것일까. 아니, 그건 지나친 생각인가……. 쓴웃음을 지으며, 비틀린 채 부어오른 발가락을 양말 위로 매만졌다.

맞다. 그날, 설산에서 조난된 날에 쓴 편지는 어디 있는 걸까.

불온한 정적이 텐트를 휘감는 가운데, 교헤이와 등을 맞댄 채로 펜을 놀렸다. 만일 이대로 되돌아가지 못한다면 엄마 아빠를 두 번 다시 만날 수 없다. 그러니 편지를 남겨두자. 그 말을 꺼낸 것은 료가였다. 만에 하나, 혹시라도 어느 한 사람이 목숨을 잃게 된다면 살아남는 쪽이 이 편지를 전달하기로 한다. "알겠지?" 하고 다짐을 받는 료가를 향해 교헤이는 입술을 깨물고 고개를 끄덕였다.

편지를 쓰는 동안, 교헤이의 심장 박동과 희미한 떨림이 등 너머로 전해져 왔다. 료가 역시 떨고 있었다. 그렇지만 자신의 것이 아닌 열기가 바로 가까이 있다는 사실에 마음이 든든했다.

료가는 종이상자의 모든 내용물을 카펫 위에 꺼내어 편지가 뒤섞여 있을 만한 곳을 꼼꼼히 뒤졌다. 배낭 안. 점퍼 주머니. 두 통의 편지는 분명 눈에 젖지 않도록 비닐에 감쌌던 기억이 있다.

죽음을 각오한 열다섯 살의 나는 대체 어떤 말을 적었을까.

그날 밤 자신이 무슨 생각을 하고 있었는지 너무도 궁금해, 료가는 종이상자 안을 필사적으로 뒤적였다. 안에 든 물건들을 계속해서 내던졌고, 종이상자는 머지않아 텅 비게 되었다. 그러나 편지는 끝내 보이지 않았다. 교헤이가 자신의 등산용품을 처분할 때 함께 버렸는지도 몰랐다.

커튼 틈새로 아침 햇살이 비쳐 들기 시작했을 무렵, 작은 발소리가 들려왔다. 발소리는 방 앞에서 멈추었고, 노크 후 문이 열렸다.

"료가, 여기 있었구나."

잠옷 위에 연지색 털실 카디건을 걸친 엄마가 문 너머에서 얼굴을 내밀었다.

"자는 줄 알았는데 침대에 없길래 걱정했어. 여기서……

뭐 하는 거니?"

"벽장 정리."

"이런 시간에 웬일이야?"

료가가 입을 다물고 있자 엄마의 얼굴에 차츰 그늘이 드리웠다. "깨워서 미안" 하고 중얼거리곤, 카펫 위에 내팽개친 등산용품들을 종이상자 안에 정리했다. 이건 상자째로 처분하면 될 것이었다.

"엄마, 이 상자 안에……."

유서, 라는 말을 입 밖에 낼 뻔하다 황급히 "편지 들어 있지 않았어?" 하고 고쳐 말했다.

"……편지?"

"편지래도 봉투에 든 제대로 된 편지는 아니고, 웬 종이 뒷면에 휘갈겨 쓴 거지만."

얼굴에 당황한 기색이 나도는 엄마가,

"산에서 쓴 편지라면 엄마가 갖고 있는데……. 갑자기 왜?"

하고 물었다.

"아니, 그냥……."

읽고 싶어져서, 라고 말하기는 왠지 모르게 껄끄러워 "엄마가 갖고 있는 거면 됐어" 하고 얼버무렸다.

모든 등산용품을 종이상자 안에 집어넣은 다음 뚜껑을

덮고 천천히 일어섰다. 오랜 시간 같은 자세로 있었던 탓인지 허리에 뼈가 갈리는 듯한 통증이 느껴졌다.

"아프니?"

"아니, 아프진 않아."

"무리 안 해도 돼."

"음…… 살짝 아파. 그건 그렇고 엄마, 꼭 좀 상의할 일이 있어. 상의라기보다는 부탁이지만."

부탁이 있다. 그렇게 말했을 뿐인데 엄마는 두 눈 가득 눈물을 글썽였다. 그리고 아무런 말 없이 료가의 몸에 양팔을 두르고는, 놀라우리만치 강한 힘으로 부둥켜안았다. 어리둥절해 있는데 가슴 언저리에서 "미안해" 하고 우물거리는 목소리가 들려왔다.

"미안하다니, 뭐가……."

"너는 어릴 적부터 아무 불평도 안 했잖니. 그래서 엄마는 너를 맨날 뒷전으로 미뤄놓기만 했어. 그래, 료가……. 부탁이든 뭐든…… 뭐든 마음껏 얘기해봐. 엄마가 뭐든 다 들어줄게. 너는 맨날 남들한테만 자상하고, 자기한테는 못 그러고……."

료가는 축 늘어뜨리고 있던 팔을 들어 올려 엄마의 등에 둘렀다. 작고 둥근 몸이 료가의 팔 안에 쏙 들어왔다.

어제 야다와 둘이서 모교를 찾았다가 깨달은 것이 있

었다. 나는, 나답게 살아온 것이다. 아등바등하지 않고 좋아하는 일을 하며, 주위 사람들과 진실한 관계를 맺으며 살아왔다. 리모컨 5번 버튼에 난 조그마한 돌기. 그것이 자신의 역할이었다. '다들 의지했었다'는 말은 야다의 빈말일 수도 있지만, 그럼에도 자신에게는 분명히 마음 둘 곳이 있었다.

"엄마, 나 태어나길 잘한 것 같아."

료가는 그렇게 혼잣말하곤, 울음을 터뜨린 엄마를 힘껏, 아주 힘껏 끌어안았다.

*

한 달 반 후, 료가는 등산로 초입에 서서 봄 하늘을 올려다보고 있었다. 아침에는 안개가 자욱했는데 열한 시를 지날 즈음부터 햇볕이 강해졌다. 희뿌연 연기는 숲속으로 사라져갔고, 가까스로 안개가 걷혔다. 무사히 출발할 수 있음에 감사하며 천천히 뒤를 돌아보았다.

"출발할까?"

그렇게 말하자 교헤이가 "그래" 하며 한쪽 손을 들었다. 교헤이의 등에는 료가가 걷지 못하게 될 때를 대비해, 접힌 등산용 휠체어가 메여 있었다.

"다시 한번, 나기 산을 오르고 싶어."

한 달 전쯤 엄마에게 그런 소망을 전한 이후 교헤이가 준비해준 것이었다.

나기 산은 해발 1255미터의 산으로, 보통은 두 시간 반 정도면 정상까지 갈 수 있다. 오늘처럼 날씨가 좋으면 위험하지 않은 산이다. 그러나 이번에는 료가의 몸 상태가 악화되었을 때를 고려해 교헤이뿐 아니라 야다와 다카나까지 동행해주었다.

"다카나, 정말 올라갈 수 있겠어?"

산 경치가 생경한지 다카나는 아까부터 휴대전화로 사진만 찍고 있었다.

"거뜬해요. 점장님도 아시잖아요, 제 체력."

친구에게서 빌려 온 방한복과 고글 따위의 복장만 보면 숙련된 등산가처럼 보이지만, 등산은 태어나 처음이라고 한다.

"다카나 군은 고등학교 때 야구 선수였잖아. 야다를 등에 업고서도 올라가겠지."

교헤이의 농담에 "당연하죠. 원하시면 공주님 안기 해서 올라갈게요"라며 다카나가 웃었다. 야다가 아주 싫지만은 않은 얼굴로 다카나의 등을 가볍게 때렸다.

"갈까? 오후 두 시경에는 정상에 도착하고 싶거든."

한 번 더 말하자 료가를 선두로 하여 바로 뒤를 야다가, 그 뒤에 다카나, 교헤이 순으로 일렬로 늘어섰다.

출발하고 10분쯤 걸으니 코스 갈림길이 보였다. 료가는 19년 전과 마찬가지로 오카미이와로 향하는 C코스를 골랐고, 거기서부터 한동안 이어지는 삼림 속을 나아갔다. 봄철 등산은 산길에 아름다운 꽃들이 피어 있어 좋다. 작은 항아리 모양을 한 흰색 단풍철쭉. 마취목이며 제비꽃이며 외대바람꽃. 햇살이 나긋하고 바람이 부드러웠다. 료가는 잠시 멈춰 서서 꽃들에 시선을 준 채 초목의 달콤한 향기를 들이마셨다.

그런데 등산로 입구에 의기양양하게 발을 디디긴 했으나 계속 걷다 보니 호흡이 거칠어지기 시작했다. 인정하고 싶지 않지만 몸 상태는 요즘 들어 날로 악화되는 중이었다.

"료가, 괜찮냐?"

등 뒤에서 교헤이의 목소리가 들려왔다.

자신이 발을 멈추면 뒤따라오는 세 사람도 발을 멈추었다. 료가가 선두에 선 것은 자신의 페이스로 걷기 위해서였다. 지치면 원하는 만큼 휴식하면 되었다. 갈 수 있는 데까지 가고, 도중에 하산하는 것 또한 료가 마음이었다. 출발 전, 교헤이는 료가에게 "못 걷겠을 땐 도움을 받으면 그만이야"라고 근처 슈퍼에라도 가는 양 대수롭지 않게 말했다.

"갈 수 있겠어?"

뒤를 돌아보니 경사면에 선 교헤이가 두 손을 허리에 짚은 채 올려다보고 있었다.

"문제없어."

"힘들면 부담 갖지 말고 말해."

10킬로그램이 넘는 등산용 휠체어를 짊어지고도 교헤이는 얄미울 정도로 여유로웠다. 엄마 곁에는 앞으로도 교헤이가 함께할 것이다. 그런 생각을 하니 든직하기도, 섭섭하기도 해서 료가는 작게 웃어 보였다.

완만한 경사면이 이어지는 산길을 한 걸음, 두 걸음 계속해서 올라갔다. 산길에 박혀 있는 통나무 계단 덕에 발이 미끄러질 일은 없었다. 무릎도 허리도 뜨끔히 쑤시긴 했지만, 진통제가 듣는 것인지 지금으로선 문제없이 움직였다. 검사를 받은 종합병원의 의사로부터 '넘어지면 약해진 뼈가 부러질 가능성이 있다'는 충고를 들었으므로 신중하게 걸음을 옮겼다.

갈림길에서 30분쯤 걸어간 곳에 식수대가 있었다. 식수대라고 해도 파이프에서 물이 나오고 있을 뿐이지만 손을 대보니 놀랍도록 차가웠다. 이 차가움이 더할 나위 없이 좋아, 손바닥에 물을 받아 곧장 입안에 머금었다.

"앗, 차가워. 료가 군, 이렇게 차가운 물 마셔도 괜찮아?"

료가 옆에서 샘물을 만지고 있던 야다가 놀라서 손을 뒤로 뺐다.

"괜찮아."

료가는 크게 심호흡하고, 다시 한번 주변 경치로 시선을 돌렸다. 단단한 외피를 벗은 새싹이 수목의 가지에 불거져 있었다. 자신이 멈춰 서 있는 동안에도 계절은 바뀌고 새 생명이 싹트고 있었다. 남겨진 시간이 짧다면, 짧기에 더더욱 계절을 느끼며 살고 싶었다. 자신이 살아온 세상을 이 두 눈에 새겨두고 싶었다.

식수대를 지나고부터는 들쑥날쑥하게 굴곡진 산길이 끝없이 이어졌다. 어딘가에서 휴식을 취하고 싶은 마음은 있었으나, 한 번 멈춰 서면 그대로 눌러앉아 버릴 듯해 료가는 온 힘을 다해 발을 앞으로 내디뎠다. 해발 1000미터 부근에 오카미이와라 불리는 바위가 있을 터인데, 그래 보이는 것은 눈에 띄지 않았다.

"아직인가, 오카미이와."

바로 뒤를 걷고 있는 야다가 숨을 헐떡였다.

"오카미이와가 뭐예요?"

다카나의 목소리가 들려왔다.

"정상으로 가는 길의 표식 같은 거야. 오카미이와에서 정상까지 한 시간 정도 걸린다고 가이드북에 쓰여 있었으니까, 아직인가 해서. 이제 곧 출발한 지 세 시간째고."

19년 전 그날, 형제는 오카미이와를 지난 후 등산로를 벗어났다. 내리쌓인 눈 속에서도 '오카미이와'라고 적힌 나무 말뚝만은 두드러졌고, 골짜기 아래로 추락하고부터는 그 표식을 목표 삼아 걷고 있었다.

페이스가 떨어진 것일까. 제 딴에는 제법 빠른 속도로 걷는 듯해도 분명 적잖이 더디었을 터다. 페이스를 올리지 않으면 일몰 전까지 하산할 수 없을지도 몰랐다. 하지만 생각은 그렇게 해도 몸이 무거웠고, 이보다 빨리 걷지는 못할 것 같았다.

"점장님, 이 짐은 제가 들게요."

갑자기 등이 가벼워져 뒤를 돌아보니 다카나가 료가가 멘 배낭의 밑바닥을 들어 올리고 있었다.

"됐어. 거의 아무것도 안 들었으니까."

"주세요, 주세요."

다카나가 배낭의 어깨 벨트를 풀자 몸이 순식간에 가벼워졌다. 다카나와 교헤이에 비하면 자신이 지고 있던 짐 따위 어린애가 심부름하는 수준의 무게였다. 그렇지만 짐을 맡기고 나니 몸이 놀랄 만큼 편해졌다. 료가는 다시 한번 깊게 숨을 들이마셨다. 폐 가득히 신선한 공기를 채우자 몸이 크게 부풀었고, 아직 힘을 낼 수 있을 것 같은 기분이 들었다.

"저기, 다카나. 너희 아버지는 몇 살 때 돌아가셨어?"

노폭이 조금 넓어져 료가는 다카나의 옆에 섰다. 옷과 배낭을 빌려준 친구에게서 신발까지는 빌리지 못했는지, 다카나의 발엔 등산과는 어울리지 않는 하얀 스니커즈가 신겨 있었다. 그럼에도 무척 경쾌하게 풀을 밟으며 경사면을 오르고 있었다.

"서른여덟이실 때요. 제가 열세 살이었고요."

"아버지가 젊으셨네."

"저희 부모님, 속도위반으로 결혼하셨거든요."

아버지는 전자 부품을 만드는 작은 공장을 경영했다. 어머니는 공장 근처의 선술집에서 일했고, 아버지는 그 가게의 단골손님이었다. 자신이 태어난 것은 아버지가 스물다섯 살, 어머니가 스무 살일 적. 지금 아버지가 살아 계셨다면 쉰 살이시겠죠, 하고 다카나가 양 손가락을 접으며 헤아렸다.

"아버지 돌아가셨을 때, 기억나?"

"당연히 기억나죠. 전 이미 중학생이었으니까요."

"무슨 말씀 없으셨어?"

"무슨 말씀이라뇨?"

"그…… 마지막 말이라고 해야 하나. 유언 같은 거."

"아아, 그런 거요? 으음, 어땠더라. 있었던 것 같기도 하고 없었던 것 같기도 하고."

그러고 보니 돌아가시기 며칠 전, 의식이 가물가물해지시기 전에 같이 맥주를 마셨었지, 하며 다카나가 너도밤나무의 가지를 올려다보았다. 술을 좋아하던 아버지였는데, 아닌 게 아니라 병이 나고부터는 술을 딱 끊었다. 그런데 "마지막 순간에는 맥주를 마시게 해줘"라는 말을 항상 했었고, 그날은 자신이 병실에 찾아가자 대뜸 "맥주 좀 사 와라" 하며 500엔짜리 동전을 내밀었다. 아들이 오기를 내내 기다리고 있었는지 아버지의 손에 있던 500엔짜리 동전이 뜨거워져 있었다며 다카나가 조용히 웃었다.

"같이 맥주를 마셨다니, 너는 아직 중학생이었잖아."

"아주 조금이었어요."

산소 흡입 중이었고, 이미 맛을 느낄 수조차 없었을 텐데도 아버지는 "건배" 하며 컵을 치켜들고는 맥주를 입안에 머금었다. 곧바로 토해냈지만 만족스러워하는 모습이었다.

"그때, 뭔가 유언 같은 말씀을 하셨어요."

"혹시 괜찮으면 얘기해줄 수 있어?"

"야구 열심히 해, 딱 그 한마디. 아, 근데 그다음 이런 말씀도 하셨어요. 만약 야구로 잘 안 풀리면, 그건 그때 가서 생각하면 된다고. 또 다른 걸 찾으면 된다고요. 저는 안 풀리리란 생각은 눈곱만큼도 없었으니까, 솔직히 무슨 소릴 하는 건가 싶어 울컥했지만요."

근데 지금 와서는 그 말에 힘을 얻고 있어요. 아버지는 제 미래를 내다보고 있었는지도 모르겠네요, 하고 다카나가 먼 숲으로 시선을 주었다.

마지막 순간, 나는 교헤이에게 무슨 말을 전할까.

엄마와 할머니와 야다에게는 고마운 마음밖에 없었다. 그저 고마움뿐이었다. 누군가 자신을 소중히 아껴준다는 행복감과 안심감. 만일 다시 태어난다면 결혼을 하고 싶다고 생각했다. 결혼해서 자신이 자라온 것과 같은 가정을 이루고 싶었다.

5분 걷다 5분 휴식하는 페이스로, 료가와 세 사람은 너도밤나무 숲속을 계속해서 걸었다.

예정으로는 출발한 지 한 시간 반 후면 해발 1000미터 표식인 오카미이와에 다다랐어야 했다. 그러나 페이스가 늦은 나머지 이미 네 시간이 넘어가려 했다. 역시 무리야. 그렇게 몇 번인가 포기하겠다는 말을 내뱉으려 했지만, 너도밤나무 가지 끝 너머로 펼쳐진 파란 하늘에 눈길을 주며 필사적으로 마음을 돌렸다. 산 정상의 경치를 보고 싶었다. 여기까지 와서 되돌아갈 수는 없다며 자기 자신을 북돋웠다.

"료가 군, 저게 오카미이와야?"

바로 뒤를 걷고 있던 야다가 료가의 어깨를 톡톡 건드렸다. 가리키는 방향으로 시선을 돌리자 그렇게 크지 않은 바위산이 눈에 들어왔고, '오카미이와'라고 적힌 나무 말뚝이 세워져 있었다.

"맞아. 드디어 도착이군. 잠깐 올라가 볼까?"

교헤이가 성큼성큼 다가와 료가의 팔을 가볍게 쥐었다.

"아니, 서둘러서 가자. 예정보다 많이 늦어졌어."

여기까지 이르렀다는 사실에 새로운 힘이 솟았지만, 이 지점에서 아직 해발 1000미터인가 생각하면 안도하는 마음보다 불안한 마음 쪽이 컸다. 일몰은 여섯 시 반. 그 전까지는 하산해야 했다.

거기서부터는 앞서간 사람의 발자국을 자신의 신발로 덧새기듯 걸어 나갔다.

누군가 이 길을 걸어왔다. 자신은 그 뒤를 좇고 있다. 그것은 살아가는 것, 그리고 죽는 것과 닮아 있는 듯한 기분이었다. 사람은 계속해서 삶을 걷다가 이윽고 어딘가에서 그 걸음을 멈추는 것이다. 조금도 대수로울 것 없다. 두려워할 일이 아니다.

발치에 핀 꽃들에 격려를 받으며 오카미이와에서 50분쯤 걷자,

"료가, 이제 곧 정상이야. 표식이 보여."

교헤이의 커다란 목소리가 머리 위를 지나쳐 갔다. 지면에 달라붙어 있던 시선을 위로 향하니, 코앞에 '정상까지 500m'라고 적힌 이정표가 정상을 가리키고 있었다. 어느덧 주위에 빛이 더해져 있었다.

"료가, 아직 걸을 수 있겠어?"

"응, 괜찮아."

잠시 멈춰 서서, 지금부터 오를 산등성이를 올려다보았다.

저 앞이 정상이다.

결승점이 가까이 다가왔다는 사실에 가슴이 뛰었다. 뭐라 형용할 수 없는 고양감. 온몸이 기쁨으로 떨리는 것을 오랜만에 느꼈다.

그런데 정상으로 이어지는 완만한 산등성이에 발을 디딘 순간, 바람이 급격히 거세진 탓에 몸을 지탱하기 힘들어졌다. 발에 힘이 들어가지 않아 수차례 넘어질 뻔하면서 등산 스틱을 짚고 버티었다. 하지만 몇 걸음 만에 또

다시 양발 근육이 땅기었고, 뒤꿈치가 지면에 들러붙기라도 한 듯 발이 올라가지 않게 되었다. 등산화 앞코가 지면에 걸려 양 무릎을 꿇었다.

"료가 군!"

뒤에 있던 야다가 달음질해 왔다. 이마와 겨드랑이에 진땀이 배었고, 숨이 점점 거칠어졌다. 등산로에 비치는 나무들의 그림자가 사방으로 잘게 흔들리는가 싶더니 현기증이 일었다. 숨이 잘 쉬어지지 않았다.

"괜찮으세요?"

다카나도 뒤에서 말을 붙여 왔지만, 뒤를 돌아보는 것조차 힘들어 앞을 향한 채로 끄덕였다. 등산 스틱을 쥔 양손에도 힘이 들어가지 않았다.

"료가, 탈래?"

땅을 딛는 힘찬 발소리가 등 뒤에서 들려왔다. 교헤이가 료가 바로 옆까지 뛰어 올라와 등에 짊어지고 있던 휠체어를 지면에 내려놓았다. 아직 괜찮아, 하고 마다하려 했지만 목소리가 나오지 않았고, 비틀거리는 몸을 다카나에게 안겼다.

휠체어에 올라타자 앞쪽에 매달린 로프 두 가닥 중 오른쪽 줄을 교헤이, 왼쪽 줄을 다카나가 잡아끌었다. 야다는 등 뒤로 돌아가 휠체어를 지탱해주었다. 바퀴가 세 개인 등산용 휠체어는 폭 넓은 타이어가 뒤쪽에 두 개, 앞쪽에 한 개 달려 있다. 로프는 앞바퀴 축에 장착되어 있으므로 료가는 교헤이와 다카나의 등을 바라보며 산을 올랐다.

어느새 눈 주위의 근육에도 힘이 들어가지 않게 되었다. 잠이 들려는 료가의 몸을 누군가의 손이 흔들었다. 생각처럼 눈이 떠지지 않아 손가락을 눈 위아래에 대고 억지로 눈꺼풀을 들어 올렸다.

"야, 료가, 도착했어. 정상이야!"

"……정상?"

"그래, 여기가 꼭대기야."

자기 힘으로 걸을 수 없게 된 지 30분쯤 지나 도착한 정상은 초원과 같이 광활했다. 태양이 가까워 온 세상이 하얗게 빛나 보였다.

"경치…… 좋다."

시야를 가리는 것이 아무것도 없어 아득히 먼 곳의 산줄기까지 바라다보였다. 동쪽에는 효고 현과의 경계에 위치한 오카야마 현의 최고봉 우시로야마 산. 서쪽에는 다이센 산. 저 멀리는 세토 내해와 바다에 떠 있는 섬들이 펼쳐져 있었다. 지상에서보다 훨씬 가깝게 느껴지는 태양이 눈 부셔, 그 온기에 온몸에 퍼져 있던 권태감이 사그라들었다.

"예쁘다. 상쾌해."

야다가 들뜬 목소리를 내며 크게 기지개를 켰다.

이것으로 못다 한 일은 없다. 야다에게 자신이 가장 좋아하는 고향의 풍경을 보여줄 수 있었다. 그렇게 생각하니 가슴이 뜨거워져 눈물이 어려 왔다.

"역시 산은 참 좋아."

교헤이가 웃음 짓는 발치에서 다카나가 책상다리를 하고 눈앞에 펼쳐진 풍경을 바라보고 있었다.

"그럼 티타임을 가져볼까요?"

야다가 빨간색 소형 배낭을 어깨에서 내려놓더니, 다카나 옆에 쭈그리고 앉아 배낭 안에서 돗자리를 꺼냈다. 오렌지색 돗자리가 풀 위에 사뿐히 내리깔렸다.

"준비성이 철저하군."

교헤이가 웃으며 료가를 향해 오른손을 내밀기에 그 손을 잡았다. 교헤이에게 안긴 채로 이럭저럭 돗자리까지 옮겨 가 엉덩이를 붙였다. 야다가 공기를 넣어 부풀리는 쿠션을 준비해주었다. 다카나는 긴 다리를 돗자리 밖으로 내놓고 벌렁 드러누워 있었다. 두 눈을 감은 채 기분 좋은 표정을 짓고 있었다.

"따뜻한 커피가 좋은 사람?"

야다의 목소리에 교헤이와 다카나가 손을 들었다.

"그럼 나랑 료가 군은 차로 할게."

야다가 배낭 안에서 물통 두 개를 꺼낸 다음 스테인리스 소재의 머그잔을 네 개 늘어놓았다. 이내 종이 접시도 등장해 초콜릿과 쿠키, 그리고 영문 모를 치즈 가마보코* 가 차려졌다.

"교헤이, 내 배낭 좀 줄래?"

입안에 초콜릿을 집어넣고 있던 교헤이가 고개를 좌우로 돌리며 작은 배낭을 찾았다. 산새의 울음소리가 바로 가까이에서 들려왔다.

"이건가?"

교헤이가 감색 배낭을 료가의 눈앞에 치켜들었다.

"안을 열어볼래? 엄마한테 받은 게 있거든. 갈색 봉투 안에 들어 있어."

엄마는 등산로 입구 근처의 '야마노에키'에서 대기하고 있었다. 처음에는 자신도 함께 올라가겠다고 했지만, 야다와 다카나가 동행한다고 전하자 그렇다면 안심이라며 선선히 양보한 것이었다.

"있다, 있다. 이거지?"

* 생선 살을 갈아 조미료를 넣고 섞은 것을 나무 판에 올려 쪄낸 음식.

교헤이가 배낭 안에서 새 갈색 봉투를 꺼냈다.

"뭐지."

봉투 입구를 벌려 조그맣게 접힌 종이를 빼내고는 교헤이가 신중한 손놀림으로 펼쳤다. 낡은 종이에는 글자가 빼곡히 나열되어 있었다.

"뭔데, 뭔데, 아주머니께서 쓰신 편지야? 뭐가 적혀 있는 거야?"

야다의 재촉에 교헤이가 적힌 글자들을 읽기 시작했다. 그런데 몇 줄 읽다 낯빛이 변하더니 "아, 이건 안 돼. 옛날에 내가 쓴 거야" 하며 황급히 종이를 접어버렸다.

"뭐야, 끝까지 읽어줘."

야다가 손을 뻗어 종이를 빼앗으려 했지만 교헤이는 등을 돌렸다. 그 동작의 빈틈을 놓치지 않고 편지를 잡아채더니,

"엄마 아빠에게. 저는 지금 골짜기 밑에 있어요."

야다가 소리 내어 읽기 시작했다. 당황한 교헤이가 필사적인 얼굴로 손을 내밀었지만,

"뭐 어때? 어릴 때 쓴 거잖아."

야다는 털 고르는 원숭이처럼 등을 구부렸다.

편지는 19년 전, 이 산에서 조난되었을 때 쓴 것이었다. 오늘 아침 집을 나오기 직전, 엄마가 "자, 이거. 네가 찾던

편지" 하며 건네주었다. 산에서 쓴 편지니 산에서 읽으렴. 그렇게 말한 엄마는, 왜 료가가 다시 한번 산을 오르고 싶다고 말한 것인지 그 마음을 이해하고 있는 듯했다.

야다가 편지를 소리 내어 읽기 시작하자, 교헤이는 될 대로 되라는 얼굴을 하고는 돗자리 위에 벌렁 드러누워 하늘을 쳐다보았다.

엄마 아빠에게

저는 지금 골짜기 밑에 있어요.

오줌을 누고 난 다음, 삐져나온 눈에 체중을 실었다가 발이 미끄러지고 말았어요.

활락하던 제 손을 료가가 곧바로 붙잡았고, 둘이 같이 떨어져 버렸어요. 게다가 저는 발까지 다쳐서 최악이에요.

이 편지는 텐트 안에서 료가랑 같이 쓰고 있어요. 볼펜이 하나밖에 없어서 제가 먼저 쓰기로 했어요.

저는 초등학교 2학년 때 고지마 파이터즈에 들어갔어요. 처음엔 연습 시간이 길어서 힘들었어요. 여름엔 덥고 겨울엔 춥고. 주말에도 못 놀러 나가니까 괜히 들어왔다고 생각했어요. 그래도 점점 실력이 늘어서, 3학년 때 감독님이 투수를 시키신 뒤로는 무엇보다도 야구가 좋아졌어요.

초등학교 6학년 때 전국 대회에서 우승했을 땐 최고로 기뻤어요.

힘들게 올라온 후에야 비로소 보이는 풍경이 있다.

전에 다이센 산을 등반할 때 아빠가 그러셨는데, 전국 대회 마운드에 서서 본 풍경은 그런 느낌이었어요. 결승전 마운드에 섰을 땐 산 정상에 섰을 때랑 똑같은 기분이 들었어요.

그런데 중학생이 되고 들어간 클럽 팀은 감독님하고 안 맞아서 관두게 됐어요. 사실 안 맞았던 건 아니에요. 감독님이 절 싫어했기 때문이에요. 저는 감독님이 절 싫어한다는 걸 엄마 아빠한텐 말할 수 없었어요. 실망시키는 게 두려웠으니까요. 나약한 제가 부끄러웠으니까요.

그때 료가가 그런 팀은 관둬도 된다, 중학교 야구부에 들어가면 된다고 얘기해줘서, 안심이 돼서 눈물이 났어요. 이제껏 남 앞에서 울고 싶지 않다는 생각을 해왔는데, 료가 앞에서라면 울 수 있었어요.

지금 저희가 있는 텐트는 전부 료가가 설치해줬어요. 설치 순서를 저는 하나도 외우고 있질 않았는데, 료가가 알고 있어서 다행이었어요. 그런데 식량은 내일 아침 먹을 분량밖에 없어요. 오늘 밤은 오트밀을 먹었어요. 저는 인스턴트 라멘이 먹고 싶었는데, 료가가 그건 내일 아침의 즐거움으로 남겨두자길래 참았어요.

편지를 써두자는 얘길 꺼낸 건 료가예요.

만약 둘 중 한 사람이 살아남으면 이 편지를 엄마 아빠한테 전달하자고 료가가 그랬는데, 저는 죽는 게 무서워요. 살고 싶어요.

엄마 아빠, 도와주세요.

아직 하고 싶은 일이 너무 많아요. 이대로 죽으면 후회만 가득한 인생이에요.

바람 소리가 커서, 오늘은 무서워서 못 잘지도 몰라요. 손도 발도 차갑고, 아직 배도 고파요. 그런데 료가랑 같이 침낭에 들어가 있어서 등은 따뜻해요. 바깥은 깜깜하고 바람 때문에 텐트도 흔들리는데, 료가가 있어서 무서움이 절반으로 줄었어요.

료가는 이런 때에도 집에 있을 때처럼 웃고 떠들어요. 제 형이 료가라서 다행이에요.

그리고 저는 엄마 아빠의 자식이라서 다행이에요.

빨리 집으로 돌아가서 스키야키*를 먹고 싶어요. 맛

* 간장, 설탕으로 만든 소스에 얇게 썬 고기와 채소 등의 재료를 넣고 자작하게 졸인 전골 요리.

있는 오카야마산 소고기를 배 터지게 먹고 싶어요.

사사모토 교헤이

작문에 영 소질이 없었던 교헤이가, 빈 종이가 꽉 차도록 글자를 적었다는 사실이 놀라웠다. 편지를 낭독하던 야다가 도중에 웃음을 터뜨리거나 목이 메곤 하는 것을 세 사람은 입을 다문 채 조용히 듣고 있었다.

"교헤이 군다운 편지였네."

편지를 접어 갈색 봉투에 도로 집어넣으며 야다가 온화하게 웃었다.

"뭐야, 나답다는 게."

"더없이 솔직하잖아."

"바보냐? 인생에서 마지막이 될 수도 있는 편지에 거짓말을 쓸 순 없잖아."

"편지의 마지막을 스키야키로 끝맺는 점이 교헤이 군다워."

커피를 두 잔째 마시고 있던 교헤이가 어린애 같은 몸짓으로 야다의 손에 있던 갈색 봉투를 되가져 가 료가의 가슴에 들이밀었다.

저는 아빠 엄마의 자식이라서 다행이에요——.

엄마 아빠는 이 편지를 읽고 눈물을 흘렸겠군, 하고 료가는 생각했다. 흐뭇했겠지, 하고.

그래서 조난 이후, 교헤이에게 사실을 고백할 수 없었다. 하지만 지금은 그러길 잘한 것 같다고 생각한다. 교헤이도 아마 그렇게 생각하고 있을 것이다.

료가는 갈색 봉투 안에 남아 있던 또 한 통의 편지를 손에 들고는 점퍼 주머니에 슬쩍 집어넣었다. 교헤이처럼 모두의 앞에서 읽히는 일만은 참아주길 바랐기 때문이다. 하지만 그런 걱정을 할 것도 없이, 야다는 료가의 편지를 읽으려고는 하지 않았다.

산 정상에서 차를 마신 뒤 대피소 산막에 들렀다. 19년 전, 아빠가 세웠던 계획으로는 이 산막에서 인스턴트 라멘을 끓여 먹기로 되어 있었다. 그러나 미처 다다를 수 없었고, 이곳은 형제에게 있어선 꿈만 같은 결승점이었다.

"안녕하세요."

입구에서 인사를 건넨 교헤이는 단차가 있는 L자형 마루방까지 료가를 휠체어째로 이동시켰다. 그런 다음 다카나와 함께 천천히 몸을 부축해 마룻바닥에 앉혀주었다.

"고마워."

고개를 돌려 산막 내부를 둘러보았다. 산막 안에선 이미 등산객들 몇 명이 휴식을 취하고 있었고, 토방에 가스

버너를 놓고 요리 중인 그룹도 있었다. 이쪽으로 힐끗 눈길을 주며 고개인사를 하는 사람도 있었다. 산은 그 누구의 것도 아니다. 찾아온 모든 이들을 맞아들인다. 그래서 등산객들은, 같은 산에 도전하는 이를 어딘지 모르게 동지처럼 느끼는 것이다. 아빠가 예전에 그런 말을 했던 것 같다.

"어디서 오셨습니까?"

가스버너를 사용해 요리를 하고 있던 남성 한 명, 여성 두 명 그룹 중 가장 연장자로 보이는 고령의 남성이 상냥하게 말을 걸어왔다. 눈처럼 새하얀 스포츠머리가 오히려 날렵해 보이는 까닭에 노인이라는 느낌은 들지 않았다.

"오카야마에서 왔어요. 저희 셋은 여기 사람이거든요. 이 친구만 도쿄에서 놀러 왔고요."

야다가 붙임성 있게 대답했다.

남성은 "괜찮으면 같이 드시겠습니까?"라며 손짓해 불렀고, 곁에 있던 두 여성이 스티로폼 용기에 라멘을 퍼주었다. 김이 피어올랐고, 용기를 손에 들자 간장과 참기름이 내는 맛있는 냄새가 풍겼다. 남성은 오카야마에 거주하고 두 여성은 오사카에서 등산 여행을 온 것이라는 말로 대화가 활기를 띠었다. 다카나가 트라몬토 이야기를 꺼내자 "도쿄 가면 꼭 한번 가봐야지" 하며 웃음을 머금었다.

"실은 제가, 이 산에서 조난을 당한 적이 있어요."

교헤이가 한층 더 분위기를 띄우고자 옛날이야기를 끄집어냈을 때, 료가를 제외한 모두는 라멘을 다 먹은 상태였다. 료가만이 곰지락곰지락 면을 입으로 가져가고 있었다.

"조난? 나기 산에서?"

백발의 남성이 웃음기를 거두고는 미간에 깊은 주름을 잡았다.

"말이 안 되죠, 1000미터급 산에서 조난이라니. 근데 진짜예요. 19년 전 일이죠. 저랑 형이 열다섯 살일 때고요."

"맞지, 료가?" 하고 교헤이가 가볍게 대화에 끌어들였다. 젓가락을 손에 든 채 고개를 끄덕이자, "겨울이었나요? 겨울 설산에서" 하고 남성이 진지하게 물어 왔다. 그 물음에 단순한 잡담과는 다른 기운이 서려 있음을 깨닫고, 교헤이는 입가의 미소를 지운 뒤 "네, 그런데요" 하고 대답했다.

"혹시 너희…… 그때 그 형제들이냐?"

백발의 남성이 돌연 말투를 바꾸었다.

"아, 죄송합니다. 실은 제가 20대 중반부터 40년 가까이 산악 구조대원으로 일했거든요. 재작년에 은퇴하고부터는 등산 봉사 활동을 하고 있습니다만."

남성은 자신의 이름을 고바야시라고 밝히며 지금으로부터 19년 전, 이 산에서 수색을 한 적이 있다고 이야기하기 시작했다.

"조난된 게 열다섯 살 아이들이라는 연락을 받았을 때, 솔직히 말하면 이미 가망이 없겠다고 생각했습니다. 어린아이는 무엇보다 경험치가 낮아서, 비상사태가 발생하면 패닉 상태에 빠지거든요. 아무리 똑똑한 아이라도 냉정한 판단을 할 수가 없게 되지요. 눈보라 속에서 설동雪洞을 파고, 얼어붙은 장갑으로 텐트를 설치하는 작업은 생각보다 훨씬 어려운 일이니 말입니다."

보통은 공포와 피로로 인해 정상적인 판단이 불가능해지고, 체력을 잃은 나머지 기진맥진한다. 착란 상태에 빠진 젊은 등산객의 유해를 그동안 여러 차례 보아왔다. 경험이 풍부한 등산가일지라도 조난 시에 냉정함을 유지하기란 어려운 법이라고 고바야시가 말했다.

"동이 트길 기다리다 아이들이 활락했다고 추정되는 지점에 가보았는데, 눈이 내리쌓인 탓에 발자국 등의 단서는 하나도 남아 있지 않았습니다."

큰 소리로 연거푸 이름을 불러보았지만, 외침 소리는

금세 눈 속 깊이 빨려 들어갔다. 지금이라면 드론을 띄우는 등의 수단도 있을 테지만 당시는 사람의 눈으로 직접 찾는 것 외에는 방법이 없었고, 눈이 많이 쌓인 곳은 발을 들이기가 불가능했다.

"수색을 개시한 지 네 시간쯤 지났을 때, 대원 하나가 다른 경로를 찾아보겠다는 말을 꺼냈습니다. 아직 열다섯 살밖에 안 된 아이들이니, 공포에 휩싸여 무작정 배회하다 아예 다른 등산 경로를 헤매고 있는 걸지도 모른다면서요. 그런데 그 가능성을, 형제의 아버님은 강경히 부정하셨습니다. 우리 아들들이 공포에 압도당할 일은 절대로 없다고, 무조건 이 등산로를 향해 오고 있을 거라면서 그들이 더듬어 온 등산로를 떠나려 하지 않으셨지요."

아버지가 그렇게까지 말하기에, 부자가 서로를 놓치게 된 장소를 중심으로 수색을 이어갔다. 벼랑 아래를 향해 소리치며 낌새를 살폈다. 하지만 역시 단서는 찾을 수 없었고, 등산로를 벗어나 다른 경로를 찾아보도록 대장이 지시를 내렸다.

"그때였습니다. 아버님께서 우렁찬 고함을 지르며 눈 속을 내달리시는 겁니다. 아이들 생각에 실성하신 건가 싶어, 저희는 눈을 번쩍 뜨고 뛰어가는 아버님의 등을 뒤쫓았습니다."

그때의 광경은 지금도 똑똑히 기억합니다, 하고 고바야시가 목소리를 높였다. 온통 새하얀 설경 속, 오렌지색과 파란색 등산화를 신은 두 소년이 어깨동무를 한 채, 다리를 절뚝거리며 등산로 저편에서 걸어왔다.

"기적이 일어났다고 생각했지요. 백 년에 한 번 있을 기적이, 지금 눈앞에서 일어나고 있다고요. 나중에 가서 형제 중 한 사람이 동상에 걸렸다는 이야길 들었습니다만……."

고바야시가 시선을 오른쪽 왼쪽으로 옮기며 교헤이와 료가를 번갈아 쳐다보기에, "저예요. 근데 다행히 절단까지는 안 갔어요" 하고 웃어 보였다.

"그렇습니까? 다행이군. 정말 다행이야. 이것 참, 오늘 너희를, 어른이 된 너희를 여기서 만나다니 이보다 더 기쁠 수가."

고바야시가 햇볕에 그을린 큼지막한 손으로 악수를 청했고, 교헤이가 그에 응했다. 마찬가지로 료가에게도 오른손을 내밀기에 지금 남아 있는 최대한의 힘을 실어 그 손을 잡았다.

"그럼, 몸성히 지내요."

만족스러운 얼굴로 산막을 뒤로하는 고바야시에게 감사 인사를 하고 손을 흔들어 배웅했다. 산막을 나갈 때,

입구 바로 옆에 놓인 휠체어로 눈길을 준 고바야시가 료가를 돌아보았지만, 그는 아무런 말 없이 그저 힘차게 고개를 끄덕일 뿐이었다.

*

하산할 무렵에는 이미 해가 기울어가고 있었다.

저물녘의 산길은 겨울로 되돌아간 듯 추웠고, 료가는 점퍼의 지퍼를 목까지 올렸다. 올라갈 때와는 반대로 료가를 태운 휠체어가 선두에 섰다. 로프를 어깨에 둘러 감은 교헤이와 다카나가, 휠체어 속도가 지나치게 빨라지지 않도록 뒤에서 로프를 당기며 따라왔다. 야다는 바로 뒤를 걸으며 휠체어의 핸들을 잡고 있었다. 자신의 두 발로 산을 내려가고 싶은 마음도 있었지만, 체력은 일찍이 한계에 다다라 있었다.

"푸른 산에 석양이 지고, 오늘 하루가 흘러간다."

으슥한 산길에 야다의 노랫소리가 울려 퍼졌다.

"왜 이 타이밍에 고등학교 교가를 부르는 거야."

교헤이가 어이없다는 듯 웃자, "곰 쫓는 방울 대신이야. 어두워지니까 왠지 무섭잖아" 하고 야다가 더욱더 목소리를 높였다. "목소리가 아름다우시네요" 하고 다카나가 성의 없는 칭찬을 하자, 교헤이가 "이 교가, 고시엔에서 부르고 싶었는데" 하며 야다의 노래에 자신의 나직한 목소리를 포갰다.

즐거워 보이는 세 사람의 말소리를 들으며, 료가는 앞을 향한 채로 산 끝자락에 내려앉는 석양을 바라보고 있었다. 등산로와 산을 뒤덮은 나무들과 하늘이, 오렌지색으로 불그스름히 물들어가는 모습을 보고 있으니 이곳이 현실 세계라고는 생각되지 않았다. 이미 오랜 시간 이어져 온 아픔과 권태감마저도 희미해져 가는 듯했다. 슬픔과 공허함조차 멀어져 가는, 삶과 죽음의 경계에 서 있는 시간. 조약돌이 바다에 가라앉듯 의식이 서서히 흐려져 갔다.

료가는 점퍼 주머니에 넣어둔 편지를 슬그머니 꺼내어 조용히 펼쳐 들었다. 아직 해가 남아 있는 동안, 이곳에서 읽어두고 싶었다.

엄마 아빠께

우선, 이런 일이 생겨 정말 죄송해요.

저는 지금 편지를 쓰면서 어릴 적 일을 떠올리고 있어요.

초등학교 2학년 때 시작한 야구는 실력이 잘 늘지 않

아 정규 선수가 되지 못했고, 종종 그만두고 싶다는 생각도 했어요. 그런데 연습이 끝났을 때, 간식 당번 엄마들(우리 집은 할머니였어요)이 챙겨주시는 차가운 보리차가 너무 맛있는 거예요. 야구를 그만두면 이런 즐거움도 사라지는 건가 생각하니 아쉬워서, 계속해볼까 생각했어요. 연습을 마친 후, 산새가 그림자놀이처럼 줄지은 저녁놀 속을 다 함께 자전거로 달려 나란히 집에 가는 것도 즐거웠어요.

저는 공부도, 운동도 썩 잘하지 못했어요. 그림을 잘 그린다든지 피아노를 칠 줄 안다든지 장기에 소질이 있다든지, 남들한테 자랑할 만한 특기도 없어요.

그래도, 그런데도 제게는 최고의 15년이었어요.

아빠와 산을 오르고, 바다에서 잡아 온 문어로 엄마가 조림을 해주시고, 그 조림을 할머니 집으로 가져가 다 함께 나누어 먹고, 할아버지께 정원 일을 배우고. 제 인생에는 즐거운 일들이 셀 수 없을 만큼 많았어요.

엄마 아빠는 제 인생이 짧아 가여우신가요?

하지만 저는 가엾지 않아요.

제 인생은 정말로 행복했어요.

가족들 덕분에 즐거운 일투성이였어요.

저는 태어난 것에 감사하고 있어요.

바람이 드세졌어요. 설동을 판 다음 텐트를 쳤으면 더 따뜻했을지도 몰라요. 거기까지는 미처 생각을 못 했는데, 옆에 교헤이가 있어서 괜찮아요. 교헤이가 곁에 있으면 저는 왠지 모르게 힘이 나요. 어렸을 때부터 줄곧 그래왔어요.

엄마 아빠, 교헤이를 제 동생으로 삼아주셔서 감사해요.

저는 우리 가족을 사랑해요. 우리 집이 네 식구라서 다행이에요.

사사모토 료가

편지의 마지막 문장을 읽고, 이미 나 있는 금에 맞춰 접은 다음 점퍼 가슴주머니에 도로 집어넣었다. 내리막길은 걷기가 수월해서인지, 뒤에서 세 사람의 웃음소리가 끊이지 않고 들려왔다. 낯을 가리는 다카나가 두 사람과 허물없이 어울리고 있었다.

죽음을 각오하고 이 편지를 쓴 열다섯 살 때부터 19년 동안, 자신은 아무것도 달라진 게 없다는 생각이 들었다. 신문에 날 만큼의 좋은 일도, 나쁜 일도 하지 않고, 크게 눈에 띄는 일 없이 살아가고……. 산에 자라난, 한 그루의 나무 같은 인생이었다.

그럼에도 자신은 영락없이 행복했다. 과거의 사사모토 료가가 느낀 행복을, 그 후 19년 동안 고스란히 느껴온 것만 같다.

고단하고, 무겁고, 이곳저곳이 아픈 이 몸은 더 이상 원래대로 돌아갈 수 없을 것이다. 하지만 마음은, 마음만은 요즘 들어 하루하루 가벼워지는 느낌이다. 지금은 곁에 있는 사람들보다도 아빠나 할아버지 쪽이 가깝게 느껴지고, 두 사람이 죽음을 눈앞에 두고 떠올렸을 생각이 이해되는 기분이다. 나는 썩 괜찮은 인생을 살았다. 후회는 없다. 두 사람 모두 그렇게 생각했음이 분명하다.

모두에게 고마움을 전하고 싶었다.

바쁜 나날 속에서 투병 생활에 힘을 보태준 교헤이에게. 어느 때건 한결같은 사랑을 베풀어준 엄마와 할머니에게. 곁에 있겠다며 고향으로 돌아와 준 야다에게. 지금도 변함없이 자신을 따르는 다카나에게. 지금은 그저 감사한 마음을 전하고 싶었다.

마지막 순간, 사람은 오직 하나의 감정만을 지닌 채 떠나는지도 모른다. 요즘 들어 그런 생각을 자주 한다.

료가는 초목의 냄새를 한껏 들이마시며 두 눈을 감았다.

"다들, 고마워."

눈을 감은 채 입술을 움직였다.

"교헤이, 뒤를 부탁할게."

남아 있는 모든 힘을 목에 실었으나 목소리가 되지 못했고, 한숨 한 조각이 되어 공기에 뒤섞였다. 뒤에서 세 사람의 웃음소리가 들려오고 있었다. 예전부터 다른 사람들이 즐겁게 지내는 모습을 보는 것이 좋았다. 그래서 트라몬토 일도 좋아했다. 내가 하는 일이 누군가의 행복한 시간을 만들어내고 있다. 그런 자부심을 가졌던 것 같다.

타이어가 통나무 계단을 밟는 진동이 등에 전해져 왔다. 감은 눈을 뜨고자 힘을 주었지만 아무리 해도 떠지지 않았고, 그 대신 눈꺼풀 뒤편에 오렌지색 빛이 가득 찼다. 나무들을 흔드는 바람 소리. 땅을 딛는 힘찬 발소리. 세 사람의 웃음소리. 지금 들려오는 모든 소리를 기억에 남기고 싶어 귀를 기울였다.

다시 한번 산을 오르고 싶었던 이유는 19년 전 자신의 강인함을 떠올리고 싶어서였다. 앞으로 자신의 몸에 일어날 일을 겁내지 않고 온전히 마주할 수 있도록, 열다섯 살의 자신으로부터 힘을 얻기 위해 온 것이었다.

차츰 빛이 강해졌다. 온 세상이 새하얀 설경으로 바뀌었고, 저 멀리 사람 하나가 서 있는 게 보였다.

아빠였다.

아빠가 "료가!" 하고 자신의 이름을 큰 소리로 부르고 있었다.

두 팔을 벌린 아빠가 빛 속에 떠올랐고, 머지않아 모든 것이 끝나리란 사실을 깨달았다.

형으로서의 역할도 끝이 나는 것이다. 그렇게 생각하며 쥐고 있던 주먹을 쓱 풀었다.

"료가, 고생 많았다."

아빠의 다정한 목소리에 마지막 힘을 짜내어 두 눈을 떴다.

눈을 뜨자 아빠의 모습은 사라졌고, 그 대신 등산로에 늘어진 세 사람의 기다란 그림자가 바라다보였다.

에필로그

사사모토 일가의 무덤은 료가의 집에서 차로 30분쯤 가면 있는 작은 산 중턱에 자리하고 있다. 산기슭에 풀밭으로 된 주차 공간이 있고, 거기서부터는 구불구불한 돌계단을 올라가야만 한다.

업무용 경승용차를 세우고 이즈미는 천천히 문을 열어 밖으로 나왔다. 살갗을 찌르는 8월 중순의 햇볕이 강렬해 조수석에 놓아둔 모자를 황급히 손에 들었다.

끝없이 이어질 것만 같은 돌계단을 한 계단 한 계단 올라갔다. 지치면 뒤를 돌아보고 얼마나 왔는지 확인하는 것으로 기운을 얻었다. 돌계단의 경사가 제법 가팔라 계단참에 다다를 때마다 심호흡을 해야 했고, 한걸음에 끝까지 오를 수는 없었다.

료가의 병세가 위독해진 것은, 4월에 나기 산을 오른 다음 달의 일이었다.

등산을 하고 난 후, 한동안은 상태가 몰라볼 만큼 좋아져 통증도 약으로 조절할 수 있었다. 이즈미가 방문했을 때도 침대를 벗어나 있는 경우가 많았고, 부엌에 서서 요리를 하거나 정원으로 나와 잡초를 뽑고 있곤 했다. "너무 멀쩡하면, 이웃 사람들이 중년 히키코모리*로 보려나" 라며 료가 자신도 별난 걱정을 하고 있을 정도였다. 그런데 5월에 접어들어 복수가 늘기 시작하더니, 손발이 붓고 권태감을 호소하게 되었다. 6월은 하루 내내 침대에 누워 있을 때도 많았고, 음식은 물론 물조차 마시지 못하는 상태가 계속되었다.

그리고 6월의 어느 일요일 아침, 료가는 혼수상태에 빠졌다.

그 전날 급격한 혈압 저하를 일으켰는데, 심폐 소생술은 원치 않는다는 그의 희망대로 병원으로 이송되지 않은 채 자택 침대에서 눈을 감았다.

이즈미가 가족들에게 "말은 못 해도 들을 순 있어요. 그러니 말을 걸어주세요"라고 말했으므로, 료가가 눈을 뜨지 못하게 되고서도 그의 어머니와 할머니는 평상시와

* 사회생활에 적응하지 못하고 집 안에 틀어박혀 지내는 사람.

다름없이 계속해서 이야기를 해주었다. 료가의 머리칼을 쓰다듬거나, 볼을 어루만지거나. 그가 이 세상에 태어났을 때와 마찬가지로 소중히, 또 소중히——. 다만 교헤이만은 이따금 료가의 얼굴을 바라보기만 할 뿐, 이즈미 앞에서 그에게 말을 건네는 일은 없었다.

이즈미가 무덤을 찾은 것은 료가가 죽은 후로 두 번째였다. 7월에 치러진 49재 겸 봉안 이후 처음이며, 그때는 이즈미도 참석할 수 있었다. 가족은 아니기에 사양했지만, 교헤이와 아주머니가 료가가 기뻐할 것이라 말해주었던 것이다.

료가를 떠나보내고 난 두 달 동안, 이즈미는 줄곧 한 가지 생각만을 하고 있었다. 일은 쉬지 않고 해왔으므로 온종일 그러는 것은 아니었지만, 정신을 차리고 보면 머릿속에 한 가지 생각만이 있었다.

나는 왜 료가와 재회한 것일까.

료가에게 물어보면 좋았을걸, 하고 애석해하면서도 더 이상 이루어질 수 없는 일이기에 마음이 어지러웠다. 두 번 다시 만날 수 없다고 생각한 순간, 하고 싶은 말이 자꾸자꾸 떠올랐다. 아주머니나 교헤이, 할머님도 그러려나. 하지만 "우리가 재회한 의미가 뭘까?" 따위의 이야기는 지나치게 무거운 주제인지라, 료가와 함께 있었을 때 꺼냈더라면 어색해졌을지 모른다. 그런 속절없는 생각들이 머릿속을 빙빙 맴도는 가운데, 긴 돌계단을 꿋꿋이 올라갔다.

“야다, 잠깐 괜찮아?”

료가 그렇게 말해 온 것은 혼수상태에 빠지기 전날, 토요일 밤의 일이었다. 그때 료가의 의식은 이미 몽롱했고, 깨어 있을지언정 이야기할 수 있는 시간은 길지 않았다.

“응, 무슨 일이야?”

이즈미와 시선을 맞추고자 머리를 억지로 들어 올리며 료가 진지한 표정으로 끄덕였다.

“교헤이한테 전하고 싶은 말이 있거든.”

“교헤이 군한테? 직접 하면 되지. 내일은 일요일이니까, 아침에 아내분이랑 딸들 데리고 올 거라고 그랬어.”

“……괜찮아. 네가 전해줘.”

이제 와 생각하면 교헤이와는 더 이상 이야기를 나눌 수 없으리란 사실을 료가는 깨닫고 있었는지 모른다. 그는 자신이 죽으리란 것을 전제로 이야기했고, 이즈미는 그것을 부정하지 않았다. 무슨 소리야. 약해져선 안 돼. 그런 말참견을 하고 있을 시간이 없다는 걸 두 사람 모두 알고 있었다.

교헤이를 향한 전언을 듣고 이즈미가 고개를 끄덕이자, 그는 감기려는 눈꺼풀에 힘을 주었다. 죽을힘을 다해 두 눈을 크게 뜨고는 이즈미를 바라보았다.

"그리고…… 너한테도."

"나한테? 뭔데?"

호흡량이 적어 말을 알아듣기 어려웠다. 이즈미는 침대 위에 누운 료가와 겹쳐지듯 몸을 구부려 그 입언저리에 귀를 가져다 댔다.

"너를…… 나서."

"미안, 료가 군, 잘 안 들려. 한 번만 더 말해줘."

이토록 고통스러워하는 사람을 힘들게 해선 안 된다고 생각하면서도, 지금 료가의 말을 듣지 못하면 평생 후회할 것만 같아 이즈미는 그다음 말을 재촉했다.

"너를 만나서…… 다행…… 이야. 고마워."

료가의 눈꺼풀이 서서히 내리덮였다. 이즈미는 그를 이 세상에 머물게 하고자 연거푸 이름을 불렀다. 그러나 눈꺼풀은 단단히 감겼고, 그는 깊은 잠에 빠져들었다.

마침내 모든 돌계단을 오르고 나니 단번에 시야가 트였고, 정연히 늘어선 크고 작은 묘석들이 눈에 들어왔다.

사사모토 일가의 묘지는 부지 안쪽, 우측 끄트머리이고, 주위에는 귤나무와 매화나무가 심겨 있다. 오늘은 료가의 월명일*이었다.

"어, 야다?"

자갈이 깔린 길을 걷고 있는데, '사사모토가家 선조 대대의 묘'라고 새겨진 묘석 앞에 서 있던 교헤이가 뒤를 돌아보았다. 교헤이를 만나는 것 또한 봉안 이후 처음으로, 벌써 오래전 일처럼 느껴졌다. 그전까지 매일같이 얼굴을 마주했었다는 게 거짓말 같았다.

"뭐야, 너도 오는 거였으면 차 같이 타고 올걸."

교헤이는 미소를 띠며 손에 든 하얀 국화꽃을 작은 화병에 꽂고 있었다. 그 옆에서 아주머니가 묘석에 물을 끼얹고 솔로 정성껏 문지르고 있었다.

"교헤이 군, 아주머니, 오랜만이에요. 실은 지금 일 마치고 오는 거라서. 아, 이거 꽃. 같이 놔주면 고맙겠어."

이즈미는 히비스커스와 해바라기, 능소화 꽃다발을 교헤이에게 내밀었다. "이 독특한 꽃 초이스는 뭐냐?" 하고 쓴웃음을 지으며, 교헤이가 큼지막한 화병에 색채가 풍부한 꽃을 장식해주었다.

---

* 일본에서 기리는 달마다 돌아오는 기일. 가령 기일이 1월 1일이라면, 1월을 제외한 2월부터 12월의 1일이 월명일이다.

"야다 씨, 보러 와줘서 고마워. 그나저나 오봉인데도 일해?"

"네. 이 일은 명절도 없으니까요."

"그렇긴 하지. 고생했네."

아주머니와 이야기하고 있는 사이 교헤이는 불을 붙인 선향을 잘게 나누어 향꽂이에 꽂고 있었다. 이즈미는 어깨에 메고 있던 가방에서 염주를 꺼내어 손안에 꼭 쥐었다.

"너도 알고 있었지? 료가랑 내가 실은 형제가 아니고 사촌지간이라는 거."

묘석 앞에서 손을 모으며 교헤이가 말했다. 올해 여름은 매미 울음소리가 유난히 큰 것 같다는 생각을 하다, '아아, 여기가 시골이라 그렇구나' 하고 혼자서 납득했다. 작년까지만 해도 자신은 도쿄에 살고 있었으니 말이다.

"료가가 아직 좀 건강했을 때 말했거든. 너한테 우리 얘길 했다고. 그러니 이제 둘만의 비밀로 묻어둘 필요는 없다, 엄마랑 할머니한테도 우리가 모르는 척해왔다는 걸 얘기하자고……."

교헤이가 말하는 도중 입을 다물자, 옆에 서 있던 아주머니가 서글픈 듯 미간을 좁혔다.

"이제껏 애들이 마음 써왔다는 걸 생각하면 부모로서

미안해서……. 이렇게 중요한 사실은 언젠간 알아챌 텐데 말이야. 끝까지 숨길 순 없는 노릇이란 걸 알고는 있었다만……."

그럼에도 도저히 말할 수 없었다며 아주머니는 교헤이에게로 눈을 돌렸다. 무엇보다 남편이 그러길 바랐으니까…….

"료가, 내가 집으로 온 날의 일을 기억하고 있다고 했어. 료가가 네 살, 내가 세 살일 때. 내가 자꾸 울어서 자기도 덩달아 울었대."

"응, 나한테도 말해줬어. 교헤이 군이 엄마가 보고 싶어서 계속 울었다고."

교헤이가 "설마 그렇게 어릴 때부터 알고 있었을 줄은……" 하고 중얼거렸다. 무슨 말을 내뱉으려 입을 열었다가, 이내 단념한 얼굴을 하고 고개를 저었다.

"그 애는 아무 말도 안 하잖니. 힘든 일도 있었으련만."

아주머니의 눈에서 눈물이 흘러내렸다. 형체가 사라지고서도 여전히, 그의 다정함은 자신들의 가슴을 옥죄었다. 신기한 일이라고 생각한다. 사람은 죽어서도 누군가의 마음을 흔들 수 있다.

무언갈 찾는 듯 아주머니의 시선이 주위를 헤매다 이

읏고 한여름의 하늘을 향했다.

"료가는 네 덕분에 얘기할 수 있었던 거야."

교헤이가 불쑥 말했다.

"어, 뭘?"

"걔, 나한텐 그런 얘기 하나도 안 했어. 고1 때 내가 눈치챘을 때도, 자기도 처음 알았다는 얼굴을 하고 있었고."

"그렇구나……."

"너한테 말하고 나서 마음이 편했겠지. 고맙다, 야다. 료가 옆에 있어줘서 진심으로 고마워."

교헤이는 거친 몸짓으로 이마의 땀과 눈가를 훔치곤, "꽃은 이대로 둬도 되나? 더워서 금방 시들 텐데" 하고 밝은 목소리로 물었다.

"응, 모처럼 예쁘게 피어 있고 좋잖아."

지난 두 달 동안 울기만 했으므로 눈물은 이제 완전히 말라버린 줄 알았는데, 또다시 목 안쪽이 뜨거워졌다. 료가와 교헤이. 두 사람에게서 들은 "고마워"라는 말에 이다지도 행복한 기분이 들 수 있다면, 료가와 재회한 것에 특별한 의미 따위 필요치 않을지도 모른다. 나는 앞으로도 계속 살아갈 수 있다. 이즈미는 문득 그런 생각을 했다.

"그건 그렇고, 올해 여름은 덥네."

"그거 매년 하는 말이잖아."

"료가는 더위를 잘 타니까, 이 무덤 위에 차양이라도 만들어주고 싶을 정도야."

다시 한번 국자로 묘석에 물을 끼얹더니, 교헤이는 아주머니 쪽을 보고 "슬슬 갈까? 할머니 기다리겠다" 하며 텅 빈 양동이를 들어 올렸다. "그럼 또 보자" 하고 이즈미에게 작별 인사를 건네곤, 교헤이가 아주머니와 함께 쏟아지는 매미 울음소리 속을 걸어갔다.

멀어져 가는 두 사람의 등을 얼마간 멀거니 바라보면서, 이즈미는 료가가 자신에게 부탁한 전언을 떠올리고 있었다. 그가 교헤이에게 남긴 말은 "너무 애쓰지 마"였다.

"교헤이한테, 너무 애쓰지 말라고 얘기해줄래?"

그렇게 말한 료가는 말을 잇지 못하더니 한동안 고통스러운 듯 눈을 감고 있었다. 이토록 괴로워하는 와중에도 마지막 순간까지 동생을 걱정하는 료가가 애처로워, 그렇지만 사랑스러워, 이즈미가 눈물을 흘리며 "알았어. 전해줄게" 하고 작게 외치자 료가는 미소를 닮은 무언갈 입술에 띠었다. 이즈미가 좋아하는 그다운 잔잔한 미소였다.

"교헤이 군."

빗자루를 어깨에 짊어진 채 느긋하게 걸어가는 커다란

등에 대고 소리쳤다.

멈춰 선 교헤이가 뒤를 돌아보고는 고개를 갸웃했다.

“너무 애쓰면 안 돼. 알았지?”

이즈미가 외치자 교헤이는 한순간 어린아이가 울상을 하는 듯한 표정을 짓더니,

“너도!”

하고 소리쳤다.

여름 하늘은 파랗고, 매미는 여전히 높고 낮은 소리로 울어대고 있었다.

옮긴이의 말

『어제의 오렌지』의 주인공 료가를 보고 있으면 그를 닮은 얼굴이 마음속에 어김없이 떠오르곤 한다. 감정을 겉으로 잘 드러내지 않는 고요하고 잔잔한 사람. 눈길을 끄는 사람은 아닐지언정 언제고 묵묵히 지켜봐 주는, 함께 있어 다행이라는 생각이 드는 사람. 료가의 이런 모습과 겹쳐지는 누군가를 우리는 한 명쯤 곁에 두고 살아간다. 그래서인지 료가가 서른셋이라는 나이에 맞이한 비운은 다른 무엇보다도 분통스럽게, 심지어는 불합리하게 여겨지기까지 한다. "왜 하필, 나일까"(75쪽)라는 료가의 심정이, "이 애는 어째서, 이렇게나 젊은 나이에 위암 따위에 걸리고 만 것일까"(86쪽)라는 도코의 심정이 꼭 내 마음과 같아서 이 이야기가 우리에게 전해주고자 하는 것, 다름 아닌 '왜', '어째서'의 대답을 찾아내고만 싶다.

그러려면 저자 후지오카 요코가 현재 소설을 집필하는 한편 병원에서 간호사로 근무하고 있다는 사실을 기억해야 한다. 야다와 마찬가지로 매일같이 "병과 죽음을 접하"(156쪽)며 살아가는 저자는, 본 작품을 통해 '좋은 사람에게도 불행은 찾아올 수 있다'는 현실을 강조하고자 했다. 그렇기에 이 아프지만 되물을 수 없는 현실을 머리 한구석에 놓아둔 채로 하루하루를 정성껏 살아가야 한다고 말이다.

주인공의 나이가 비교적 젊다는 설정에도 저자의 의도가 깔려 있다. 사람은 나이를 먹어감에 따라 앞으로 다가올 죽음을 이미지화할 수 있게 되므로 그 연령에 도달하지 못한, 병과 죽음에 있어 보다 무방비한 연령의 인물을 그리고 싶었다고 저자는 밝혔다. 그 연령의 인물이 갑작스러운 병에 맞닥뜨리고, 어쩌면 죽을지도 모르는 상황에 놓였을 때 내면은 어떻게 변해가는지, 어떤 생각을 하고 어떤 감정을 느끼는지 독자들도 함께 생각해봄으로써 오늘 하루를 무사히 살아냈다는 것이 그야말로 기적임을 되새겨보길 바란 것이다.

본 작품에서 삶의 소중함과 더불어 강조되는 '가족'의

형태 또한 저자의 실제 경험을 바탕으로 한다. 저자는 자신의 유년 시절에 대해 털어놓으며, 가족이란 노력 없이는 이루어질 수 없는 존재임을 이야기하려 했다.

"어릴 적 부모님의 사이가 좋지 않아 집안 분위기는 늘 살벌했다. 끝내 부모님은 이혼을 택했으며, 우리 가족은 결국 이름만 가족일 뿐 서로를 위하지 않는 집합체에 불과했다고 생각한다. 같은 핏줄일지라도 진짜 가족이 될 수는 없었다고 말이다. 그 당시 어렸던 나는 할 수 있는 일이 없었지만, '어떻게 하면 진짜 가족이 될 수 있었을까' 하는 후회가 지금도 가슴에 남아 있다. 따라서 '가족'은 내게 매우 중요한 주제 중 하나다. 부모도 자식도 '가족으로 있고 싶다'는 마음을 지녀야만 성립하는 것이 가족임을, 『어제의 오렌지』에서 그리고 싶었다."

교헤이와 "형제로 있고 싶"(42쪽)다는 료가의 마음, "앞으로도 변함없이 네 식구로 있고 싶다"(93쪽)는 도코의 마음, "지금 이대로의 가족으로 있고 싶다"(246쪽)는 교헤이의 마음이 모여 사사모토 식구들은 비로소 참된 의미의 가족이 될 수 있었다. 그들의 의지로, 그들의 선택으로 온건한 가족을 일구어냈다.

서로를 아끼는 마음이 바탕이 되는 만큼 가족은 누구

보다도 가까운 존재이지만, 가장 가까운 까닭에 도저히 할 수 없는 말과 보이고 싶지 않은 모습이 있기 마련이다. 료가 역시 그랬다. 료가는 자신을 위해 애쓰는 가족들 앞에서 아무렇지 않은 척 덤덤하게 행동하지만, 그런 료가에게도 괴로움과 두려움이 뒤엉킨 나약한 마음을 토해낼 상대가 필요했다. 그리고 그 상대, "전화 걸 상대"(210쪽)가 되어준 사람이 바로 야다였다.

저자는 간호사로 일하면서, 환자의 본심을 듣는 건 가족도 의사도 아닌 간호사일 때가 많다는 생각을 했다고 한다. 미키와 미토를 비롯해 수많은 환자들에게 어깨를 내어주는 야다는, 마음이 무너지려던 료가에게 투병 생활을 떠받쳐주는 것 이상으로 큰 힘을 실어주는 특별한 존재였다. 이를테면 "숨은그림 속에 감춰져 있던"(321쪽) 본인의 모습을 발견하게 해주고, "자신의 인생에 그런 눈부신 하루가 있었음을"(325쪽) 상기시켜주었듯이.

거꾸로 야다에게 있어 그런 값진 순간들을 가져다준 사람은 다름 아닌 료가였다. 료가를 마주함으로써 야다는 마쓰바라와의 관계에 남아 있던 묵은 감정을 떨쳐내고 자유로워질 수 있었으며, "새로운 일을 시작해볼"(280쪽) 용기를 얻고 고향으로 돌아갈 수 있었다. 야다는 료가의 죽음 이후에도 료가와 재회한 의미를 헤아리곤 하는데, 료가와의 만남은 그녀에게 일의 방식을 넘어 삶의 방식을 되돌아볼 계기를 만들어준 셈이다.

이야기 속엔 희망을 상징하는 오렌지색이 여럿 등장한다. 료가가 설산에서 신었던 등산화, 나기 산 정상에 내리깔린 돗자리, 할머니 집 마당과 트라몬토에 맺힌 열매, 병실과 산 끝자락에 내려앉은 저녁놀……. 이 오렌지색이 진정 의미하는 것은 어쩌면 희망에서 파생된 사랑의 조각이 아닐까. "어둡고 긴 터널 속"(160쪽)에서도 모두의 가슴을 환하게 물들인 건 서로를 향했던 진심 어린 애정이 아닐까.

어제의 오렌지, 지난날의 오렌지빛은 우리 마음에 불그스름한 사랑의 자국을 남긴 채 또 하루를 살아내게 할 것이다.

2022년 겨울

박우주

어제의 오렌지

초판 1쇄 발행 2022년 4월 25일

지은이 후지오카 요코
옮긴이 박우주
펴낸이 서재필
책임편집 양수빈
책임마케터 박소민

펴낸곳 마인드빌딩
출판등록 2018년 1월 11일 제395-2018-000009호
전화 02)3153-1330
이메일 mindbuilders@naver.com

달로와는 마인드빌딩의 문학 브랜드입니다.

ISBN 979-11-90015-81-3 (03830)

• 책값은 뒤표지에 있습니다.
• 잘못된 책은 구입하신 곳에서 바꿔드립니다.